KB252628

한 여인의 긴 겨울

그리고 봄

한 여인의 긴 겨울

그리고 봄

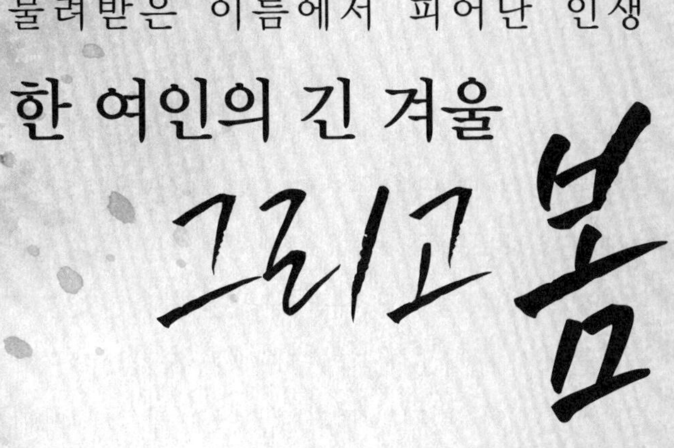

한 여인의 긴 겨울 그리고 봄

안순자 회고록

좋은땅

굽이굽이 흐른 세월,
이제야 내 이름을 불러 봅니다

여든다섯 해. 돌아보니 참으로 길고도 짧은 소풍이었습니다. 세월의 안개 속에서도 유독 가슴 시리게 선명한 조각들이 있습니다. 이제 그 조각들을 하나하나 모아 종이 위에 펼쳐 놓으려 합니다.

나의 시작은 강원도 봉평의 작은 마을이었습니다. 할머니께서 하늘에서 내려온 선녀처럼 예쁘게 자라라며 지어 주신 이름은 '선녀'였습니다. 하지만 먼저 떠난 언니를 대신해 나는 '순자'라는 이름으로 평생을 살아왔습니다. 그때부터였을까, 나의 삶은 언제나 나보다는 남을, 나보다는 가족을 먼저 챙겨야 하는 '대신하는 삶'이었는지도 모릅니다.

일제강점기 만주로 떠났던 험난한 길, 해방 후 귀국 기차 밖으로 던져진 어린 동생과의 생이별, 그리고 채 피어 보지도 못하고 세상을 떠난 어머니. 열 살도 안 된 어린 소녀가 감당하기엔 세상은 너무나 차갑고 매정했습니다. 새어머니 아래서 담배 심부름을 하며 매캐한 연기에 목이 메던 날들, 전쟁의 포화 속에서 소금 보따리를 지고 피난길을 걷던 그 지독한 허기를 나는 지금도 잊지 못합니다.

그 서러운 세월 속에서 나를 살게 한 것은 역설적이게도 '배움'에 대한 갈망이었습니다. 열네 살, 봉평 야학당의 희미한 호롱불 아래서 떨리는 손으로 처음 적어 본 내 이름 석 자. 비록 가난 때문에 학교 문턱조차 밟아 보지 못한 채 평생을 까막눈으로 살았지만, 그날의 감격이 있었기에 나는 억척스러운 아내로, 강인한 여덟 남매의 어머니로 버틸 수 있었습니다. 내 배가 고파도 자식들 입에 밥 들어가는 소리가 세상에서 가장 큰 음악이었습니다.

사람들은 나보고 참 복이 많다고 합니다. 여덟 자식들이 모두 잘 자라 주었고 결혼도 하였으며 효도하고 걱정 없이 사니 성공한 인생이라고들 합니다. 하지만 그 '복'이라는 말 뒤에 숨겨진 수천 번의 눈물과 수만 번의 기도를 나는 기억합니다. 고비마다 꺾이고 싶을 때마다 나를 일으켜 세운 것은 "자식들에게는 나처럼 배우지 못한 설움을 물려주지 않겠다"는 일념 하나였습니다.

사실 나는 많이 배우지 못해 내 삶을 화려한 문장으로 써 내려 갈 능력이 없습니다. 가슴속에 맺힌 이야기는 태산 같아도, 연필을 쥐면 손가락만 마디마디 아파 올 뿐 흰 종이를 채우기가 참으로 막막했습니다. 하지만 다행히도 나의 큰아들 수인이가 부족한 어미의 투박한 이야기들을 묵묵히 들어주었습니다.

내가 툭툭 던진 모진 세월의 고백들을 수인이가 많은 날 동안 정성껏 다듬고 글로 옮겨 주었습니다. "어머니, 그때 참 힘드셨겠네요" 하며 내 손을 맞잡아 주던 아들의 눈빛이 있었기에, 비로소 이 한 권의 책이 세상에 나올 수 있었습니다. 어미의 서툰 말 속에 담긴 진심을 읽어 내고, 내 삶의 무늬를 아름답게 정리해 준 아들에게 말로 다 할 수 없는 고마운 마음을 전합니다.

이 글은 대단한 위인의 기록이 아닙니다. 그저 우리 곁을 지켜 온 수많은 평범한 어머니 중 한 사람인 '순자'의 이야기입니다. 하지만 그 안에는 우리 민족의 아픈 역사가 있고, 가난을 이겨 낸 끈질긴 생명력이 있으며, 무엇보다 자식을 향한 무조건적인 사랑이 담겨 있습니다.

나의 자녀들에게, 그리고 이 시대를 살아가는 모든 이들에게 이 글을 바칩니다. 모진 풍파 속에서도 꽃은 피어나고, 시린 겨울을 지나면 반드시 봄은 온다는 것을 나의 삶이 작은 증명이 되길 바랍니다.

부족한 글이지만, 누군가에게 따뜻한 위로가 되고 부모님의 거친 손을 한 번 더 잡게 하는 계기가 된다면 더할 나위 없겠습니다. 여든다섯 해의 세월을 건너, 이제야 비로소 나의 진짜 이름을 불러 봅니다.

2025년 마지막 날

안순자

(큰아들 수인이 받아 적고 정리하다)

차례

예의촌으로 이사!
더 힘들었던 산골에서의 삶

다시 고향으로 돌아오다

엄마의 마음!
아이들에게 해 주었던 음식 이야기

복 많은 순자의 마지막 인사,
"너희가 나의 기적이었다"

이름을 잃고 가족을 떠나보낸
가슴 시린 유년 시절

회상! 나의 어린 시절

　여든을 훌쩍 넘긴 나이, 이제는 삶의 끝자락에서 뒤를 돌아본다. 세월의 안개가 모든 것을 흐릿하게 만들었을지라도, 유독 가슴 시리게 선명한 순간들이 있다. 아마도 그 순간들이야말로 지금의 나를 만든 뿌리일 것이다.

　나의 첫 이야기는 1940년, 강원도 평창 봉평 지율리에서 시작된다. 일제강점기의 어둠이 땅을 짓누르던 그 시절, 나는 이 세상과 만나게 되었기 때문이다.

선녀라는 이름으로 시작된 삶

　1940년 10월 5일, 나는 강원도 평창 봉평 지율리에서 태어났다. 할머니는 나를 바라보고 정말 너무나도 예쁘게 생겼다고 '선녀'라는 이름을 지어 주셨다. 하늘에서 내려온 선녀처럼 아름답게 자라기를 바라는 마음이 담긴 이름이었을 것이다. 하지만 그 이름을 오래 간직할 수는 없었다. 바로 위 언니가 1살 때 병으로 세상을 떠나게 되었는데 부모님은 사망신고를 하지 않았다. 그래서 바로 위의 언니의 호적이 살아 있으니 내가 태어나자 부모님은 언니의 출생신고를 그대로 내게 물려주셨다. 그렇게 나는 '1938년 10월 3일' '선녀가 아닌 순자'라는 이름으로 살아가게 되었다. 언니를 대신하여 살아가게 된 것이다.

우리 가족은 아홉 살 위의 오빠와 나, 단 둘뿐이었다. 오빠와 나 사이에도 2명이 태어났었지만 병으로 죽었다고 했다. 일제강점기의 어두운 그림자가 조선을 짓누르던 1940년, 아버지는 만주에 가면 돈을 벌 수 있다고 하면서 갓난아기인 나와 가족을 이끌고 만주로 건너가셨다. 당시 많은 조선 사람들이 그러했듯, 살길을 찾아 떠나는 길이었다.

만주에서의 다섯 해

만주에서의 기억은 어렴풋하지만, 몇 가지 장면들은 지금도 선명하게 남아 있다. 우리가 살던 집은 성안에 자리 잡고 있었다. 방 위편에는 구덩이가 있었는데, 그곳에 감자를 보관했다. 추운 겨울날에도 그 구덩이에서 감자를 꺼내 먹던 기억이 난다. 얼마나 신기했던지, 땅속에서 꺼낸 감자가 여전히 싱싱했다.

"애야, 콩나물 뜯으러 가자."

어머니의 다정한 목소리가 들리면 나는 어머니 손을 잡고 성 밖으로 나갔다. 강가 부근의 모래땅에 어머니가 심어 두신 콩이 자라나 있었다. 콩나물을 뜯는 것이 아니라 그냥 뽑기만 하면 되었다. 모래땅에서 자란 콩나물은 부드럽고 고소했다. 어머니와 함께 걷던 그 길, 강가의 바람, 그리고 함께 뽑던 콩나물의 촉감이 아직도 손끝에 남아 있는 듯하다.

해방, 그리고 잃어버린 것들

1945년, 해방이 되었다는 소식과 함께 우리 가족은 고향으로 돌아가기 위해 기차에 올랐다. 아버지, 어머니, 오빠, 그리고 바로 아래 남동생과 나. 기차는 남쪽을 향해 달렸다.

기차 안은 지옥과 같았다. 고향으로 돌아가려는 사람들로 발 디딜 틈조차 없었다. 사람들은 서로의 몸에 기대어 있었고, 숨 쉬는 것조차 힘들 정도로 공기는 탁했다. 그 좁은 공간에 전염병이 돌기 시작했다. 기침 소리, 신음 소리가 기차 안을 가득 채웠다.

동생도 병에 걸렸다. 처음엔 기운이 없더니, 점점 열이 오르고 숨쉬기를 힘들어했다. 어머니는 품에 동생을 꼭 안고 계셨지만, 그 좁은 기차 안에서 할 수 있는 것은 아무것도 없었다. 사람들은 서로를 밀쳐 내기에 바빴고, 아픈 아이를 돌볼 공간도, 여유도 없었다.

결국 동생은 차가운 기차 안에서 작은 숨을 거두고 말았다. 하지만 기차는 멈추지 않았고, 우리는 그 안에 계속 있어야 했다. 전염병으로 죽은 아이를 기차 안에 두면 다른 사람들에게도 위험했다. 사람들의 두려운 눈빛 속에서, 아버지는 결단을 내려야 했다.

아버지는 떨리는 손으로 동생을 포대기에 둘둘 말았다. 작은 몸뚱이가 포대기 안에 감겼다. 그리고 기차 문을 열고, 달리는 기차 밖으로 그 포대기를 던지셨다.

나는 다섯 살이었지만, 그 순간을 너무나도 선명하게 기억한다. 기차 창밖으로 날아가는 작은 포대기. 어디론가 굴러떨어지는 그 작은 꾸러미. 그 안에 담긴 내 동생. 아버지의 떨리는 손. 소리 없이 우는 어머니의 꺾인 어깨. 주변 사람들의 안도하는 한숨.

살아남은 자식들을 지키기 위해, 죽은 아이를 버려야 했던 그 순간. 부모님의 마음이 얼마나 찢어지셨을까. 피치 못할 선택이었지만, 그 고통은 평생 부모님의 가슴에 못으로 박혀 있었을 것이다.

봉평으로 가는 길, 엄마의 죽음과 슬픔

고향 평창 봉평으로 가는 길에 어머니는 또 다른 생명을 낳으셨다. 추운 시기였다. 몸조리도 제대로 할 수 없는 상황에서 태어난 아기였다. 그런 아기를 추위에 안고 또 업고 다니다 보니 갓난 동생도 몸이 좋지는 않았다.

봉평에 도착한 후, 어머니는 산후풍으로 심하게 앓으셨다. 사촌 오빠네 집에 기거를 하고 있었는데 사촌 올케가 방에 불을 너무 많이 지피셨다. 민간요법이기는 하지만 산후풍에는 땀을 많이 내야 한다고 생각하셨던 것 같다. 이블을 덮고 있으면 땀이 나서 병이 나을 것이라고 생각했다고 한다. 하지만 그것이 오히려 어머니를 더 힘들게 만들었다. 결국 어머니는 우리 곁을 떠나셨다.

어머니가 돌아가신 다음 날 밤, 사촌 올케는 꿈을 꾸었다고 한다. 꿈속에서 어머니가 나타나셨다고 했다. 어머니는 아무 말씀

없이 갓난아기 곁으로 가셨다. 그리고 조용히 아기의 이마를 쓰다듬으셨다. 그 손길은 부드럽고 따뜻했다고 사촌 올케는 말을 하였다. 마치 작별 인사를 하듯, 마지막으로 아이를 어루만지는 것 같았다고….

그리고 얼마 지나지 않아, 갓난아기도 어머니를 따라 세상을 떠났다. 어머니가 꿈에 나타나 아이의 이마를 쓰다듬은 것은, 아이를 데리러 온 것이었던 걸까. 어머니는 혼자 저세상으로 가실 수 없어서, 막내를 데려가신 것일까.

아버지는 갓난아이가 세상을 떠난 뒤 그 꿈 이야기를 들으시고 눈시울을 붉히셨다. 어머니가 너무 외로우셨을 것이라고, 아이라도 함께 데려가셨으니 저세상에서는 덜 외로우시겠다고 말씀하셨다.

나는 다섯 살에 어머니를 잃었다. 선녀라는 이름으로 태어나 언니의 이름을 물려받고, 만주에서 고향으로 돌아오는 기차 안에서 동생을 잃고, 고향으로 돌아와 어머니와 또 다른 동생을 잃었다. 다섯 살 소녀가 감당하기에는 너무나 큰 상실이었다.

결국 남은 것은 아버지와 나, 그리고 아홉 살 위의 오빠뿐이었다. 한때는 여섯 식구였던 우리 가족은 이제 세 명만 남았다. 봉평의 추운 겨울, 우리 세 사람은 서로에게 의지하며 살아가야 했다.

하지만 그것이 내 삶의 시작이었다. 그 아픔들이 나를 더 강하게 만들었고, 살아남은 자로서의 책임감을 심어 주었다. 여든다섯 해를 살아오면서 많은 것들을 겪었지만, 그 어린 시절의 기억들은 여전히 내 안에 깊이 새겨져 있다.

어머니, 그리고 함께하지 못한 동생들. 그들은 비록 곁에 없지만, 내 삶의 모든 순간과 함께 해왔다. 이것이 나의 시작이고, 내가 살아온 팔십오 년의 출발점이다.

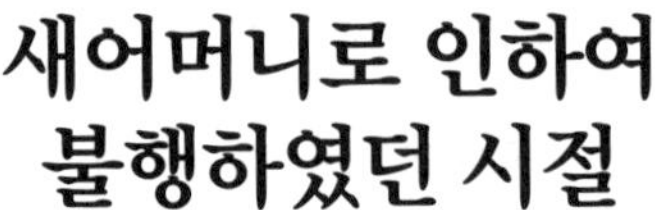

새어머니로 인하여
불행하였던 시절

낯선 여자가 우리 집에 들어오던 날

어머니가 돌아가시고 4년이 흘렀다. 나는 아홉 살이 되어 있었다. 봉평 지율리에서 덕거리로 이사하여 우리는 여전히 셋이서 살고 있었다. 아버지, 오빠, 그리고 나. 아버지는 낮이면 일을 하러 나가셨고, 오빠는 자신의 일을 하느라 바빴다. 나는 그렇게 집을 지키며 살았다.

그러던 어느 날, 아버지가 낯선 여자를 데리고 집으로 들어오셨다.

"얘들아, 인사해라. 이제부터 우리 집에서 함께 살게 되실 분이다."

아버지의 목소리는 어딘가 어색했다. 혼자 살기가 힘드셨던 것일까. 집안일을 돌봐 줄 사람이 필요하셨던 것일까. 아니면 우리 남매에게 어머니가 필요하다고 생각하셨던 것일까. 그 이유가 무엇이었든, 그날부터 새로운 여자가 우리 집의 안주인이 되었다.

오빠가 내게 다가와 말했다.

"순자야, 엄마가 살아 돌아오셨다. 엄마라고 불러야 한다."

하지만 나는 고개를 저었다.

"아니야. 엄마는 돌아가셨어. 내가 봤어. 상여가 산으로 올라가는 걸 내가 다 봤단 말이야. 무슨 엄마가 살아 돌아와? 저 사람은 엄마가 아니야."

다섯 살 때의 기억이 선명했다. 상여를 메고 가는 사람들, 산으로 올라가는 그 긴 행렬, 그리고 다시는 돌아오지 않으신 어머니. 어머니는 저 산 어딘가에 묻혀 계셨다. 그런데 어떻게 이 낯선 여자를 엄마라고 부를 수 있단 말인가. 나는 끝내 '엄마'라는 말을 할 수 없었다. 입 밖으로 나오지 않았다. 아니, 나오게 할 수 없었다.

의붓어머니로 시작된 불행

새어머니가 우리 집에 들어온 이후, 내 삶은 불행의 연속이었다.

새어머니는 아버지 앞에서는 나를 구박하지 않았다. 오히려 다정한 척했다. 밥을 주고, 말을 건네고, 웃는 얼굴을 보였다. 아버지는 그런 모습만 보셨다. 그래서 안심하셨을 것이다. 아이들에게 어머니가 생겼으니 이제 괜찮을 거라고.

하지만 아버지가 일을 하러 나가시면, 집안의 공기가 달라졌다.

"너는 밥도 먹지 마. 일이나 해."

어떤 날은 밥을 주지 않았다. 아침부터 저녁까지 입에 한 끼도 넘기지 못하는 날이 있었다. 배가 고파서 견딜 수 없었지만, 참아야 했다. 아버지가 돌아오시면 그제야 밥을 먹을 수 있었다. 하지만 아버지 앞에서는 내가 밥을 먹지 않은 것처럼 보이지 않았다. 새어머니는 교묘했다.

욕설도 일상이었다.

"이 죽일 것이, 이것도 못하니?"

"너 같은 게 어디 있어. 쓸모없는 것."

"네 엄마 닮아서 그래. 아무짝에도 쓸모없어."

어린 마음에 그 말들이 얼마나 아팠는지 모른다. 어머니를 욕하는 말을 들을 때면, 눈물이 났다. 하지만 울 수도 없었다. 울면 더 맞았기 때문이다.

때리기도 했다. 손으로, 때로는 빗자루로, 때로는 손으로. 작은 실수에도 매가 날아왔다. 밥을 흘렸다고, 물을 엎질렀다고, 일을 늦게 했다고, 심지어 이유 없이도 맞았다. 내 몸에는 항상 멍이 있었다. 하지만 그 멍을 아버지는 보지 못하셨다. 보려고 하지 않으셨는지도 모른다.

그런 나였기에 의붓어머니는 국민학교에 보내 주지 않았을 수도 있다. 난 학교에 가고 싶었지만 학교를 보내 주지 않아 국민학교에 입학하지 못한 채 구박받으며 어린 시절을 그렇게 보내야 했다.

고아보다 못한 생활

나는 사실상 고아와 같은 생활을 했다. 집에 어른이 있었지만, 나를 보살펴 주는 사람은 없었다. 오히려 나를 괴롭히는 의붓어머니만 있었다.

험한 일도 내 몫이었다. 물 길어 오기, 빨래하기, 청소, 심지어 들일까지. 아홉 살, 열 살, 열한 살… 나이가 어렸지만 어른들이 하는 일을 해야 했다. 손은 거칠어졌고, 몸은 여기저기 아팠다. 하지만 쉴 수 없었다.

겨울이 가장 힘들었다. 추운 날씨에도 얇은 옷 한 벌로 밖에서 일을 해야 했다. 손이 터서 피가 났고, 발에는 동상이 걸리기도 했었다.

"왜 그렇게 힘들게 했을까?"

지금도 나는 이 질문을 던진다. 의붓어머니는 나를 왜 그렇게 싫어했을까. 내가 전처의 자식이어서? 아버지의 사랑을 받는 게 싫어서? 아니면 그냥 나라는 존재 자체가 싫었던 걸까? 이해할 수 없었다. 나는 그저 어린아이였는데 말이다.

가장 답답했던 것은 아버지였다. 아버지는 내가 그렇게 구박받는 줄 몰랐다. 아니, 알려고 하지 않았는지도 모른다. 남자들은 다 그런지, 집안일에는 눈치가 없으셨다.

아버지가 집에 계실 때는 모든 게 달랐다. 새어머니는 상냥한 사람이 되었고, 나는 평범한 아이가 되었다. 함께 밥을 먹고, 함께 이야기를 나누고, 그런 척했다. 아버지는 그 모습을 보고 안심하셨다.

한두 번 아버지께 말하려고 했다. 새어머니가 나를 때린다고, 밥을 주지 않는다고, 험한 말을 한다고. 하지만 입이 떨어지지 않았다. 말하면 아버지가 슬퍼하실 것 같았다. 그리고… 말한 후에 새어머니가 나를 더 미워할까 봐 두려웠다. 결국 나는 아무 말도 하지 못했다. 그렇게 시간은 흘러갔다.

지금도 새어머니는 싫다. 여든다섯 해를 살아오면서 많은 사람을 만났고, 많은 것을 용서했지만, 새어머니만큼은 여전히 마음이 아프다. 그때의 상처가 아물지 않았기 때문이다.

왜 나를 그렇게 싫어했는지, 지금도 이해할 수 없다. 어쩌면 평생 이해하지 못할 것이다.

하지만 한 가지는 안다. 구박 속에서도 살아남았고, 견뎌 냈고, 결국 내 인생을 살아 냈다는 것을. 그것만이 내가 가진 위안이다.

오빠의 군 입대,
이사 그리고 6·25전쟁

오빠의 군 입대

열 살 되던 해였던 것 같다. 1950년이 되면서 어느 날 오빠가 동네 오빠들과 함께 군대에 입대한다는 소식을 들었다. 강릉으로 간다고 했다.

아버지의 얼굴이 창백해졌다. 아버지는 동네 분들에게 말씀하셨다.

"군대를 가면 죽는 것이나 다름없다."

아버지는 결심을 하셨다. 아들을 만나러 가겠다고. 동네 분들과 함께 봉평에서 대관령을 넘어 강릉까지 걸어서 다녀오셨다. 그 먼 길을 걸어서 말이다. 아들을 보기 위해서라면 무슨 일이든 하셨을 것이다.

강릉에서 돌아오신 아버지의 얼굴은 더욱 어두웠다. 며칠을 고민하시더니, 결국 결정을 내리셨다.

"우리 이사를 가야겠다. 양평으로 가자."

아들이 죽을 수도 있다는 불길한 예감 때문이었을까. 아니면 새로운 곳에서 다시 시작하고 싶으셨던 걸까. 우리는 살던 봉평을 떠나 양평으로 향했다. 그곳에는 큰아버지가 살고 계셨다.

용문산 자락의 새 삶

봉평 덕거리를 떠나 우리가 정착한 곳은 양평 용문산 중턱이었다. 내 나이 10살이었다. 아버지는 직접 집을 지으셨다. 나무를 베고, 기둥을 세우고, 벽을 쌓고, 지붕을 올리셨다. 그렇게 만든 우리의 새집이었다.

그때 오빠는 군대에 가 있었다. 집에는 아버지와 새어머니, 그리고 나, 이렇게 셋뿐이었다. 가장 가까운 동네까지도 이십 리나 떨어진 곳이었다. 용문산 꼭대기 바로 아래, 사람의 손길이 거의 닿지 않는 깊은 산속이었다.

아버지는 용문산에서 벌목 일을 하셨다. 정확히는 삼판, 즉 나무를 베는 일을 감독하는 역할이었다. 날이 밝으면 산으로 올라가셨고, 해가 질 무렵이면 지친 몸으로 돌아오셨다. 나무를 베는 일은 힘들고 위험한 일이었지만, 아버지는 묵묵히 일하셨다. 우리를 먹여 살려야 했기 때문이다.

새어머니와의 생활은 여전히 힘들었다. 봉평에서나 양평에서나 달라지는 건 없었다. 아니, 어쩌면 더 심해졌는지도 모른다. 낯선 땅에서 아는 사람도 없었고, 나를 보호해 줄 사람도 없었다. 새어머니는 여전히 밥을 조금씩만 주셨고, 구박은 계속되었다.

가장 무서웠던 건 혼자 집을 지켜야 할 때였다. 새어머니와 아버지가 양평 장에 가시거나 일로 집을 비울 때면, 나는 혼자 남겨졌다. 그럴 때면 어김없이 여우가 나타났다. '캥, 캥' 하고 울부짖는 소리가 집 주변을 맴돌았다. 그런데 여우만 있었던 것이 아니었다. 이곳에는 실제로 호랑이도 살고 있었다. 호랑이가 '컹컹' 하고 울부짖는 소리가 산울림을 타고 들려올 때면, 나는 숨도 제대로 쉬지 못했다. 여우 소리도 무서웠지만, 호랑이 울음소리는 온몸을 얼어붙게 만들었다. 그 소리가 들릴 때마다 온몸에 소름이 돋았다. 나는 방문을 굳게 닫고 이불을 뒤집어쓴 채 떨고 있을 수밖에 없었다. 그 깊은 산속에서, 어린 내가 할 수 있는 건 그것뿐이었다.

용천리 큰골로의 이사

용문산 중턱에서의 생활도 오래가지 못했다. 내가 열 살이 되던 해 늦가을, 아버지는 다시 짐을 꾸리셨다. 이번에는 같은 양평이지만 옥천면 용천리 큰골이라는 곳이었다. 산을 타고 또 산을 넘어, 우리는 새로운 보금자리를 찾아 떠났다.

큰골에 도착해 보니, 사촌 조카인 병화 아버지네 식구들이 우리보다 더 높은 윗동네에 살고 있었다. 낯선 곳이었지만 그래도 아는 얼굴이 있다는 것만으로도 조금은 마음이 놓였다. 아버지는 이곳에서도 여전히 삼판 감독 일을 하셨다. 나무를 베는 인부들을 관리하고, 베어 낸 나무들이 제대로 처리되는지 살피는 일이었다.

그런데 큰골에 정착한 지 얼마 되지 않아 새어머니가 병에 걸리셨다. 염병이었다. 사람들이 장티푸스라고 부르는 그 무서운

병이었다. 고열에 시달리며 누워 계시던 새어머니는 어느 날 나를 부르셨다.

"개구리를 잡아 와."

아프니 개구리가 먹고 싶다는 것이었다. 때는 한겨울이었다. 눈이 소복이 쌓인 겨울에 개구리라니. 하지만 나는 고개를 끄덕이고 밖으로 나갔다.

개울로 향했다. 눈구덩이를 헤치며 얼어붙은 개울가를 더듬었다. 물은 꽝꽝 얼어 있었고, 손은 금세 시려왔다. 나는 열한 살밖에 안 된 여자아이였다. 얼음을 깨고 개구리를 찾는다는 것은 무리였다. 한참을 헤매다 그대로 주저앉아 있었는데, 일을 마치고 돌아오시던 아버지가 나를 발견하셨다.

"이 추운데 개울에서 뭐 하는 거야!"

아버지는 호통을 치시며 나를 일으켜 세우셨다. 손을 잡아끌고 집으로 향하시는 아버지의 손은 거칠었지만 따뜻했다.

집에 돌아와 새어머니께 말씀드렸다. 물이 꽝꽝 얼어서 하나도 잡지 못했다고. 새어머니는 별말씀 없이 고개만 돌리셨다.

그 겨울은 유난히 추웠다. 집 안도 춥고, 마음도 추웠다. 그리고 세상도 추웠다.

6 · 25전쟁의 발발

그해 여름, 내가 열 살이 되던 6월 전쟁이 터졌다.

6 · 25전쟁. 그 당시에는 무슨 일이 벌어지고 있는지 제대로 알지 못했다. 그저 어른들이 불안해하고, 마을이 술렁이고, 멀리서

총소리가 들린다는 것만 알았다.

오빠는 전쟁에 투입되었다. 나중에 알게 된 일이지만, 오빠는 그 참혹한 전장 한가운데 있었다.

"핑!" 총소리가 나면 함께 군대에 갔던 동네 친구들이 하나둘 쓰러져 죽었다고 한다. 아침에 함께 밥을 먹던 친구가 점심때는 차가운 시체가 되어 있었다고. 서로 농담을 주고받던 친구가 총알 한 방에 쓰러져 다시는 일어나지 못했다고.

한번은 전쟁에 밀려 후퇴를 하는데, 오빠가 군화를 벗어 보니 군화 안에 피가 가득 차 있었다고 한다. 언제 다쳤는지도 몰랐다고 했다. 너무 정신없이 달렸고, 살아야 한다는 생각밖에 없었기 때문이었다.

머리에는 파편을 맞았다. 전장에서 제대로 된 치료를 받을 수 없었다. 수술도 못한 채 그냥 살아야 했다. 그 파편은 오빠의 머리에 평생 박혀 있었다.

1·4후퇴와 피난길

전쟁은 계속되었다. 1951년 1월, 1·4후퇴가 시작되었다.

"피난을 가야 한다."

아버지, 새어머니, 그리고 나. 우리 셋은 짐을 꾸려 피난길에 올랐다. 양평에서 남쪽으로, 남쪽으로. 사람들은 모두 남으로 내려갔다. 살기 위해서.

문제는 새어머니였다. 염병이 아직 완전히 낫지 않은 상태였다. 몸이 허약해진 새어머니는 오래 걷지 못했다. 우리는 조금 걷다가 쉬고, 또 조금 걷다가 쉬기를 반복했다. 다른 피난민들은 빠른 걸음으로 우리를 앞질러 갔지만, 우리는 그럴 수가 없었다.

나는 소금을 냄비에 볶아서 보따리에 싸 짊어졌다. 아버지는 먹을 곡식을 지셨다. 소금을 볶은 것은 피난길에 반찬이 없을 테니, 날 소금보다는 고소하고 맛이 있어 반찬 대신 먹으려는 것이었다. 열한 살 아이의 등에 짊어진 소금 보따리는 무거웠지만, 그것이 우리의 끼니를 책임질 것이었다.

걷고 또 걸었다. 발에 물집이 잡히고 터져도 걸어야 했다. 추웠고, 배고팠고, 무서웠다. 저녁이 되면 우리는 텅 빈 집들을 찾아 들어갔다. 다행히 피난을 간 집들이 있어, 그곳에서 요긴하게 잠을 잘 수 있었다. 아버지는 불을 지피고, 나는 곡식을 씻어 밥을 지었다. 볶은 소금을 찍어 먹는 밥은 그 어떤 음식보다 맛있었다. 아니, 그저 배를 채울 수 있다는 것만으로도 감사했다.

그렇게 가다 쉬고, 쉬다 가기를 반복하며 우리는 음성까지 갔다. 얼마나 먼 길이었는지, 며칠을 걸었는지 정확히 기억나지 않는다. 다만 끝없이 이어지는 피난 행렬과 지친 사람들의 얼굴만이 어렴풋이 떠오를 뿐이다.

음성에 머물던 어느 날, 전세가 바뀌었다는 소식을 들었다. 사람들은 다시 북쪽으로 돌아가기 시작했다. 집으로 돌아갈 수 있다는 희망이 생겼다. 우리도 다시 양평 쪽으로 발길을 돌렸다.

하지만 양평까지는 가지 못했다. 이천에 도착했을 때, 더 이상 갈 수가 없었다. 새어머니의 병이 여전히 낫지 않았고, 우리 모두 지쳐 있었다. 돈도 거의 떨어진 상태였다. 아버지는 고민 끝에 결정을 내리셨다.

"여기서 잠시 머물자. 어머니가 좀 나아질 때까지."

그렇게 우리는 이천 이항리에 정착하게 되었다. 요양 삼아 머무는다는 것이었지만, 언제 다시 양평으로 돌아갈 수 있을지는 아무도 알 수 없었다.

이천에서의 1년, 그리고 죽음의 문턱

이천 이황리에서 우리는 남의 집 사랑채를 얻어 살게 되었다. 주인집의 호의로 머물 곳을 얻었다. 피난민이었던 우리에게는 감사한 일이었다.

거의 1년을 그곳에서 살았다. 전쟁은 아직 끝나지 않았고, 우리는 언제 돌아갈 수 있을지 기약 없이 기다렸다.

당연히 그때도 새어머니는 나를 좋아하지 않았다. 피난 생활이든 평범한 생활이든, 새어머니에게 나는 여전히 눈엣가시였다.

어느 날, 주인집에서 땅을 내주어 김장 배추를 심었다. 겨울을 나기 위해 김치를 담가야 했기 때문이다.

새어머니가 나를 불렀다.

"너, 가서 배추벌레 잡아."

나는 배추밭으로 갔다. 초록색 배추벌레는 징그러웠다. 부드럽고 물렁물렁한 몸통, 꿈틀거리는 움직임. 손으로 잡으면 미끈거리는 느낌이 손에 남았다. 하지만 시키는 대로 해야 했다. 나는 배추벌레를 하나하나 잡았다.

그런데 날아다니는 벌레는 잡지 못했다. 빠르게 날아다니는 벌레를 손으로 어떻게 잡는단 말인가. 나는 할 수 없었다.

일을 마치고 돌아왔을 때, 새어머니의 얼굴은 잔뜩 일그러져 있었다. 마침 아버지는 집에 안 계셨다.

"일을 그정도밖에 못하니?"

새어머니가 나를 방으로 끌고 갔다. 나는 저항할 수 없었다. 방문이 닫혔다.

"너는 살 필요가 없어!"

새어머니가 나를 막 때리고 결국에는 내 목을 발로 짓눌렀다. 숨을 쉴 수 없었다. 목이 조였다. 눈앞이 깜깜해졌다. 손으로 새어머니의 발을 밀어내려 했지만 소용없었다. 힘이 빠져나갔다.

'죽는구나.'

그 순간 그런 생각이 들었다. 열한 살의 나이에 이렇게 죽는구나.

"웩!"

그때 밖에서 비명 소리가 들렸다. 주인집 언니였다. 나보다 여섯 살 많은, 열일곱 살의 언니.

"뭐 하는 거예요! 문 열어요!"

언니가 사정없이 소리쳤다. 방문을 발로 찼다. 쾅쾅쾅! 문이 흔들렸다.

새어머니는 당황한 듯했다. 목을 짓누르던 발을 떼었다. 그리고 문을 열었다.

나는 숨을 헐떡였다. 살았다. 언니가 구해 준 것이다.

언니가 없었다면 나는 정말 죽었을 것이다. 그 방에서, 새어머니의 발에 짓눌려, 열한 살의 나이에 생을 마감했을 것이다.

지금도 그 언니를 잊을 수가 없다. 연락처나 주소라도 적어놓았다면 좋았을 것을. 이름이라도 제대로 기억했다면. 하지만 그때는 그럴 여유가 없었다. 전쟁 중이었고, 피난민이었고, 어린아이였다.

그 언니는 지금 살아 계실까. 어쩌면 이미 세상 사람이 아닐 수도 있다. 여든다섯의 나보다 여섯 살이 많으니, 아흔하나. 살아 계시기 어려운 나이다.

하지만 나는 아직도 그 언니를 찾고 싶다. 고맙다는 말을 전하고 싶다. 당신이 내 목숨을 구해 주었다고, 당신 덕분에 지금까지 살아왔다고 말하고 싶다.

양평으로의 귀환

이천에서 1년을 살고, 우리는 다시 양평으로 돌아왔다. 전쟁은 휴전 협정으로 멈췄고, 사람들은 제자리로 돌아가기 시작했다.

용천리 큰골에 위치한 우리 집은 다행히 무사했다. 집은 여전히 그 자리에 있었다. 우리는 다시 그곳에서 살기 시작했다.

오빠도 전쟁에서 돌아왔다. 머리에 파편을 박은 채로, 발에 상처를 입은 채로, 하지만 살아서. 우리 가족은 다시 모였다.

전쟁은 많은 것을 앗아 갔다. 사람들의 목숨, 집, 마을, 평화. 하지만 우리는 살아남았다. 힘들었지만, 죽을 뻔했지만, 결국 살아남았다.

그것만으로도 감사해야 할 일이었다.

돌아올 수 없는 고향

전쟁이 끝나고, 오빠는 살아남았다. 하지만 봉평 고향으로 돌아갈 수 없었다.

함께 입대했던 동네 친구들이 모두 죽었기 때문이다. 오빠만 살아 돌아왔다. 그것이 오빠의 죄가 되었다.

"너만 살아 돌아오면 어떻게 하냐!"

"네가 내 아들을 죽인 거 아니냐!"

친구들의 부모님들이 오빠를 원망했다고 한다. 왜 자기 아들은 죽고 너는 살아왔느냐고. 물론 오빠의 잘못이 아니었다. 오빠도 죽을 뻔했고, 살기 위해 필사적으로 싸웠을 뿐이다. 하지만 자식을 잃은 부모의 슬픔은 누군가를 탓해야 견딜 수 있었던 것일까.

아버지는 아들이 돌아오지 못할 것이라고 생각하셨다. 전쟁터에서 죽었거나, 혹은 살아 있어도 돌아올 수 없을 것이라고. 그래서 양평으로 이사를 온 것이었는지도 모른다. 죽은 아들을 기다리는 것보다, 차라리 새로운 곳에서 잊고 살아가는 것이 나을 것 같으셨던 걸까.

하지만 오빠는 돌아왔다. 전쟁에서도 죽지 않고 살아 돌아왔다.

나는 기뻤다. 너무나 기뻤다. 세상에서 내 편이 될 수 있는 사람은 오빠밖에 없었기 때문이다. 오빠가 살아 돌아왔다는 것만으로도 세상이 조금은 덜 외롭게 느껴졌다.

봉평 야학에서의
소중한 기억

열네 살, 봉평으로 가다

열네 살이 되던 해였다. 아버지께서 나를 부르시더니 잠시 봉평에 가서 일을 거들어야 한다고 말씀하셨다. 가야 할 곳은 덕거리에 위치한 최성집 아저씨 댁이었다. 아버지와 최성집 아저씨는 평소에도 친하게 지내던 사이였다.

"거기 가서 집안일도 돕고, 특히 할머니 밥을 해 드려라."

아버지의 말씀은 간단했지만, 그 안에는 일을 배우고 사람 사는 이치를 익히라는 뜻이 담겨 있었다. 나는 그렇게 다시 고향 봉평 땅으로 향했다. 응달에 자리한 최성집 아저씨네 집은 해가 잘 들지 않아 여름에도 서늘했고, 겨울에는 더욱 추웠다. 하지만 그곳에서 나는 내 인생에서 가장 귀한 경험 중 하나를 하게 될 줄은 꿈에도 몰랐다.

할머니와 함께 야학으로

최성집 아저씨네에서 지낸 지 얼마 되지 않았을 무렵이었다. 저녁 식사를 마치고 설거지를 하는데, 최성집 아저씨 댁 할머니께서 옷을 갈아입으시며 어디론가 나가실 채비를 하셨다.

"할머니, 어디 가세요?"

"응, 나 글 배우러 야학에 가야 해."

그 말을 듣는 순간 내 가슴이 뛰기 시작했다. 할머니도 글을 모르셔서 덕거리에 있는 야학에 다니신다는 것이었다. 나보다 훨씬 연세가 많으신 할머니도 배우려고 저녁마다 야학에 가신다니, 그 열정이 대단해 보였다.

나는 용기를 내어 물었다.

"할머니, 저도… 저도 야학에 가서 글을 배우면 안 될까요?"

할머니는 환한 얼굴로 웃으시며 대답하셨다.

"놀면 뭐 하니? 당연히 같이 가야지! 우리 같이 가자."

그렇게 나는 할머니 손을 잡고 봉평 야학으로 향했다. 어두워진 길을 걸어가는 동안 내 마음은 설렘과 기대로 가득했다. 드디어 나도 글을 배울 수 있다는 사실이 믿기지 않았다.

처음 만난 야학 교실

야학이 열리는 곳은 작은 교실이었다. 낡은 책상과 의자가 놓여 있었고, 앞쪽 칠판에는 분필로 큼지막하게 한글 자모음이 적혀 있었다. 교실 안에는 할머니가 많았고 일부 할아버지도 있었지만 젊은 사람은 나밖에 없었다, 모두 나처럼 글을 배우지 못했던 사람들이었다.

선생님께서는 나를 보시더니 반갑게 맞아 주셨다.

"어서 오너라. 이름이 뭐니?"

"…"

나는 말문이 막혔다. 내 이름을 말로는 할 수 있었지만, 쓸 수는 없었다. 선생님은 내 사정을 단번에 아신 듯 부드럽게 웃으며 빈자리를 가리켰다.

"저기 앉아라. 우리 함께 천천히 배워 보자."

가갸거겨, 한글을 배우다

국민학교도 다니지 못했던 나는 열네 살이었지만 글을 전혀 몰랐다. 내 또래 아이들은 이미 학교에서 여러 해 동안 공부를 했을 텐데, 나는 '가나다라'조차 제대로 구별하지 못했다. 하지만 그것이 부끄럽지 않았다. 교실에 있는 모든 사람이 나와 같은 처지였기 때문이다.

"자, 오늘은 기역, 니은, 디귿을 배워 볼 거야."

선생님의 목소리가 교실에 울려 퍼졌다. 선생님은 칠판에 큰 글씨로 자음을 하나하나 써 내려가셨다. ㄱ, ㄴ, ㄷ, ㄹ… 그 글자들이 내 눈에는 마치 새로운 세상의 문을 여는 열쇠처럼 보였다.

"이제 모음을 배워 보자. ㅏ, ㅑ, ㅓ, ㅕ…"

가갸거겨고교구규그기…

나는 선생님을 따라 크게 소리 내어 읽었다. 처음에는 입에 잘

붙지 않았다. 혀가 꼬이고 발음이 어색했다. 하지만 계속 반복해서 읽다 보니 점점 익숙해졌다. 옆에 앉으신 할머니도 나만큼이나 열심히 따라 읽으셨다. 우리는 마치 경쟁하듯 서로를 격려하며 배워 나갔다.

노트에 한 글자 한 글자 따라 쓰는 시간은 더욱 신비로웠다. 손에 쥔 연필이 종이 위를 지나가며 남기는 흔적이 바로 '글자'가 되는 것이었다. 처음에는 삐뚤빼뚤 어설픈 글씨였지만, 그것이 내가 쓴 글자라는 사실만으로도 가슴이 벅찼다.

한겨울 내내 이어진 배움

그날 이후 나는 매일 저녁 야학에 갔다. 낮에는 최성집에서 집안일과 밭일을 거들었고, 해가 지면 할머니와 함께 야학으로 향했다. 추운 겨울이었지만 야학에 가는 발걸음은 가벼웠다.

한겨울 내내 나는 정말 열심히 배웠다. 선생님께서 내 주신 숙제는 빠짐없이 했고, 쉬는 시간에도 노트를 펼쳐 놓고 글자를 연습했다. 자음과 모음을 결합하는 법을 배우고, 단어를 읽는 법을 익혔다. '나무', '하늘', '밥', '물' 같은 쉬운 단어부터 시작해서, 점점 더 긴 문장도 읽을 수 있게 되었다.

무엇보다 가장 기뻤던 순간은 내 이름을 쓸 수 있게 되었을 때였다. 내 이름 석 자를 종이에 또박또박 적어 내려갔을 때의 그 감격을, 그 벅찬 기쁨을 나는 지금도 생생히 기억한다. 열네 해를 살면서 처음으로 내 이름을 내 손으로 쓴 것이었다.

"참 잘했다. 이제 네 이름은 네가 쓸 수 있구나."

선생님의 칭찬에 나는 얼굴이 화끈거렸지만 속으로는 날아갈 듯 기뻤다.

야학이 준 선물

한겨울 동안의 배움으로 나는 이름을 쓸 수 있게 되었고, 어느 정도 글을 읽을 수 있는 수준이 되었다. 복잡한 문장은 어려웠지만, 간단한 글은 더듬더듬이라도 읽을 수 있었다. 누군가 써 놓은 메모를 읽을 수 있고, 간단한 표지판의 글자를 알아볼 수 있게 되었다.

하지만 봄이 오면서 나는 다시 양평으로 돌아가야 했다. 아버지께서 돌아오라는 전갈을 보내셨고, 최성집 아저씨 집에서의 일도 마무리할 때가 된 것이었다. 더 오래 배우지 못한다는 사실이 아쉬웠지만, 어쩔 수 없었다.

마지막 야학 날, 선생님께 인사를 드렸다.

"선생님, 감사했습니다. 저 이제 양평으로 돌아가요."

"그래, 열심히 잘했다. 앞으로도 배운 거 잊지 말고 계속 연습하렴."

선생님은 내 손에 연습장 하나를 쥐여 주셨다. 집에 가서도 글을 잊지 말고 계속 연습하라는 당부였다.

지금도 남아 있는 흔적

세월이 한참 흘렀지만, 그때 야학에서 배운 것은 지금도 내 삶

속에 남아 있다. 물론 받침이 있는 글씨 같은 것은 아직도 서툴게 쓴다. 복잡한 문장을 쓰는 것도 어렵다. 하지만 읽고 기본적인 것을 쓰는 것은 그때 봉평 야학에서 배운 덕분이다.

가갸거겨를 따라 읽던 그날들, 처음으로 내 이름을 쓰던 그 순간, 할머니와 함께 어두운 길을 걸어 야학에 가던 그 기억들이 지금도 생생하다.

만약 그때 최성집 아저씨네 할머니가 야학에 다니지 않으셨다면, 만약 내가 용기를 내어 따라가고 싶다고 말하지 않았다면, 만약 선생님께서 흔쾌히 받아 주지 않으셨다면, 나는 평생 글을 모르고 살았을지도 모른다.

야학은 나에게 글을 가르쳐 준 것 이상의 의미가 있는 곳이었다. 그곳은 나이와 관계없이 배움을 향한 열정이 있다면 누구나 환영받는 곳이었고, 서로를 격려하며 함께 성장하는 곳이었다. 무엇보다 늦었다고 생각할 때가 가장 빠른 때라는 것을 몸소 깨닫게 해 준 곳이었다.

비록 길게 배우지는 못했지만, 봉평 야학은 내 인생에서 가장 감사한 경험 중 하나로 남아 있다. 그때 그곳에서 배운 글이 지금의 나를 만들었고, 세상과 소통할 수 있는 문을 열어 주었다.

열네 살 겨울, 덕거리 최성집 아저씨네에서의 그 짧은 시간은, 내 인생에서 가장 밝게 빛나는 기억으로 영원히 남아 있을 것이다.

식모살이와
제사공장 이야기

춘천 교동으로의 이사

전쟁이 끝난 뒤, 내 나이 열다섯 살이 되던 해였다. 아버지는 우리 가족을 이끌고 춘천 교동으로 이사를 하셨다. 새로운 보금자리는 반지하방이었다. 창문으로 보이는 것이라곤 지나가는 사람들의 다리뿐이었고, 햇빛도 제대로 들지 않는 음습한 곳이었다. 하지만 전쟁의 폐허 속에서 우리 가족이 함께 머물 수 있는 공간이 있다는 것만으로도 감사해야 했던 시절이었다.

춘천으로 온 뒤, 아버지는 일을 바꾸셨다. 더 이상 산에서 벌목 일을 하지 않으셨다. 대신 과자 장사를 시작하셨다. 아버지는 큰 가게에서 센베이 과자를 비롯한 여러 종류의 과자를 떼어 왔다. 그 과자들을 큰 보따리에 담아 이 동네 저 동네를 돌아다니며 파셨다. 새벽부터 나가 저녁 늦게까지 골목골목을 누비시는 아버지의 모습이 눈에 선했다.

가끔 아버지는 팔다 남은 센베이 과자를 집으로 가져오셨다. 부서진 것이나 조금 눅눅해진 것들이었지만, 그것을 받아 드는 내 손은 늘 떨렸다. 입에 넣는 순간 퍼지는 고소한 맛, 바삭한 식감. 참 맛있었다. 그 순간만큼은 반지하방의 어둠도, 새어머니의 구박도 잠시 잊을 수 있었다.

하지만 이사를 했다고 해서 새어머니의 구박이 나아진 것은 아니었다. 아니, 오히려 더 심해진 것 같았다. 좁은 반지하방에서 마주치는 새어머니의 눈초리는 날카로웠고, 그분의 입에서 나오는 말 한마디 한마디는 어린 내 가슴에 비수처럼 꽂혔다. 집안일을 조금이라도 제대로 하지 못하면 욕설이 쏟아졌고, 때로는 빗자루나 몽둥이가 날아오기도 했다.

아버지가 가져다주시는 과자 한 조각. 그것이 그 시절 내게 주어진 작은 위로였다.

첫 번째 식모살이

어느 날, 새어머니는 내가 집에 있는 것조차 눈에 거슬렸는지 나를 남의 집 식모로 보내기로 결심하셨다.

"너 같은 게 집에서 밥이나 축내고 있을 거면 차라리 남의 집에 가서 일이나 해라."

그렇게 나는 열네 살의 어린 나이에 첫 식모살이를 시작하게 되었다.

첫 번째로 간 집은 교동에서도 제법 잘 사는 집이었다. 기와집에 마당도 넓었고, 방도 여러 개였다. 주인 부부는 나를 처음 보는 날, 위아래로 훑어보더니

"어린 게 일은 할 수 있겠어?"라고 물었다.

나는 고개를 끄덕이며 "열심히 하겠습니다"라고 대답했다. 사실 무엇을 어떻게 해야 할지 제대로 알지도 못했지만, 열심히 한다는 것 하나만은 확신할 수 있었다.

처음 며칠은 그저 시키는 일을 하며 조심스럽게 지냈다. 새벽같이 일어나 연탄불에 밥을 짓고, 마당을 쓸었다. 주인 가족의 식사 준비를 하고, 설거지를 했다. 빨래를 하고, 마당에 널고, 개어서 정리했다. 어린 나이였지만 새어머니 밑에서 온갖 집안일을 다 해 봤기에 서툴지는 않았다.

그런데 일을 시작한 지 한 달쯤 되었을까. 어느 날 아침, 주인 아줌마가 외출을 준비하시면서 말씀하셨다.

"내가 잠깐 나갔다 올 테니 집 잘 보고 있어." 나는 "네, 아줌마" 하고 대답했다.

주인아줌마가 나가신 후, 나는 평소처럼 집 안 구석구석을 청소하기 시작했다. 그런데 이상한 일이 벌어졌다. 마루 위에, 방문 앞에, 부엌 한쪽에 지폐가 여기저기 흩어져 있는 것이 아닌가. 당시만 해도 돈이 귀하던 시절이었다. 지폐 한 장이면 쌀 한 되는 살 수 있었고, 며칠은 먹고살 수 있던 때였다.

순간 나는 멈칫했다. '왜 돈이 이렇게 흩어져 있을까?' 의아했지만, 곧 정신을 차리고 하나하나 주워 모았다. 마루 위의 십 환짜리, 방문 앞의 십 환짜리, 부엌 구석의 백 환짜리까지. 손가락이 떨렸다. 가난했던 우리 집에서는 상상도 할 수 없는 큰돈이었다. 그 돈만 있으면 새어머니께 혼나지 않고도 며칠은 편안히 지낼 수 있을 텐데… 그런 생각이 스쳐 지나갔다.

하지만 나는 단 한 순간도 그 돈을 가질 생각을 하지 않았다.

아버지는 한학을 배우셨던 분이여서인지 늘 내게 가르쳐 주신 말씀이 떠올랐다.

"남의 것에 손대면 안 된다. 아무리 어렵고 힘들어도 정직하게 살아야 한다."

나는 주운 돈을 모두 한곳에 모아 깨끗한 천으로 싸서 안전한 곳에 보관해 두었다.

저녁 무렵, 주인아줌마가 돌아오셨다. 나는 조심스럽게 다가가 싸 둔 돈을 내밀며 말했다. "아줌마, 이게 집 안 여기저기 떨어져 있었어요. 주워서 모아 뒀어요."

주인아줌마의 얼굴이 환하게 밝아졌다. 그분은 내 손을 꼭 잡으시더니

"정말 기특하구나. 착한 아이로구나" 하시며 거듭 칭찬하셨다. 나중에 알게 된 사실이지만, 그것은 일부러 나를 시험하기 위해 꾸민 일이었다. 새로 들어온 식모가 정직한 아이인지, 믿을 만한 아이인지 확인하려던 것이었다.

그 집에서의 2년

그날 이후로 주인아줌마는 나를 완전히 다르게 대해 주셨다. 물론 여전히 주인과 식모의 관계였고, 해야 할 일은 산더미처럼 많았다. 새벽 다섯 시면 일어나 아궁이에 불을 지피고, 온 가족의 아침 식사를 준비했다. 식사가 끝나면 설거지를 하고, 마당을 쓸고, 빨래를 했다. 특히 빨래는 힘든 일이었다. 빨래판에 무릎을 꿇고 앉아 비누칠을 하며 손이 까질 때까지 문질러야 했다. 겨울

에는 손이 터서 피가 나기도 했다.

점심 준비, 점심 설거지가 끝나면 잠깐의 휴식도 없이 집 안 청소를 했다. 방마다 걸레질을 하고, 마루를 닦고, 유리창을 닦았다. 저녁이 되면 또다시 식사 준비와 설거지. 밤늦게까지 다음 날 아침 준비를 하고 나서야 잠자리에 들 수 있었다.

하지만 주인아줌마는 내게 따뜻한 말 한마디라도 더 건네려 애쓰셨고, 식사도 가족들과 비슷하게 챙겨 주셨다. 가끔은 "너무 무리하지 말고 쉬엄쉬엄 해"라는 말씀도 해 주셨다. 그런 작은 배려들이 힘든 일과 속에서도 버틸 수 있는 힘이 되어 주었다.

그렇게 2년이라는 시간이 흘렀다. 나는 열여섯 살이 되어 있었고, 식모 일도 제법 능숙하게 할 수 있게 되었다. 하지만 2년 동안 한 푼의 보수도 받지 못했다. 주인집에서는 식사와 잠자리를 제공했고, 그것만으로도 충분한 대가라고 생각했던 것 같다. 나도 그것이 당연한 줄만 알았다. 돈을 받을 수 있다는 생각조차 하지 못했다.

두 번째 식모살이

그런데 어느 날, 새어머니가 나를 다시 불러들였다. "다른 집에서 식모를 구한다는데 네가 가거라." 이유는 알 수 없었다. 첫 번째 집에서 잘 지내고 있었는데 왜 옮겨야 하는지 묻지 못했다. 새어머니의 말은 곧 명령이었고, 나는 따를 수밖에 없었다.

두 번째 집은 첫 번째 집만큼 넉넉하지는 않았지만, 그래도 우리 집보다는 훨씬 나은 형편이었다. 그곳에서도 나는 똑같은 일을 했다. 빨래, 청소, 식사 준비, 설거지… 하루하루가 반복되는 고된 노동의 연속이었다.

하지만 두 번째 집 주인은 첫 번째 집 주인만큼 따뜻하지 않았다. 일을 조금만 제대로 하지 못해도 핀잔을 주었고, 식사도 가족들과는 다른 것을 주었다. 가족들은 흰 쌀밥을 먹었지만, 나는 보리밥이나 잡곡밥을 먹었다. 반찬도 마찬가지였다. 가족들이 먹고 남은 것을 먹어야 했다.

그렇게 몇 개월을 더 버텼다. 매일 밤, 잠자리에 누우면 눈물이 흘렀다. '나는 왜 이렇게 살아야 할까. 나도 다른 아이들처럼 학교에 가고 싶은데…' 창밖으로 보이는 별들을 보며 그런 생각을 했다.

학교에 대한 그리움

식모살이를 하는 동안, 가장 힘들었던 것은 육체적 고통보다도 학교에 갈 수 없다는 사실이었다. 거리를 지나다 보면 깨끗한 교복을 입고 책가방을 멘 아이들이 보였다. 그 아이들은 웃으며 떠들며 학교로 가고 있었다. 나는 빨래 광주리를 이고 우물가로 가는 길이었고, 그 아이들은 배움의 길로 가고 있었다.

'나도 저렇게 학교에 다니고 싶다.' 그 생각뿐이었다. 글을 배우고 싶었다. 책을 읽고 싶었다. 세상에 대해 알고 싶었다. 하지만 그것은 나에게 허락되지 않은 꿈이었다. 새어머니에게 학교에 보내 달라고 말할 엄두조차 낼 수 없었다. 그런 말을 꺼냈다가는 또 어떤 구박을 받을지 뻔했다.

가끔 주인집 아이들이 공부하는 모습을 몰래 지켜보곤 했다. 책을 펼치고 공부하는 모습이 그렇게 부러울 수가 없었다. 그 아이들이 버린 공책이나 연습장이 있으면 몰래 주워서 보기도 했다. 한글이라도 제대로 배우고 싶었지만, 그럴 기회조차 없었다.

소양강 너머 제사공장에 취업

그렇게 식모살이를 하던 중, 내 나이 열여섯 살이 되던 해였다. 어느 날 아버지가 나를 부르셨다. "네가 이제 제사공장에 취직했다. 내일부터 출근해라." 갑작스러운 말씀이었지만, 그래도 식모살이에서 벗어날 수 있다는 사실이 반가웠다.

그런데 새어머니는 아침 일찍 제사공장에 가야 하는 나에게 아침밥을 해서 차려놓고 가라고 하는 것이었다. 자기 친딸이라면 그렇게 하였겠는가? 참으로 힘들었지만 시키는 대로 밥을 차려놓고 먼 거리의 제사공장을 다녔다.

제사공장은 소양강 다리 건너편에 있었다. 누에고치에서 명주실을 뽑아 내는 곳이었다. 공장은 크고 넓었다. 거대한 기계들이 돌아가고, 수십 명의 여공들이 일하고 있었다. 나는 그곳에서 가장 어린 축에 속했다.

제사공장의 일은 단순했지만 고되었다. 누에고치를 뜨거운 물에 삶아 실타래를 찾아내고, 그것을 물레에 감는 일이었다. 하루 종일 뜨거운 증기 속에서 일해야 했다. 손은 늘 뜨거운 물에 담가져 있어서 불었고, 피부가 벗겨지기도 했다. 여름에는 무더위와 증기 때문에 숨 쉬기도 힘들었고, 겨울에는 차가운 바람을 맞으며 출퇴근해야 했다.

교동 반지하 집에서 제사공장까지는 걸어서 한 시간 반이 걸렸다. 먼 거리였지만 버스 요금이 아까워 언제나 걸어 다녔다. 새벽같이 일어나 허겁지겁 식사를 하고, 어둠이 채 가시지 않은 길을 걸어 공장으로 향했다. 소양강 다리를 건널 때면 강바람이 매섭게 불어왔다. 겨울 아침의 추위는 뼛속까지 파고들었다.

저녁에 일을 마치고 집으로 돌아올 때는 더 힘들었다. 온종일 일한 뒤라 다리는 후들거렸고, 발바닥은 아팠다. 그래도 묵묵히 걸었다. 소양강 다리 위에서 잠시 멈춰 강물을 내려다보곤 했다. 유유히 흐르는 강물을 보며 '나도 언젠가는 이 강물처럼 자유롭게 흘러갈 수 있을까' 하는 생각을 했다.

비가 오는 날은 더 고생이었다. 우산도 제대로 된 것이 없어서 비를 다 맞으며 걸어야 했다. 옷이 흠뻑 젖어도, 신발에 물이 차도, 그냥 걸어야 했다. 공장에 늦으면 안 됐기 때문이다. 젖은 옷으로 하루 종일 일하면 몸이 으슬으슬 떨렸다. 그렇게 감기에 걸리기도 여러 번이었다.

첫 월급을 받던 날

첫 월급을 받던 날을 잊을 수가 없다. 사천 환이었다. 당시로서는 적지 않은 돈이었다. 생전 처음 받아 보는 내 노동의 대가였다. 손에 쥔 봉투가 묵직했다.

'이 돈으로 무엇을 할 수 있을까.' 잠깐 여러 생각이 스쳤다. 새 옷 한 벌 사고 싶었다. 맛있는 것도 먹고 싶었다. 책도 사고 싶었다. 하지만 그런 생각은 잠깐뿐이었다.

집에 돌아와 나는 봉투를 뜯지도 않은 채 아버지께 드렸다. "아버지, 제 첫 월급입니다." 아버지는 묵묵히 받으셨다. "고생했다"는 짧은 말씀 한마디. 그것으로 끝이었다. 월급은 고스란히 집안 살림에 보태졌다.

그 후로도 매달 월급을 받을 때마다 단 한 푼도 쓰지 않고 모두 부모님께 드렸다. 내 손으로 번 돈이었지만, 내 것이라고 생각해 본 적이 없었다. 그것이 당연한 줄 알았다. 부모에게 효도하는 것이 자식의 도리라고 배웠고, 나는 그렇게 실천했다.

제사 공장에서의 일상

제사공장에서의 하루는 길고 힘들었다. 아침 8시에 출근해서 저녁 6시까지, 때로는 잔업으로 밤 8시, 9시까지 일했다. 점심시간 한 시간을 빼면 거의 쉬지 않고 일했다.

뜨거운 물에 누에고치를 삶으면 독특한 냄새가 났다. 처음에는 그 냄새 때문에 구역질이 나기도 했지만, 곧 익숙해졌다. 물레를 돌리는 일은 손재주가 필요했다. 실이 끊어지지 않도록 조심스럽게, 하지만 빠르게 감아야 했다. 실이 엉키면 다시 풀어야 했고, 그러면 작업이 지연되어 꾸중을 들었다.

선배 여공들은 대부분 친절했다. 처음 들어온 나를 보고 "어린 나이에 고생이 많겠다"며 일하는 요령을 가르쳐 주었다. 점심시간에는 도시락을 함께 먹으며 서로의 이야기를 나누었다. 그들도 나와 비슷한 처지였다. 가난한 집안의 딸들이 생계를 위해 일하러 나온 것이었다.

하지만 공장장은 엄격했다. 일을 게을리 하거나 실수하면 가차 없이 꾸중했다. "일도 제대로 못 하면서 월급은 받으려고!" 그런 말을 들을 때면 가슴이 철렁 내려앉았다. 해고당할까 봐 두려웠다. 이 일마저 잃으면 나는 어디로 가야 할까.

그렇게 나의 열여섯 살은 흘러갔다. 식모살이 2년, 제사공장 생활. 또래 아이들이 학교에서 친구들과 웃고 떠들 때, 나는 남의 집 빨래를 하고, 뜨거운 물에 손을 담그고 있었다. 하지만 나는 포기하지 않았다. 언젠가는 기회가 올 것이라는 희망, 배움에 대한 갈증, 그것들이 나를 버티게 했다.

지금 돌이켜 보면, 그 시절의 고생들이 나를 더 강하게 만들었다. 정직하게 살아야 한다는 것, 어려운 상황에서도 최선을 다해야 한다는 것, 배움의 소중함을 그때 뼈저리게 느꼈다. 그리고 그 경험들이 훗날 내 인생의 밑거름이 되었다.

용문산 오빠댁에서
조카 돌봄 생활

갑작스러운 아버지의 명령

제사공장 생활에 겨우 익숙해질 무렵이었다. 매일 아침 한 시간 반을 걸어 출근하고, 하루 종일 뜨거운 물에 손을 담그며 일하고, 저녁이면 다시 한 시간 반을 걸어 집으로 돌아오는 일상이 반복되었다. 힘들었지만 그래도 월급을 받을 수 있다는 것, 식모살이보다는 나았다는 것이 위안이었다.

그런데 어느 날, 아버지가 나를 부르셨다.

"네가 이제 응삼이 사촌 오빠네 집에 가야겠다." 갑작스러운 말씀에 나는 어리둥절했다.

"사촌 오빠네요?"

"용문산 기슭에 네 사촌 오빠가 사는데, 벌목 일을 하다 보니 두 부부가 멀리 있어 아이들만 있다고 하니 아이들을 돌봐 줄 사람이 필요하단다. 네가 가서 조카들도 돌보고 밥도 해 주고 그래야겠다."

제사공장은 어떻게 하냐고, 겨우 일을 배웠는데 그만두어야 하냐고 묻고 싶었다. 하지만 입 밖으로 그런 말을 꺼낼 수 없었다. 아버지의 말씀은 곧 명령이었다. 그것이 그 시절 자식의 도리였고, 효도라고 믿었다. 아버지께서 그렇게 말씀하시면 무조건 따라야 했다.

"알겠습니다, 아버지."

나는 고개를 숙이며 대답했다. 가슴 한편에서는 아쉬움이 밀려왔다. 제사공장 선배 언니들과도 정이 들었고, 비록 힘들었지만 내 손으로 번 돈을 가족에게 드릴 수 있다는 것이 자랑스럽기도 했었다. 하지만 그런 내 마음은 중요하지 않았다. 가족이 필요로 한다면, 아버지가 그렇게 말씀하신다면, 나는 가야만 했다.

용문산 기슭의 응삼이 사촌 오빠

며칠 후, 나는 간단한 짐을 꾸려 용문산으로 향했다. 춘천에서 용문산까지 가는 길은 멀고 험했다. 버스를 타고 한참을 가다가, 버스가 더 이상 올라가지 못하는 곳에서 내려 다시 걸어야 했다. 산길을 오르며 숨이 찼다.

응삼이 오빠네 집은 용문산 중턱에 자리 잡고 있었다. 정말 외딴 곳이었다. 주변을 둘러봐도 집이라고는 보이지 않았다. 가장 가까운 이웃집도 한참을 걸어 내려가야 했다. 응삼이 오빠네는 허름한 초가집이었다. 지붕은 낡은 짚으로 덮여 있었고, 벽은 흙으로 만들어져 여기저기 금이 가 있었다. 춘천 교동의 반지하방도 좁고 음침했지만, 이곳은 그보다 더 낙후된 곳이었다.

"왔구나." 오빠가 나를 맞아 주셨다. 오빠는 벌목 일을 하고 있었다. 벌목일로 인하여 산 넘어에서 올케와 병화 조카와 함께 생활을 하고 있었다. 조카 병구와 순례는 어려서 학교는 다녀야 해서 내가 밥을 해 주어야 했다. 오빠네는 새벽같이 산으로 올라가 나무를 베고, 그것을 운반하는 힘든 일이었다. 그래서인지 오빠의 손은 굳은살로 가득했고, 얼굴은 거칠고 햇볕에 그을려 있었다.

"조카들이다. 애들아, 인사드려라." 사촌 오빠의 말씀에 두 명의 아이들이 나왔다. 나보다 어린 조카들이었다. 아이들은 수줍게 나를 쳐다보았다. 옷은 낡고 해졌으며, 얼굴에는 때가 묻어 있었다. 올케가 자주 오지 않아서 제대로 돌봄을 받지 못하는 것이 한눈에 보였다.

"네가 여기서 애들 좀 돌봐 주고, 밥 좀 해 주고 그래라. 내가 벌목 나가면 아침부터 저녁까지 일을 해야 해서 집을 비우게 되고 삼판하는 곳이 멀어서 자주 오지 못하니까."

오빠의 이야기에 나는 고개를 끄덕였다.

"네, 오빠. 제가 잘 할게요."

응삼이 오빠는 큰아버지의 아들이기 때문에 나이가 나보다도 20살 정도 많았다. 병화 조카가 나보다 한 살 많았으니 사실 오빠이기는 하지만 아버지뻘이 되는 셈이었다.

외로운 산중 생활

용문산 중턱에서의 생활은 고독했다. 주변에는 아무도 없었다. 사람의 목소리라고는 큰아버지와 조카들의 목소리밖에 들리지 않았다. 가끔 산새들의 지저귐이나 바람 소리가 전부였다.

사촌 오빠는 새벽같이 일어나 산으로 벌목을 나가셨다. "조카
들 잘 부탁한다"는 말씀을 남기고 나가시면, 1주일 동안 돌아오
지 않으셨다. 나는 아침마다 아이들을 깨우고, 아침 식사를 준비
했다. 사촌 오빠가 벌어온 돈으로 사 온 쌀과 보리, 그리고 텃밭
에서 키운 채소가 전부였다. 풍족하지 않았지만, 그래도 끼니는
때울 수 있었다.

아이들의 옷을 빨아 주고, 방을 청소하고, 마당을 쓸었다. 식모
살이를 하며 배운 집안일 솜씨가 도움이 되었다. 하지만 이곳은
춘천의 주인집과는 달랐다. 주인집에서는 그래도 사람들이 있었
고, 마을이 가까웠다. 여기는 산속이었다. 해가 지면 깜깜한 어
둠이 밀려왔고, 밤이면 여우 등 산짐승 소리가 들렸다. 겁이 났지
만, 조카들 앞에서 두려움을 내색할 수 없었다. 내가 의지할 곳은
없었지만, 어린 조카들은 나를 의지했으니까.

조카들과 놀아 주고, 밥을 해 주고, 재워주는 일상이 반복되었
다. 아이들은 착했다.

"고모, 밥 맛있어요."

"고모, 고마워요." 그런 말을 들을 때면 힘든 것도 잊을 수 있
었다. 하지만 밤이 되어 아이들이 잠든 후에는 외로움이 밀려왔
다. 제사공장 언니들이 그리웠고, 춘천 거리가 그리웠다. 이렇게
산속에서 언제까지 살아야 하나 하는 생각이 들었다.

군인들의 방문

어느 날 오후였다. 조카들과 함께 마당에서 놀고 있는데, 멀리

서 군인들이 올라오는 것이 보였다. 용문산 정상에 군부대가 있다는 것은 알고 있었다. 가끔 군인들이 산길을 오르내리는 모습을 본 적이 있었다.

군인들이 우리 집 앞에 멈춰 섰다.

"아가씨, 집에 계시오?" 나는 조심스럽게 대답했다.

"네, 무슨 일이신가요?" "우리가 부대로 올라가는 길인데, 배가 고파서 그러는데 밥 좀 해 줄 수 있소?"

순간 당황스러웠다. 군인들의 요구를 거절하기가 쉽지 않았다. 그 시절, 군인은 권위의 상징이었고, 군인에게 대들거나 거절하는 것은 상상하기 어려운 일이었다. 하지만 집에는 밥을 지을 쌀이 넉넉하지 않았다. 큰아버지께서 사다 놓으신 쌀은 우리 식구가 먹기에도 빠듯했다. 낯선 군인들에게까지 밥을 해 줄 여유가 없었다.

"저… 죄송하지만 집에 쌀이 많지 않아서요. 밥을 해 드릴 수가 없습니다." 나는 떨리는 목소리로 말했다. 군인들의 얼굴이 굳어졌다. "쌀이 없다고? 이 산중에서 밥 한 끼 못 얻어먹는단 말이오?" 그들의 목소리에는 불만이 가득했다.

"정말 죄송합니다. 저희도 먹을 것이 넉넉하지 않아서…" 나는 고개를 숙이며 다시 말했다. 사실 겁도 났다. 군인들이 화를 내면 어쩌나, 무슨 일이 생기면 어쩌나. 하지만 없는 쌀로 밥을 지을 수는 없었다.

군인들은 투덜거리며 돌아섰다. "쳇, 인심도 없네. 밥 한 끼 해 주는 게 뭐가 어렵다고." "이런 산중에서 사는 주제에 말이야." 그들은 불만을 토하며 산길을 올라갔다. 나는 그들의 뒷모습을 보며 가슴이 두근거렸다. '잘한 일일까? 혹시 문제가 생기는 건 아닐까?' 하지만 어쩔 수 없었다. 그날 저녁, 조카들과 저녁 식사를 하며 군인들 이야기는 잊으려고 했다.

악몽과 붉은 빛 그리고 잿더미가 된 집

밤이 깊어지고, 조카들을 재운 후 나도 잠자리에 들었다. 하루의 피로가 몰려왔고, 곧 잠에 빠져들었다.

그런데 꿈을 꾸었다. 이상한 꿈이었다. 빨간 쥐가 집 안을 들락날락하는 것이었다. 빨간 쥐, 빨간 쥐… 왜 쥐가 빨간색일까? 그 쥐들이 방안을 뛰어다니고, 지붕 위를 기어다니고, 여기저기를 돌아다녔다. 불길한 느낌이 들었다. 가슴이 답답하고, 숨이 막히는 것 같았다.

"으윽…" 나는 신음하며 눈을 떴다. 그런데 눈을 뜬 순간, 나는 비명을 질렀다. 방 벽에 시뻘건 불빛이 비치고 있었다. 빨간 쥐가 아니었다. 불이었다!

"불이야! 불이야!"

나는 급히 일어나 조카들을 깨웠다.

"애들아, 빨리 일어나! 불이야!"

조카들은 잠에서 깨어 영문을 모른 채 울기 시작했다.

"무서워, 고모!" "고모, 어떡해!"

"괜찮아, 괜찮아. 고모가 있어. 빨리 밖으로 나가자!"

나는 조카들의 손을 잡고 문을 열었다. 밖으로 나오는 순간, 눈앞의 광경에 숨이 막혔다. 집의 반이 이미 불에 타고 있었다. 초가지붕에 불이 붙어 활활 타오르고 있었고, 불길은 바람을 타고 순식간에 번지고 있었다.

"살려 주세요! 불이야!"

나는 목이 터져라 소리쳤다. 조카들은 내 옆에서 울며 떨고 있었다.

"고모, 무서워!" "집이 타고 있어!"

"괜찮아, 우리는 안전해. 걱정 마."

나는 조카들을 꼭 안으며 달랬지만, 내 자신도 두려움에 떨고 있었다. 불길은 점점 더 커져 갔다. 초가지붕의 마른 짚은 불이 붙기 좋은 재료였다. 순식간에 지붕 전체가 불에 휩싸였다.

한참을 지나서야 멀리 사는 이웃들이 달려왔다. "불이야! 빨리 물을 길어 와!" 사람들은 양동이를 들고 물을 길어다 불을 끄려고 했다. 하지만 용문산 중턱, 물을 구하기도 쉽지 않은 곳이었다. 산 아래 샘물까지 내려갔다가 올라오는 데 시간이 걸렸다.

"빨리! 더 빨리!" 이웃들은 양동이에 물을 담아 불에 끼얹었다. 하지만 불길은 이미 걷잡을 수 없이 커져 있었다. 물 몇 바가지로는 어림도 없었다. 초가집은 너무나 쉽게 탔다. 지붕이 무너지고, 벽이 무너지고, 집 안에 있던 모든 것들이 불에 휩싸였다.

나는 그저 멍하니 서서 불타는 집을 바라볼 수밖에 없었다. 조카들은 내 치마를 붙잡고 울고 있었다. "고모, 우리 집이 다 타 버렸어." "어떡해, 고모…"

"괜찮아, 괜찮아…" 나는 조카들을 안으며 눈물을 삼켰다. 괜찮을 리가 없었다. 집이 다 타 버렸는데, 큰아버지는 안 계시고, 우리는 한밤중에 산중에 서 있는데, 어떻게 괜찮다고 말할 수 있을까.

불길은 새벽녘까지 계속되었다. 사람들이 물을 길어다 부었지만, 결국 집은 거의 다 타 버렸다. 남은 것은 그을린 기둥 몇 개와 재뿐이었다.

이웃집의 배려와 야속한 군인들

"얘들아, 일단 우리 집에 가서 자거라."

이웃집 아주머니가 우리를 데려가셨다. 멀리 떨어진 그 집까지 어둠 속을 걸어갔다. 조카들은 피곤해서 비틀거렸고, 나는 그 아이들을 부축하며 걸었다.

이웃집에 도착해서도 잠이 오지 않았다. 눈을 감으면 불길이 보였다. 활활 타오르는 집, 무너지는 지붕, 재가 되어 버린 모든 것들. '이게 내 잘못인가? 내가 군인들에게 밥을 해 줬으면 이런 일이 없었을까?' 온갖 생각이 머릿속을 맴돌았다.

아침이 되어 사촌 오빠가 돌아오셨다. 벌목 일을 마치고 집에 오시던 사촌 오빠는 집이 불타 버린 것을 보고 망연자실하셨다. "이게 어떻게 된 일이냐?" 나는 울먹이며 어젯밤 일을 말씀드렸다. 군인들이 왔던 일, 밥을 지어 줄 수 없다고 한 일, 한밤중에 불이 난 일.

사촌 오빠는 아무 말씀도 하지 않으셨다. 그저 타 버린 집터를 바라보실 뿐이었다. 타다 남은 기둥에서는 아직도 연기가 피어오르고 있었다. 어제까지 우리가 살던 집은 이제 잿더미가 되어 있었다.

점심 무렵, 산 위에서 군용 트럭이 내려왔다. 부대로 올라갔던 군인들이 돌아오는 것이었다. 트럭이 불탄 집터 앞을 지나갈 때, 나는 그 소리를 들었다.

"봐라, 그러니까 밥을 해 줬으면 이런 일이 없었을 거 아니야." 한 군인이 웃으며 말했다.

"그러게 말이야. 우리가 부탁했을 때 해 줬으면 집에 불을 안 질렀을 텐데." 다른 군인도 거들었다.

그 순간, 나는 온몸에 소름이 돋았다. 그들이 불을 질렀다는 것이었다. 밥을 안 해 줬다고, 그들이 고의로 우리 집에 불을 낸 것이었다. 분노가 치밀어 올랐다. 어떻게 그럴 수가 있지? 밥 한 끼를 안 해 줬다고 남의 집에 불을 지르다니!

나는 달려가서 소리치고 싶었다. "당신들이 불을 질렀어요! 당신들 때문에 집이 다 타 버렸어요!" 하지만 나는 그저 그 자리에 얼어붙은 채 서 있을 뿐이었다. 군인들의 트럭은 그대로 산 아래로 내려갔다. 그들의 웃음소리가 바람에 실려 들려왔다.

화가 났다. 분하고 억울했다. 지금 같으면 경찰에 신고하고, 고소하고, 그렇게라도 할 수 있을 텐데. 하지만 그때는 달랐다. 군인의 권력은 절대적이었다. 민간인이 군인을 고소한다? 그런 것은 상상도 할 수 없는 일이었다. 오히려 문제를 일으킨다고 우리가 더 큰 곤란을 겪을 수도 있었다.

"내가… 내가 밥을 해 줬어야 했는데…" 나는 중얼거렸다. 죄책감이 밀려왔다. 내가 쌀이 아깝다고, 낯선 사람들에게 밥을 해 줄 수 없다고 거절했기 때문에 이런 일이 생긴 것 같았다.

더 이상 머물 수 없었던 이유

"죄송합니다. 제가… 제가 집을 지키지 못해서…" 나는 사촌 오빠에게 말하였다. 눈물이 멈추지 않았다. "제가 집에 돌아가겠습니다. 제가 있어서 이런 일이 생긴 것 같아요."

사촌 오빠는 고개를 저으셨다.

"아니다. 네 잘못이 아니야. 네가 무슨 잘못을 했니. 군인들이 잘못한 거지." 사촌 오빠의 목소리는 쓸쓸했다.

"그래도 여기 있어도 된다. 우리가 다시 집을 지으면 되지. 너무 자책하지 마라."

하지만 나는 더 이상 그곳에 머물 수 없었다. 매일 불탄 집터를 보며 지낼 자신이 없었다. 그리고 무엇보다, 내가 있어서 큰아버지네 식구들에게 해를 끼친 것 같아 견딜 수 없었다. 만약 내가 없었다면, 군인들이 들르지 않았을 것이고, 불도 나지 않았을 것이라는 생각이 들었다.

"사촌 오빠, 정말 죄송합니다. 저는 정말 가야겠어요." 나는 고집스럽게 말했다. 사촌 오빠는 더 이상 말리지 않았다. 내 마음을 아셨던 것 같다.

조카들은 울며 매달렸다.

"고모, 가지 마. 우리 같이 살자."

"고모가 없으면 우리 어떡해." 하지만 나는 떠나야 했다. 조카들을 꼭 안아 주고,

"미안해, 고모가 정말 미안해"라고 속삭이며 그곳을 떠났다.

아버지가 새로 이사 간 홍천 용수골로

며칠 후, 나는 간단한 짐을 꾸려 산을 내려왔다. 집으로 가는 길, 나는 계속 뒤를 돌아보았다. 용문산이 멀어져 갔다. 불탄 집, 조카들, 큰아버지, 모든 것이 뒤에 남겨졌다.

그 사이에 아버지는 춘천 교동에서 홍천 용수골로 이사를 하셨다고 했다. 나는 홍천 용수골, 아버지가 계신 곳으로 향했다. 가는 내내 마음이 무거웠다. 집을 불태워 버린 일, 조카들을 두고 온 일, 모든 것이 가슴에 짐으로 남았다.

버스에 몸을 싣고 창밖을 바라보며, 나는 다짐했다. '다시는 이런 일이 없도록 해야 해. 더 조심하고, 더 현명하게 살아야 해.'

하지만 그날의 기억은 평생 지워지지 않았다. 활활 타오르던 불길, 울던 조카들, 군인들의 비웃음 섞인 말들. 그리고 무엇보다, 내가 무력하게 서서 모든 것이 타 버리는 것을 지켜봐야만 했던 그 절망감. 그것은 내 가슴 깊은 곳에 아물지 않는 상처로 남았다.

지금 돌이켜보면, 그때 내가 느꼈던 죄책감은 정당하지 않았다는 것을 안다. 나는 아무 잘못도 하지 않았다. 없는 쌀로 밥을 지어 줄 수 없다고 한 것이 무슨 잘못인가. 군인들이 앙갚음으로 불을 지른 것은 명백한 범죄였다. 하지만 그 시절에는, 그런 부당함에 맞서 싸울 수 있는 방법이 없었다. 약한 사람은 그저 참고 견딜 수밖에 없었다.

그래도 그 경험은 나를 더 강하게 만들었다. 세상이 불공평하다는 것, 때로는 아무 잘못도 하지 않았는데 불행이 찾아온다는

것, 그리고 그럴 때도 포기하지 않고 앞으로 나아가야 한다는 것
을 배웠다.

새어머니의 봉담배
심부름 기억

새어머니는 담배 꼴초

　새어머니는 담배를 피웠다. 매일같이, 하루도 빠짐없이 담배를 피웠다. 그것도 보통 담배가 아니라 봉담배였다. 봉담배는 예전에 대부분 남자들이 긴 담뱃대에 꽂아 피우는 곰방대와 같은 것이 아니었다. 종이에 담배를 넣고 돌돌 말아서 만드는 것이었다.

　새어머니는 거친 종이 한 장을 펼쳐 놓고, 그 위에 담뱃잎을 조금 덜어내 올려놓았다. 그러고는 손가락으로 능숙하게 종이를 말아 올렸다. 양쪽 끝을 꼬아 담배가 흘러나오지 않게 하고, 침으로 종이 가장자리를 적셔 붙였다. 그렇게 만들어진 봉담배는 길쭉하고 투박했다. 공장에서 만든 담배처럼 반듯하지도 않았고, 크기도 들쭉날쭉했다.

　새어머니의 손가락은 늘 담배 진으로 누렇게 물들어 있었다. 손톱 밑도, 손가락 사이사이도 담배 냄새가 배어 있었다. 그 냄새는 새어머니가 만지는 모든 것에 스며들었다. 밥을 지을 때도, 빨래를 할 때도, 그 손으로 하는 모든 일에 담배 냄새가 따라다녔다.

꼭 나를 시키는 이유

봉담배를 다 말고 나면, 새어머니는 결코 직접 불을 붙이러 가지 않았다. 언제나, 어김없이 나를 불렀다.

"애야, 이거 불 좀 붙여 와."

새어머니는 자기 손으로 정성껏 만 봉담배를 내 손에 쥐어 주었다. 나는 그것을 받아 들고 밖으로 나가야 했다. 부엌에 있는 화로로 가야 했다.

왜 꼭 나를 시키는지 처음에는 몰랐다. 성냥불로도 불을 붙일 수 있었을 텐데, 왜 굳이 어린 나를 밖으로 내보내 화롯불에 붙이게 하는지 이해할 수 없었다. 하지만 시키는 대로 할 수밖에 없었다. 거역하면 무슨 일이 생길지 뻔했다.

부엌으로 가면 화로가 있었다. 화로 안에는 남은 숯불이 피어 있었다. 겨울이면 방을 데우기 위해, 여름이면 밥을 짓기 위해 늘 화로에는 불이 살아 있었다. 나는 봉담배 한쪽 끝을 화로 위에 가져다 댔다.

강제로 당하는 간접흡연

하지만 문제는 여기서부터 시작이었다. 봉담배는 그냥 화로 위에 갖다 대기만 해서는 불이 붙지 않았다. 불씨가 종이에 옮겨붙으려면 바람이 필요했다. 공기가 들어가야 했다. 그래서 나는 봉담배를 입에 물고 빨아들여야 했다.

휴우ー, 휴우ー

봉담배를 입에 문 채로 숨을 들이마셨다. 한 번, 두 번, 세 번…
불이 붙을 때까지 계속 빨아야 했다. 그때마다 담배 연기가 내 입
안으로 들어왔다. 코로 들어왔다. 목구멍으로 넘어갔다.

기침이 났다. 목이 따갑고 아팠다. 눈이 매웠다. 연기 때문에
눈물이 났다. 어지럽고 머리가 아팠다. 하지만 멈출 수 없었다.
불이 붙을 때까지 계속 빨아야 했다.

어린 나이에도 알 수 있었다. 이것이 좋지 않다는 것을. 내 몸
에 해롭다는 것을. 그 쓰고 매캐한 연기가 내 몸속으로 들어올 때
마다, 몸이 거부 반응을 일으켰다. 기침을 하고, 눈물을 흘리고,
고개를 돌리고 싶었다. 하지만 그럴 수 없었다.

드디어 봉담배 끝에서 붉은 불씨가 살아났다. 종이가 타기 시
작하며 담뱃잎에 불이 옮겨붙었다. 연기가 모락모락 피어올랐
다. 그제야 나는 봉담배를 입에서 뗄 수 있었다.

어린 나이부터 시작된 일

이런 일은 한두 번이 아니었다. 매일같이 반복되었다. 하루에
도 몇 번씩 반복되었다. 새어머니는 담배를 자주 피웠다. 아침에
일어나서도, 낮에 일을 하다가도, 저녁을 먹고 나서도, 잠들기
전에도 담배를 피웠다. 그때마다 나는 불러졌다.

"애야, 불 붙여 와."

그 말만 들으면 가슴이 철렁했다. 또 그 매캐한 연기를 마셔야
한다는 생각에 발걸음이 무겁게 느껴졌다. 하지만 어쩔 수 없었
다. 시키는 대로 해야 했다.

　이러한 봉담배 심부름은 열 살 이후부터 수없이 해야 했다. 정확히 몇 번이나 했는지 셀 수도 없었다. 수십 번, 수백 번, 어쩌면 수천 번도 넘었을 것이다. 날마다, 해마다 계속되었던 일이었다.

　겨울 추운 날에도 부엌으로 가서 화로 앞에 쭈그리고 앉아 봉담배에 불을 붙여야 했다. 여름 더운 날에도 화로의 뜨거운 열기를 견디며 봉담배를 입에 물어야 했다. 비가 오는 날에도, 눈이 오는 날에도, 몸이 아픈 날에도 예외는 없었다.

　가끔 생각했다. 만약 내가 새어머니의 친자식이었다면 어땠을까? 새어머니가 낳아서 직접 키운 자식이었다면, 이렇게 시켰을까?

　아니었을 것이다. 절대로 그러지 않았을 것이다.

　친자식이라면 담배 연기를 마시게 하지 않았을 것이다. 어린 나이에 담배 연기에 노출되는 것이 얼마나 해로운지 알면서도, 나에게는 아무렇지 않게 시켰다. 마치 내가 사람이 아닌 것처럼, 내 건강 따위는 중요하지 않은 것처럼 대했다.

　친자식이라면 성냥으로 직접 불을 붙였을 것이다. 아니면 자기가 직접 화로에 가서 붙였을 것이다. 절대로 어린아이에게 담배를 입에 물고 빨아서 불을 붙이라고 시키지는 않았을 것이다.

　그 사실을 알기에 더욱 가슴이 아팠다. 나는 새어머니에게 그저 심부름꾼이었고, 편하게 쓸 수 있는 도구였다. 내 건강이나 기분 따위는 안중에도 없었다.

평생 남은 거부감

그렇게 어릴 적부터 강제로 당한 간접흡연은 내 몸과 마음에 깊은 상처를 남겼다. 봉담배를 입에 물 때마다 느꼈던 그 불쾌함, 그 매캐하고 역겨운 냄새와 맛, 목구멍을 찌르는 아픔, 눈을 찌르는 따가움… 그 모든 것이 내 안에 각인되었다. 진저리가 났다. 정말로 진저리가 났다.

나는 담배를 피우는 그 자체를 싫어하게 되었다. 담배 냄새만 맡아도 그때의 기억이 떠올랐다. 누군가 담배를 피우는 모습만 봐도 불쾌했다. 담배 연기가 내 쪽으로 날아오면 본능적으로 고개를 돌렸다.

친구들이 자라서 담배를 피우기 시작했을 때, 나는 절대로 손도 대지 않았다. "한 대 피워 봐"라고 권유해도 단호하게 거절했다. 그들은 이해하지 못했다. 왜 그렇게까지 담배를 싫어하느냐고 물었다. 하지만 나는 설명할 수 없었다. 어린 시절 매일같이 봉담배에 불을 붙이느라 강제로 담배 연기를 마셔야 했던 그 기억을, 그 고통을 어떻게 설명할 수 있겠는가.

지금도 남아 있는 기억

세월이 흘렀지만, 그 기억은 여전히 생생하다. 새어머니가 "애야, 불 좀 붙여 와"라고 부르던 목소리, 손에 쥐어진 투박한 봉담배의 감촉, 화로 앞에 쪼그리고 앉아 봉담배를 입에 물었던 그 순간들, 연기가 입과 코로 들어오며 느꼈던 불쾌함과 고통…

그것은 단순히 심부름이 아니었다. 어린 나이에 강제로 당한 학대였다. 내 건강을 해치는 일을 매일같이 시키면서도 아무렇지 않게 여겼던, 새어머니의 무관심과 냉대였다.

친자식이라면 절대로 그렇게 하지 않았을 일. 그 사실이 가장 가슴 아팠다. 나는 사랑받지 못하는 아이였다. 보호받지 못하는 아이였다. 그저 편하게 부릴 수 있는 존재였을 뿐이었다.

그래서 지금도 나는 담배를 증오한다. 담배 냄새를 견딜 수 없다. 누군가 담배를 피우면 그 자리를 피한다. 그것은 단순한 혐오가 아니다. 어린 시절의 고통스러운 기억에서 비롯된, 몸과 마음에 깊이 새겨진 거부감이다.

열 살부터 수없이 반복했던 그 봉담배 심부름. 그것은 내 인생에서 지우고 싶지만 결코 지울 수 없는, 아픈 기억으로 남아 있다.

시집 이후의 또 다른
굴곡진 삶

열아홉 살,
홍천 유치리로 시집가다

용문에서 용수골 아버지 집으로

용문 사촌 오빠네 집에서 지낼 때 아버지는 춘천 교동에서 용수골로 이사를 하였다. 나는 용문에서 불이 난 이후 죄책감 등으로 인하여 아버지가 있는 용수골로 오게 되었다. 열여덟 살, 십일월의 일이었다. 겨울 추위가 막 시작되던 때였다.

아버지가 용수골로 이사를 하게 된 데는 특별한 이유가 있었다. 용수골 동네 사람들이 아버지를 서당 훈장으로 모셔 가려고 했던 것이다.

아버지는 어릴 적부터 한학을 배우셨다. 비록 신식 학교는 다니지 못하셨지만, 옛날 서당에서 사서삼경을 익히셨고, 한문에 조예가 깊으셨다. 사서삼경이라면 '대학', '중용', '논어', '맹자'의 사서와 '시경', '서경', '역경'의 삼경을 말하는 것으로, 유학의 기본이 되는 경전들이었다. 아버지는 이것들을 가르칠 수 있을 정도로 한학에 능력이 상당하셨다.

또한 아버지는 붓글씨를 아주 잘 쓰셨다. 먹을 갈아 붓에 묻혀

한 획 한 획 정성스럽게 써 내려가는 모습은 마치 예술가 같았다. 아버지가 쓴 글씨는 힘이 있으면서도 유려했고, 보는 사람들이 감탄할 정도였다.

용수골에서는 아버지의 이러한 능력을 높이 샀다. 동네 아이들에게 한문을 가르칠 사람이 필요했고, 아버지보다 더 적합한 사람이 없었다. 그래서 용수골 사람들은 아버지를 서당 훈장으로 모시기로 하고, 아버지가 용수골로 오도록 주선했던 것이다.

아버지는 용수골에 와서 서당을 열었다. 동네 아이들이 모여들었고, 아버지는 그들에게 천자문부터 시작해서 사서삼경까지 가르치셨다. 용수골에서 아버지의 명성은 자자했다고 한다.

"용수골에 훌륭한 훈장님이 계시다"는 소문이 인근 마을까지 퍼져 나갔다.

용수골은 낯선 곳이었다. 새로운 동네, 새로운 사람들. 하지만 이번에는 단순히 떠돌다가 온 것이 아니라, 아버지의 능력을 인정받아 온 것이었다. 그것이 조금은 위안이 되었다.

나는 다시 한번 적응해야 했다. 하지만 이제는 그런 것에도 익숙해져 있었다. 평생 이곳저곳 떠돌며 살아왔으니, 새로운 환경에 적응하는 것쯤은 어렵지 않았다.

그런데 용수골에서의 생활은 오래가지 못했다.

시집을 보내기로 한 새어머니

용수골로 온 지 얼마 되지 않았을 때였다. 새어머니의 태도가 예전보다 더 차갑게 느껴졌다. 나를 마주 보는 것조차 불편해하는 것 같았다. 내가 집안일을 아무리 열심히 해도, 아무리 말을 조심하고 눈치를 봐도, 새어머니의 표정은 늘 굳어 있었다.

나는 알 수 있었다. 새어머니는 내가 함께 생활하는 것이 못마땅했다. 성가신 존재였다. 하루빨리 내보내고 싶어 했다.

그리고 마침내 새어머니는 결심했다. 나를 시집보내기로.

"이제 네 나이도 되었으니 시집을 가야지."

새어머니의 말은 짧고 단호했다. 내 의견을 묻는 것이 아니었다. 이미 결정된 사실을 통보하는 것이었다.

용수골로 온 지 겨우 두 달 만의 일이었다. 열여덟 살 십일월에 왔으니, 스무 살도 되기 전이었다. 아직 마음의 준비도, 생각할 시간도 없었다. 하지만 누가 내 마음을 물었겠는가.

중매로 만난 남자

홍천 유치리에서 시집와서 용수골에 사시던 어느 할머니가 있었다. 새어머니는 그 할머니에게 부탁했다. 우리 애를 시집보낼 만한 남자를 찾아달라고.

할머니는 홍천 유치리에 괜찮은 남자가 있다며 중매를 섰다. 그리고 어느 날, 나는 그 할머니 댁으로 불려 갔다.

"오늘 보러 올 거다. 너의 신랑감을 잘 보거라."

가슴이 두근거렸다. 어떤 사람일까? 나를 남편으로 맞이할 사람은 어떤 모습일까? 기대보다는 두려움이 더 컸다.

할머니 댁에서 기다리고 있는데, 한 남자가 들어왔다. 내 남편이 될 사람이었다.

첫인상은… 실망스러웠다.

남자는 마른 체구에 볼품이 없었다. 무엇보다 얼굴에 하얀 버짐이 다닥다닥 붙어 있었다. 영양 상태가 좋지 않은 것이 한눈에 보였다. 건강해 보이지도 않았고, 당당해 보이지도 않았다.

'이 사람과 평생을 살아야 하나…'

마음 한구석이 무거워졌다. 하지만 어른들은 이미 결정한 듯했다.

"잘 어울리는구만. 결혼 날짜를 잡아야겠네."

내 마음이 어떤지는 아무도 묻지 않았다. 내가 그 남자를 마음에 들어 하는지, 평생을 함께하고 싶은지, 그런 것은 중요하지 않았다. 어른들이 짝지어 주면, 그저 따라야 하는 것이었다.

남자는 얼마 머물지 않고 돌아갔다. 그리고 결혼 날짜가 정해졌다. 음력 정월 초였다.

정월 초의 혼례

정월 초! 스무이튿날, 결혼 날이 밝았다.

그날 아침, 신랑이 안내하는 사람과 함께 트럭을 타고 우리 집으로 왔다. 트럭 짐칸에 실려 온 혼수와 함께였다. 안내하는 사람은 강락이 아저씨라고 불리는 분이었다.

우리 집에서는 동네 사람들을 불러 모았다. 큰 잔치는 아니었지만, 그래도 혼례는 제대로 치러야 했다. 마당에 자리를 마련하고 전통 혼례를 올렸다.

나는 처음 입어 보는 화려한 옷을 입었다. 머리도 곱게 빗고,

얼굴에도 화장을 했다. 거울을 보니 낯선 내 모습이 비쳤다. 이제 나는 누군가의 아내가 되는 것이었다.

혼례 상 앞에 마주 앉았다. 신랑은 긴장한 표정이었다. 나도 마찬가지였다. 동네 사람들이 지켜보는 가운데, 절을 올리고 술잔을 나누었다. 전통 방식대로 혼례를 치렀다.

내 나이 열아홉 살이 되던 때였다. 신랑은 스물두 살이었다.

마음에 크게 들지는 않았지만, 이미 정해진 일이었다. 부모가 짝지어 주었으니 함께 앞으로 살아가야겠다는 생각을 했다. 그것이 내가 할 수 있는 전부였다.

시댁으로 가는 길

혼례를 마치고 점심 식사를 한 뒤, 우리는 시댁으로 향했다. 트럭에 올라탔다. 혼수와 살림살이가 함께 실려 있었다.

그런데 이상한 일이 일어났다.

트럭 뒤 칸에는 신랑인 남편과 나, 그리고 안내를 맡은 강락이 아저씨가 함께 탔는데, 강락이 아저씨가 우리 부부 사이 한가운데에 앉는 것이었다.

보통이라면 신랑 신부가 나란히 앉고, 안내인은 옆이나 다른 곳에 앉는 것이 당연했다. 하지만 강락이 아저씨는 당연하다는 듯이 우리 사이에 자리를 잡았다. 신랑도, 나도 아무 말 하지 못했다.

'왜 저러시는 걸까?'

이해할 수 없었지만, 감히 물어볼 수도 없었다. 그저 어색하고 불편한 마음으로 트럭을 타고 갔다. 시댁까지 가는 내내 강락이 아저씨는 우리 사이에 앉아 있었다.

그렇게 우리는 홍천 유치리로 향했다.

시집가던 날의 기억

트럭이 흙먼지를 일으키며 비포장도로를 달렸다. 덜컹거리는 차 위에서 나는 꼿꼿이 허리를 펴고 앉아 있었다. 새색시답게 곱게 차려입은 분홍빛 한복 치마가 바람에 살랑거렸다. 창밖으로 보이는 산과 논밭이 점점 낯설어졌다. 이제 이곳이 내 새로운 삶의 터전이 될 것이었다.

"아가씨, 여기서 내리셔야 합니다."

운전사 아저씨가 미안한 듯 말했다. 시댁이 있는 마을 입구였다. 더 이상은 차가 들어갈 수 없는 좁은 길이 이어져 있었다.

트럭에서 조심스럽게 내려 짐을 챙기는데, 어디선가 동네 사람들이 하나둘씩 모여들었다. 호기심 어린 눈빛으로 나를 바라보는 아주머니들, 까르르 웃으며 쫓아오는 아이들. 순간 온 동네가 나를 구경하러 나온 듯한 기분이었다.

"어서 오게, 새댁!"

한 아주머니가 환하게 웃으며 손짓했다. 그런데 이상했다. 시댁 집 입구에 기다랗게 놓인 나뭇더미에 활활 불을 피워 놓고 있었다. 빨간 불꽃이 훨훨 타오르고 있었다.

"자, 이 불을 넘어가야 해요. 우리 동네 풍습이니까."

다른 아주머니가 익숙하다는 듯 설명했다.

"네? 불을요?"

나는 깜짝 놀라 물었다.

"그럼요! 이렇게 나무로 불을 피워 놓고 새댁이 넘어가야 귀신이 다 떨어진대요. 우리 동네는 다 그래요."

아주머니들이 진지한 표정으로 고개를 끄덕였다. 아이들까지 "어서요, 새댁!" 하며 손뼉을 치며 재촉했다.

나는 난감했다. 불길이 생각보다 높았다. 게다가 이 긴 치마를 입고 어떻게 불을 넘는단 말인가? 치마폭이 불길에 닿기라도 하면 금방 불이 옮겨붙을 게 뻔했다. 시집오는 첫날부터 한복에 불이 붙는 신부라니, 상상만 해도 끔찍했다.

"어서요, 새댁! 빨리 넘어가야지!"

재촉하는 목소리가 점점 커졌다. 주위에는 서른 명도 넘는 사람들이 둘러싸고 있었다. 모두가 나를 지켜보고 있었다.

순간, 나는 번뜩이는 생각이 떠올랐다.

'그래, 넘는 척만 하면 되는 거 아닌가?'

나는 심호흡을 한 번 하고는 불 쪽으로 다가갔다. 불을 뛰어넘는 것처럼 보이도록 발을 높이 들어 올리며 앞으로 뻗었다. 하지만 실제로는 불길 바로 옆, 안전한 공간으로 살짝 비켜 가며 지나갔다. 마치 불을 넘은 것처럼 자연스럽게.

"어이구, 잘 넘었네!"

"그래, 이제 귀신 다 떨어졌어!"

아주머니들이 박수를 치며 웃었다. 아무도 내가 실제로는 불을 넘지 않았다는 걸 눈치채지 못한 듯했다. 혹은 알면서도 모른 척해 준 것인지도 몰랐다.

나는 안도의 한숨을 쉬며 불이 붙지 않은 치마를 슬쩍 쓸어내렸다. 시집오는 첫날부터 작은 지혜를 발휘해야 했던 것이다. '참 신기한 풍습이네. 그래도 이렇게 많은 사람들이 나를 환영해 주는구나.'

그렇게 나는 불을 '넘고' 시댁 마을의 일원이 되었다. 동네 사람들의 웃음소리를 뒤로하며, 나는 한복 치마를 조심스럽게 잡고 시댁을 향해 걸어갔다.

그날의 기억은 지금도 생생하다. 활활 타오르던 불길, 둘러싸고 구경하던 동네 사람들, 그리고 화를 면하기 위해 발휘했던 나의 순발력까지. 새로운 삶의 시작은 그렇게 예상치 못한 시험으로 시작되었다.

시댁의 모습

시댁에 도착했다. 초가집이었다. 기와집도 아닌, 소박한 초가집. 생각보다 가난한 집이구나 하는 생각이 들었다.

시아버지가 나와 계셨다. 그때 시아버지 연세가 마흔다섯 살이었다. 비교적 젊은 나이었다. 시어머니는 안 계셨다.

"어머니는 전쟁 때 병으로 돌아가셨어."

남편의 말에 고개를 끄덕였다. 시어머니가 안 계시다니 한편으로는 다행이라는 생각도 들었다. 시어머니를 모시는 것이 얼마나 어려운지 이미 들어 알고 있었기 때문이다.

집 안에는 열일곱 살 아가씨와 열네 살 아가씨가 있었다. 열네 살 아가씨는 국민학교를 다니고 있었다. 아주버님은 군대에 가 계셨다. 형님은 혼자 생활하고 계셨다.

형님과 아가씨들은 아랫방에서 함께 생활하셨고, 시아버지는 사랑방에 기거하셨다. 우리 부부는 윗방을 쓰게 되었다. 문은 있었지만, 여러 사람이 함께 사는 집이라 늘 소리가 들렸고, 사생활이라는 것이 없었다. 형님도 매우 불편하였을 것이다.

새로운 방을 만들다

윗방에서 사는 것은 불편했다. 가족들의 시선이 늘 느껴졌고, 자유롭지 못했다. 남편도 같은 생각이었던지, 어느 날 말했다.

"집 앞에 행랑채가 있는데, 거기를 고쳐서 우리가 쓰면 어떻겠소?"

행랑채는 예전에 불이 나서 일부가 타 버린 곳이었다. 기둥은 새로 세워 놓았지만, 벽이 없어 그대로 방치되어 있었다.

"벽을 만들어야 하는데, 도와줄 수 있겠소?"

남편이 물었다. 나는 고개를 끄덕였다.

"할 수 있습니다."

남편은 직접 나무를 엮어 벽을 만들기 시작했다. 나는 옆에서 흙을 이겨 벽에 바르는 일을 도왔다. 벽돌박이라고 했다. 흙에 짚을 섞어 반죽하고, 그것을 나무 벽에 발라 벽을 만드는 것이었다.

손이 거칠어지고 팔이 아팠지만, 우리만의 공간을 만든다는 생각에 힘이 났다. 남편과 함께 일하며 조금씩 서로를 알아가기도 했다.

며칠을 작업한 끝에, 드디어 새로운 방이 완성되었다. 비록 초라하고 작은 방이었지만, 우리 부부만의 공간이었다. 그곳에서 우리는 새로운 생활을 시작했다.

시댁에서의 생활, 시아버지의 사랑

시댁에서의 생활이 시작되었다. 나는 새댁으로서 집안일을 도맡았다. 밥을 짓고, 빨래를 하고, 청소를 했다.

빨래는 개울에 나가서 했다. 샘물이 솟는 곳이 있었는데, 그곳의 물이 깨끗하고 다소 미지근하여 빨래하기 좋았다. 겨울에는 손이 얼어서 고통스러웠지만, 그래도 해야 하는 일이었다.

무릎을 꿇고 앉아 빨래판에 옷을 올려놓고 문질렀다. 비누를 칠하고, 솔로 문지르고, 물에 헹구고, 또 헹구고. 손은 빨갛게 부어올랐고, 손톱 밑에는 흙이 끼었다. 하지만 불평할 수 없었다. 이것이 며느리로서, 아내로서 해야 할 일이었다.

시아버지는 나를 늘 '작은애'라고 불렀다. 아주버님의 아내가 큰며느리였으니, 나는 작은며느리였고, 시아버지는 나를 작은애라고 부르셨다.

"작은애야—"

시아버지의 부르는 소리가 들리면 나는 달려갔다. 무슨 일이신지 여쭈었다.

어느 날 저녁이었다. 부엌에서 설거지를 하고 있는데, 시아버지께서 살며시 고개를 들이밀며 말씀하셨다.

"작은애야, 누룽지 있니?"

나는 바로 알아차렸다. 시아버지께서 누룽지를 드시고 싶으신 것이었다.

"내일 아침에 만들어 드릴게요."

나는 아침에 솥에 불을 더 때기 시작했다. 솥 바닥에 남아 있던 밥이 노릇노릇하게 눌어붙을 때까지 기다렸다. 고소한 냄새가 부엌에 퍼졌다.

주걱으로 조심스럽게 누룽지를 긁어 냈다. 바삭바삭한 누룽지가 주걱에 묻어 나왔다. 그것을 그릇에 담아 시아버지 방으로 갖다 드렸다.

"고마워, 작은애야." 시아버지는 늘 나에게 작은애라고 불렀다. 다정한 느낌이 들어 나는 좋았다. 시아버지는 환한 얼굴로 웃으며 누룽지를 받으셨다. 바삭바삭 소리를 내며 누룽지를 드시는 시아버지의 모습이 흐뭇했다. 작은 일이었지만, 시아버지를 기쁘게 해 드릴 수 있다는 것이 나도 좋았다.

목수였던 시아버지

시아버지는 술도 하지 않으시고 성실하게 일하시는 분이었다. 집을 짓는 일을 하셨다. 목수였다. 목재를 다루는 솜씨가 뛰어나셨다.

시아버지의 연장 중에는 톱이 여러 개 있었다. 대목수가 사용하는 아주 큰 거두톱, 탕개톱도 있었고, 외날톱, 양날톱과 같은 중간톱도 있었으며, 실톱과 같은 작은 톱도 있었다. 대패도 있었고, 끌도 있었고, 먹통도 있었다. 모두 시아버지가 오랜 세월 사용해 온 연장들이었다.

시아버지는 그 연장들을 소중히 여기셨다. 쓰고 난 뒤에는 반드시 깨끗이 닦아서 제자리에 두셨다. 녹이 슬지 않도록 기름을 발라 두기도 하셨다.

"연장은 목수의 생명이야."

시아버지가 말씀하셨다. 연장을 소중히 다루는 것이 곧 일을 소중히 여기는 것이라고.

지금 생각해 보면, 그 연장들을 버리지 않고 간직했다면 좋았을 것이라는 생각이 든다. 후손들에게 보여 주며 옛날 목수들이 어떻게 일했는지, 어떤 도구를 사용했는지 알려 줄 수 있었을 텐데. 교육적으로도 의미 있었을 것이다.

하지만 세월이 흐르며 그 연장들은 하나둘 사라졌다. 아주 큰 톱도, 대패도, 끌도 모두 어디론가 가 버렸다. 이제는 기억 속에만 남아 있다.

새로운 삶의 시작

그렇게 나는 열아홉 살에 시집을 와서 새로운 삶을 시작했다. 마음에 드는 남편은 아니었지만, 정이 들기를 바랐다. 가난한 집이었지만, 함께 일하며 살아가면 되었다. 시어머니는 안 계셨지만, 시아버지와 형님, 작은 아가씨와 함께하는 가족이 생겼다.

용수골에 온 지 두 달 만에 급하게 보내진 혼례였지만, 이것이 내 운명이려니 받아들였다. 앞으로 어떤 일들이 기다리고 있을지 알 수 없었지만, 하루하루 최선을 다해 살아가기로 마음먹었다. 초가집 행랑채의 작은 방에서, 나의 새로운 인생이 시작되었다.

삼막골의 고사리와
잊힌 전쟁의 흔적

봄, 나물 뜯으러 가는 날

예전에는 봄이 오면 산으로 나물을 뜯으러 가는 것이 일상이었다. 남편은 군대에 있었지만 시댁에서 생활을 해야 하므로 나물을 동네 사람들과 종종 산으로 다양한 나물을 뜯으러 가곤하였다. 추운 겨울을 나고 봄이 오면 땅에서 파릇파릇 새순들이 올라왔다. 냉이, 달래, 쑥, 고사리… 봄나물은 귀한 반찬이자 때로는 팔아서 돈을 벌 수 있는 소중한 수입원이기도 했다.

어느 봄날, 동네 아주머니들과 함께 삼막골로 고사리를 뜯으러 가기로 했다.

"거기 가면 고사리가 지천이라더라."

"올해는 비가 적당히 와서 고사리가 많이 났을 거야."

아주머니들은 설레는 마음으로 이야기를 나누며 산길을 올랐다.

등에는 커다란 광주리를 짊어지고, 허리에는 작은 바구니를 차고 떠나게 되었다.

실하고 많은 고사리

삼막골에 도착하니 정말 말로만 듣던 것이 사실이었다. 골짜기 여기저기에 고사리가 지천으로 돋아나 있었다. 그것도 아주 실하고 굵은 것들로. 보통 고사리는 가늘고 약한데, 이곳 고사리는 유난히 굵고 튼튼했다.

"어머, 여기 좀 봐! 고사리가 엄청나네!"

"이야, 이렇게 굵은 고사리는 처음 봐!"

아주머니들은 환호성을 지르며 여기저기 흩어져 고사리를 뜯기 시작했다. 나도 신이 나서 열심히 뜯었다. 하나, 둘 손이 바빠질수록 광주리가 금세 차올랐다.

'이렇게 많이 뜯으면 삶아서 말려 두고 한 해 내내 먹을 수 있겠네. 몇 다발은 장에 내다 팔 수도 있고.'

머릿속으로 이런저런 계산을 하며 부지런히 손을 놀렸다. 봄볕이 따사롭게 내리쬐고, 산새들이 지저귀고, 아주머니들의 웃음소리가 골짜기에 울려 퍼졌다. 평화롭고 행복한 시간이었다.

발밑의 섬뜩한 느낌

좀 더 많이 뜯으려고 골짜기 깊숙한 곳으로 들어갔다. 그곳에도 고사리가 더 많이 자라고 있었다. '여기는 사람들이 잘 안 오는 곳인가 봐. 그래서 이렇게 많이 남아 있네.'

신이 나서 한 발 한 발 내딛으며 고사리를 뜯는데, 갑자기 발밑에서 이상한 느낌이 들었다.

‘덜거덕. 덜거덕’

발을 디딜 때마다 뭔가 딱딱한 것이 부딪히는 소리가 났다. 돌멩이인가 싶어 그냥 계속 뜯었는데, 계속해서 그 소리가 났다.

‘덜거덕, 덜거덕.’

이상했다. 돌이라면 이런 소리가 나지 않는다. 나무 막대기도 아니었다. 뭔가 속이 빈 것 같은, 가벼운 느낌의 소리였다.

고개를 들어 발밑을 자세히 보았다. 고사리 사이로 뭔가 하얀 것들이 보였다. 나뭇가지인가? 아니었다. 그 형태가… 낯설면서도 어딘가 익숙했다. 손으로 고사리 줄기를 살짝 헤쳐 보았다. 그 순간, 온몸에 소름이 돋았다. 뼈였다. 사람의 뼈였다.

다리뼈, 팔뼈, 갈비뼈… 온갖 뼈들이 흙과 낙엽 사이에, 고사리 줄기 사이에 뒤엉켜 있었다. 한두 개가 아니었다. 사방에 수북이 쌓여 있었다. 골짜기 전체가 뼈로 덮여 있었다.

내가 신나게 고사리를 뜯고 있었던 그곳, 그 실하고 굵은 고사리들이 자라고 있던 그곳이 바로 수많은 유골들이 묻혀 있던 곳이었던 것이다. 고사리가 유난히 실하고 굵었던 이유도, 고사리가 유난히 많았던 이유도 이제야 알 것 같았다. 가슴이 철렁 내려앉았다. 다리에 힘이 풀렸다. 숨이 막혔다.

“으아아악!”

비명을 지르며 뒤로 물러섰다. 광주리에 가득 담았던 고사리들이 쏟아졌다. 손에 들고 있던 고사리 다발도 내팽개쳤다.

“무슨 일이야?” “왜 그래?”

멀리서 다른 아주머니들이 놀라서 소리쳤다. 하지만 대답할 여력이 없었다. 그저 이곳을 벗어나야 한다는 생각뿐이었다. 부리나케 뛰어 내려왔다. 넘어질 뻔하면서도 멈추지 않았다. 나무뿌리에 걸려 넘어져도 일어나서 또 뛰었다. 심장이 터질 것 같았다. 뒤에서 무언가 쫓아오는 것만 같았다.

"어떡해, 어떡해…"

입술이 바들바들 떨렸다. 눈을 감으면 그 하얀 뼈들이, 흙에 묻혀 있던 두개골이 눈앞에 떠올랐다.

잊힌 전쟁의 상처

한참을 뛰어 내려와 산 아래에서야 겨우 숨을 고를 수 있었다. 다른 아주머니들도 내 이야기를 듣고는 모두 질겁을 했다.

"어머, 그럼 우리도 그 위를 밟고 다닌 거 아니야?"

"세상에, 무섭다 무서워…"

그날 이후 한동안 밤만 되면 악몽을 꾸었다. 그 골짜기가, 그 뼈들이 꿈에 나타났다.

나중에 세월이 한참 흐르고 나서야 알게 되었다. 삼막골이 6·25 전쟁 때 격전지였다는 것을… 그곳에서 중공군과 치열한 전투가 벌어졌다는 것을…

그 골짜기에 묻혀 있던 뼈들은 전쟁에서 목숨을 잃고 제대로 수습되지 못한 중공군이거나 아니면 아군의 시체였던 것이었다. 스무 살, 서른 살도 안 된 젊은 나이에 전쟁터에서 쓰러져 그렇게 골짜기에 버려진 채 수십 년을 지낸 것이다.

그들도 누군가의 아들이었을 것이고, 누군가의 남편이었을 것이고, 누군가의 아버지였을 것이다. 집으로 돌아가지 못한 채,

이름도 없이 그곳에 묻혀 있었던 것이다.

봄이 오면 그들의 뼈 사이로 고사리가 돋아나고, 산새들이 날아다니고, 바람이 불었다. 그렇게 세월이 흘렀다.

그 뒤로 나는 다시는 삼막골에 가지 않았다. 아니, 갈 수가 없었다. 그곳의 고사리가 아무리 실하고 많아도, 다시는 그곳에서 나물을 뜯을 수 없었다.

가끔 봄이 되어 다른 곳에서 고사리를 뜯다 보면, 그날의 일이 떠오른다. 그리고 생각한다. 전쟁이 얼마나 무서운 것인지, 평화가 얼마나 소중한 것인지를…

남편의 머슴살이와
생사의 갈림길

전쟁의 상처와 가난의 그림자

6·25전쟁은 남편의 집안에 지울 수 없는 상처를 새겼다. 포탄이 하늘을 가르고 총성이 귓전을 울리던 그 참혹한 날들, 시어머니께서는 어린 자식들의 손을 꼭 붙잡고 인근 동굴로 숨어들었다. 햇빛 한 줄기 들지 않는 어둠 속에서, 바위틈을 타고 스며드는 차가운 물기에 옷이 축축이 젖어가며, 그렇게 하루하루를 버텼다. 동굴 밖에서는 폭격음이 들려왔고, 아이들은 배고픔에 울음을 삼켰다.

목숨을 부지할 수 있다는 것만으로도 감사해야 했던 그 지옥 같은 시절, 설상가상으로 전쟁의 혼란 속에 퍼진 역병이 시어머니를 덮쳤다. 열이 오르고 몸이 떨렸지만 약 한 첩 구할 길이 없었다. 전쟁 중이고 살던 곳은 시골이라 병원을 찾아가는 것은 요원하였다. 다시 집으로 오기는 했지만 방 안에 누운 시어머니의 숨소리는 점점 가늘어졌고, 결국 자식들이 지켜보는 가운데 눈을 감으셨다. 시신을 제대로 염할 천도, 관을 만들 나무도 없었다.

그렇게 시어머니는 차디찬 땅에 묻히셨다.

홀아비가 된 시아버지 앞에는 어린 자식들만 남았다. 전쟁으로 논밭은 황폐해졌고, 집은 반쯤 무너져 있었다. 아침마다 눈을 뜨면 아이들의 밥부터 걱정이었다. 아무리 새벽부터 밤늦게까지 일해도 입에 풀칠하기조차 버거웠다. 굶주림은 우리 집안을 떠나지 않았고, 아이들의 배는 늘 홀쭉했다.

그렇게 2년을 버티던 시아버지는 결국 가슴을 찢는 결정을 내려야 했다. 둘째였던 남편을 인근 경상이네 할아버지 댁으로 보내기로 한 것이다.

"아부지, 저는 안 가요. 여기 있을래요." 어린 남편이 울면서 매달렸다고 한다. 하지만 시아버지는 고개를 돌렸다. 눈물을 보일 수 없어서였다.

"거 가서 밥이라도 제대로 먹고, 일 배워라. 그래야 산다."

그렇게 남편은 보따리 하나 들고 집을 떠났다. 뒤돌아보니 동생들이 울고 있었고, 아버지는 등을 보이고 서 계셨다. 열 살도 채 되지 않은 나이에, 남편은 남의 집에서 머슴살이를 시작해야 했다. 가족과 떨어져 낯선 집에서 일하며 살아가야 하는 그 어린 소년의 마음이 얼마나 외롭고 서러웠을까. 하지만 그것만이 가족이 살아남을 수 있는 유일한 길이었다.

남편의 고된 노동, 성실한 삶

머슴살이는 어린 소년이 감당하기에 너무나 가혹했다. 남편은 새벽닭이 울기도 전에 일어나야 했다. 차가운 우물물로 얼굴을 씻고, 외양간으로 달려가 소에게 여물을 주었다. 소들이 여물을 씹어 먹는 소리를 들으며 외양간을 청소했다. 바닥에 깔린 짚을 갈아 주고, 쇠똥을 치우고, 물통에 물을 가득 채웠다.

아침밥은 된장국에 보리밥 한 그릇이 전부였다. 허겁지겁 밥을 먹고 나면 바로 논밭으로 나가야 했다. 봄에는 무릎까지 차오르는 차가운 논물 속에서 모를 심었다. 허리를 구부린 채 하루 종일 일하면 저녁에는 허리를 펼 수조차 없었다. 여름에는 작열하는 태양 아래서 김을 맸다. 등이 타들어 가고 땀이 비 오듯 쏟아졌지만 잠시도 쉴 수 없었다. 가을에는 추수로 온몸이 부서지도록 일했고, 겨울에는 손발이 얼어붙는 추위 속에서 거름을 만들고 땔감을 패야 했다.

해가 완전히 지고 어둠이 내려야 비로소 집으로 돌아올 수 있었다. 저녁밥을 먹을 때면 손에서 젓가락이 떨어질 정도로 지쳐 있었다. 밥그릇을 들기도 힘들었다. 그래도 내일을 위해 밥은 먹어야 했다. 밥을 먹고 나면 곧장 쓰러지듯 잠들었다. 그리고 다시 새벽이 오면 같은 일과가 반복 또 반복의 일상이 되었다.

품삯으로 받는 것은 오직 쌀뿐이었다. 그나마 그 쌀도 남편이 손에 쥐어 보지 못했다. 경상이네 할아버지가 쌀을 자루에 담아 시아버지께 직접 보냈다. 남편은 일 년 내내 일했지만, 손에 쥔 것은 아무것도 없었다.

몇 년이 흐르자 남편의 몸은 점점 쇠약해져 갔다. 얼굴은 갸름해지고 광대뼈가 도드라졌다. 제대로 먹지 못해 영양실조에 걸렸고, 얼굴과 다리에는 하얀 버짐이 피어올랐다. 어느 날 물에 비친 자신의 모습을 보고 남편은 깜짝 놀랐다고 한다. 초라하고 볼품

없는 모습에 가슴이 저렸다. '이게 나인가.'

그래도 남편은 불평하지 않았다. 입 밖으로 힘들다는 말을 꺼내지 않았다. 그저 묵묵히, 성실하게 주어진 일을 해냈다. 힘들다고 포기하면 가족도, 자신의 미래도 없다는 것을 어린 나이에도 본능적으로 알고 있었다. 그 악착같은 성실함은 훗날 우리 부부의 삶을 지탱하는 가장 큰 밑천이 되었다.

지혜로운 은인과 새로운 시작

그런데 남편에게는 하늘이 내린 행운이 있었다. 경상이네 할아버지는 그저 머슴을 부리는 주인이 아니었다. 그분은 남편의 미래를 진심으로 걱정하는 지혜로운 어른이었다.

어느 날 저녁, 할아버지께서 일을 마치고 돌아온 남편을 불러 앉히셨다.

"야, 네 품삯을 쌀로 집에 보내면 당장 먹고 살기는 하겠지. 하지만 그러면 네 몫으로 남는 게 하나도 없다. 앞으로는 쌀 대신 그 값을 내가 모아 두마. 나중에 네가 장가갈 때 쓸 수 있게."

남편은 그 말씀이 무슨 뜻인지 정확히 이해하지 못했다. 하지만 할아버지의 따뜻한 눈빛에서 어떤 진심을 느꼈다고 한다. 그렇게 몇 년이 흘렀다. 남편이 스물이 넘어 장가를 가겠다고 말씀드렸을 때, 할아버지께서 남편을 다시 불러 앉히셨다.

"네가 여태껏 일한 품삯을 내가 모아 뒀다. 그 돈으로 논을 샀다. 네 거다."

"네? 논이요?"

"그래, 논 여섯 마지기다. 이제 너도 결혼을 하게 되었으니 네 살림 밑천으로 삼도록 하거라."

그 순간 남편의 눈에서 뜨거운 눈물이 쏟아져 내렸다고 한다. 목이 메어 말도 제대로 나오지 않았다. 분가를 하면서 친정 아버지에게서는 한 뙈기의 땅도 받지 못했다. 하지만 머슴살이의 대가로 받은 논 여섯 마지기는 그 어떤 재산보다 귀했다. 그것은 단순한 땅이 아니었다. 새로운 삶을 시작할 수 있는 희망이었고, 가난의 굴레에서 벗어날 수 있는 발판이었다.

"할아버지… 고맙습니다. 정말… 고맙습니다."

남편은 땅바닥에 엎드려 절을 올렸다. 할아버지는 남편의 어깨를 토닥이며 말씀하셨다.

"네가 성실하게 일한 대가다. 앞으로도 그렇게 살아라. 땅은 거짓말을 안 한다."

버짐투성이에 볼품없는 모습이었지만, 남편은 성실하게 일한 결과로 새 삶의 밑천을 마련할 수 있었다. 경상이네 할아버지의 지혜와 배려가 없었다면 우리 부부는 빈손으로 결혼생활을 시작해야 했을 것이다.

우리는 그 논 여섯 마지기를 기반으로 조금씩 살림을 일으켜 나갔다. 힘들었던 머슴살이의 세월이 있었기에 우리는 더욱 근면하고 검소하게 살 수 있었다. 그리고 평생 은혜를 베풀어 주신 경상이네 할아버지를 잊지 않고 살았다.

군대와 생사의 갈림길

결혼을 한 그해 10월, 남편은 군대에 입대했다. 철원에 있는 육군부대였다. 신혼의 단꿈도 채 깨기 전에, 우리는 헤어져야 했다. 떠나는 남편의 뒷모습을 보며 나는 눈물을 흘렸다. 언제 다시 만날 수 있을지, 무사히 돌아올 수 있을지 알 수 없었다.

부대 생활을 한 지 8개월이 지났을 무렵, 마라톤 대회가 열렸다. 남편은 어릴 적부터 산과 들을 뛰어다니며 자란 덕분에 발이 빨랐다. 돌길을 달리고, 산길을 오르내리며 키운 그 다리는 부대에서도 가장 빨랐다.

"이병 이갑재! 너 한번 마라톤 대회에 뛰어 봐라!"

남편은 대회에 나가 있는 힘을 다해 뛰었다. 아내가, 가족의 얼굴이 스쳤다. '집에 가고 싶다. 빨리 뛰어서 집에 가야지.' 그 생각 하나로 달렸고, 결국 우승을 차지했다.

"이병 이갑재, 포상 휴가 5일!"

얼마나 기뻤을까. 얼마나 집에 오고 싶었을까. 얼마나 나를 보고 싶었을까. 남편은 설레는 마음으로 집을 향해 달려왔다. 그런데 집 근처에서 큰일이 벌어졌다.

시동마을 부근, 지금은 튼튼한 다리가 놓여 있지만 그때는 다리가 없었다. 커다란 개울을 건너려면 물속에 놓인 돌다리를 밟고 건너야 했다. 며칠 전 큰비가 쏟아져 홍수가 났고, 냇물은 평소보다 훨씬 불어나 있었다. 흙탕물이 세차게 흐르고, 물소리가 요란했다.

하지만 집이 바로 저 건너편에 있었다. 아내가, 가족이 기다리

고 있었다. 5일밖에 안 되는 소중한 휴가였다. 남편은 개울을 건
너기로 결심했다.

물은 돌다리 위로 넘쳐흐르고 있었다. 평소에는 물 위로 드러
나 보이던 디딤돌들이 모두 물에 잠겨 보이지 않았다. 남편은 조
심조심 발을 디뎠다. 첫 번째 돌, 두 번째 돌까지는 괜찮았다. 하
지만 세 번째 돌을 밟는 순간, 그만 미끄러지고 말았다.

"아!" 짧은 비명과 함께 남편의 몸이 물속으로 빠졌다. 거센 물
살이 순식간에 남편을 휩쓸어 갔다. 발버둥을 쳐도 소용없었다.
물은 입과 코로 들어왔고, 숨을 쉴 수 없었다. 정신없이 떠내려가
며 '아, 이렇게 죽는구나. 집까지 왔는데… 아내도 못 보고…' 하
는 생각이 스쳤다고 한다.

그때였다. 손에 무언가 잡혔다. 물가에 늘어진 나뭇가지였다.
남편은 죽을힘을 다해 그 가지를 붙잡았다. 손에서 피가 날 정도
로 악착같이 붙들었다. 가지가 꺾일 것 같았지만, 남편은 절대 놓
을 수 없었다. 온 힘을 다해 물살과 싸웠다. 한 손으로 가지를 잡
고, 다른 손으로는 물가의 풀을 움켜쥐었다. 발로는 땅을 더듬어
디뎠다.

그렇게 간신히, 정말 간신히 물 밖으로 기어 나왔다. 물가에 쓰
러져 헐떡이며 숨을 몰아쉬었다. 살았다. 살아남았다.

집에 도착한 남편의 모습은 지금도 생생하다. 대문이 열리고
비틀거리며 들어오는 남편을 보고 나는 깜짝 놀랐다. 군복에서
물이 뚝뚝 떨어지고, 온몸이 진흙투성이었다. 머리카락은 물에
젖어 얼굴에 달라붙었고, 손에서는 피가 흘렀다. 초라하고 처참
한 모습이었다.

"여보! 무슨 일이에요? 어쩌다가…"

남편은 그제야 긴장이 풀렸는지 그 자리에 주저앉았다. 나는 얼른 남편을 부축해 방으로 들어갔다. 젖은 옷을 벗기고, 따뜻한 물수건으로 몸을 닦아 주었다. 손에 난 상처에 약을 발랐다.

"물에 빠졌소. 거의… 죽을 뻔했소."

그 말을 듣는 순간 눈물이 쏟아져 내렸다. 만약 그 나뭇가지가 없었다면, 만약 남편이 그 가지를 붙잡지 못했다면… 생각만 해도 끔찍했다.

"살아서 돌아와 줘서 고마워요. 정말… 다행이에요."

나는 그저 감사할 뿐이었다. 비록 초라하고 처참한 모습이었지만, 살아 돌아왔다는 것만으로도 감사했다. 그날 밤, 우리는 서로를 꼭 껴안고 잠들었다. 생명의 소중함과 함께할 수 있다는 것의 고마움을 뼈저리게 느낀 밤이었다.

혼자 견딘 시댁 생활과 첫 출산

홀로 남겨진 신부

옛날에는 군대 면회라는 것이 없었다. 군대에 가면 3년 동안 떨어져 지내야 했다. 편지 한 장이 전부였다. 나는 스물도 안 된 나이에 시댁에서 혼자 생활하게 되었다.

아침이면 부엌에서 가장 먼저 일어나 불을 지폈다. 밥을 짓고, 된장찌개를 끓이고, 김치를 담았다. 시부모님을 모시고, 집안일을 하고, 농사철이면 논밭 일도 거들었다.

외로웠다. 특히 밤이 되면 더 외로웠다. 남편 생각이 간절했다. '지금쯤 뭘 하고 있을까. 밥은 잘 먹고 있을까. 아프지는 않을까.' 혼자 누운 이불 속에서 눈물을 흘리곤 했다. 하지만 다음 날 아침이면 아무 일 없었다는 듯 다시 일상을 살아가야 했다. 견뎌야 했다.

생명의 기적! 한 땀 한 땀 정성으로

그러던 중 20살이 되던 해, 임신을 했다. 남편이 두 번째 휴가로 잠깐 다녀간 후였다. 생리가 끊기고, 입덧이 시작되었다. 처음에는 몰랐다가 옆집 할머니께서 알아차리셨다.

"네가 임신한 것 같구나."

그제야 깨달았다. 내 뱃속에 새 생명이 자라고 있다는 것을…

배가 점점 불러 왔다. 처음 겪는 일이라 모든 게 낯설고 두려웠다. 아기가 뱃속에서 움직이기 시작하면 신기하면서도 무서웠다. '잘 크고 있는 걸까.' '건강하게 태어날 수 있을까.' 걱정이 끊이지 않았다.

아기 옷을 준비해야 하는데 배냇저고리가 별로 없었다. 돈이 없어 새로 살 수도 없었다. 그래서 집에 있는 헝겊을 모아 바느질해서 만들기로 했다.

낡은 이불에서 쓸 만한 천을 뜯어내고, 안 입는 옷감을 찾아내어 작은 저고리를 만들었다. 서툰 솜씨지만 한 땀 한 땀 정성을 다해 바느질했다.

'우리 아기, 건강하게만 태어나렴.'

'예쁘게만 나와다오.'

바느질하는 내내 기도했다. 바늘에 찔려 손가락에서 피가 나기도 했지만, 개의치 않았다. 아기를 위한 일이니까.

기저귀도 만들어야 했다. 소청 옷감을 시장에서 사다가 잘라 기저귀를 만들었다. 한 장, 두 장… 열 장을 만들었다. 아기가 태어나면 하루에도 여러 번 갈아야 한다고 들었기 때문이었다.

첫아기와의 만남

달이 차갔다. 배가 점점 무거워지고, 걷기도 힘들어졌다. 1959년 음력 5월 2일, 드디어 그날이 왔다.

새벽부터 배가 아프기 시작했다. 처음에는 참을 만했다. '이게 산통인가.' 시간이 지날수록 통증이 심해졌다. 허리가 끊어질 것 같았고, 배가 찢어지는 것 같았다.

혼자서는 도저히 낳을 수 없을 것 같았다. 진땀을 흘리며 형님께 말씀드렸고, 형님께서는 옆집 할머니를 불러 주셨다.

"어이구, 벌써 진통이 이만큼 왔구나."

할머니는 오시자마자 능숙하게 움직이셨다. 물을 끓이고, 깨끗한 천을 준비하고, 가위를 소독했다. 그리고 내 손을 꼭 잡아주셨다.

"힘내라. 곧 나온다. 숨 크게 쉬고, 배에 힘주고."

할머니의 격려에 힘을 얻어 온 힘을 다해 배에 힘을 주었다. 얼마나 시간이 흘렀을까. 정신없이 힘을 주다가 마침내 아기의 울음소리가 들렸다. 그때가 점심시간 정도였다.

"응애, 응애!" "딸이다! 딸 낳았다!"

그렇게 첫딸을 낳았다. 순산이었다.

할머니가 깨끗이 닦아 낸 아기를 내 품에 안겨 주셨다. 작은 손, 작은 발, 작은 입술. 모든 게 신기하고 사랑스러웠다. 내가 이 아이를 낳았다니. 믿기지 않았다.

남편이 없어 외롭고 힘들었던 시간들이 다 잊혔다. 이 작은 생명이 내 품에 안겨 있다는 게 기적 같았다.

아기의 이름은 내가 지었다. 남편은 군대에 있고, 시아버지께서는 "네가 낳았으니 네가 지어라" 하셨다.

가장 먼저 생각난 것이 은옥이었다. 은은 은이요, 옥은 옥이다. 나중에 생각해 보니 금은동 하면 보통 금옥이가 먼저인데, 순서를 거꾸로 지은 셈이었다. 그래도 우리 은옥이는 그 이름이 잘 어울렸다. 은은하고 귀한 옥 같은 내 딸이었다.

금줄을 매다

옛날에는 아기가 태어나면 금줄을 매는 풍습이 있었다. 대문 앞에 금줄을 쳐서 부정한 것이 들어오지 못하게 하고, 산모와 아기를 보호하는 의미였다.

여자아이와 남자아이는 금줄에 표시하는 것이 달랐다. 남자아이는 고추와 숯을 매달고, 여자아이는 솔가지와 숯을 매달았다. 시아버지께서 솔가지를 꺾어 오시고, 짚으로 새끼를 꼬아 금줄을 만드셨다.

"이제 우리 집에 새 식구가 생겼으니, 금줄 쳐야지."

금줄을 대문에 거니 동네 사람들이 다 알았다. "집에 애기 났구나!" 하며 축하해 주었다.

보통 금줄은 1주일 동안 매는 것이 관례였다. 하지만 우리 집 금줄은 6일째 풀 수밖에 없었다. 형님이 둘째 아들을 출산했기 때문이었다.

"아이고, 둘째 아기가 태어났네!"

형님네 집에도 금줄을 매야 했고, 한 집안에 금줄이 두 개일 수는 없었다. 조카가 태어났으니 우리 금줄을 먼저 풀어야 했다.

산후조리

출산한 다음 날부터 몸이 천근만근이었다. 온몸이 쑤시고 아팠다. 제대로 쉬고 싶었다.

다행히 큰 아가씨가 이야기하였다.

"작은 언니가 아기를 낳았으니 3~4일은 내가 밥을 해 줄 터이니 몸조리하세요."

정말 고마운 일이었다. 그 며칠이라도 부엌일을 하지 않아도 된다는 게 얼마나 다행인지 몰랐다.

그렇지만 아기 기저귀나 배냇저고리는 빨아야 했다. 아기는 하루에도 몇 번씩 기저귀를 적시고, 옷을 적셨다.

"빨래는 내가 할 수밖에 없지."

몸은 힘들었지만 찬물에 손을 담가 빨래를 했다. 산후조리를 제대로 해야 한다고들 하지만, 시댁에 사는 며느리로서는 충분히 쉴 수가 없었다.

남은 젖

은옥이에게 젖을 물렸다. 처음에는 잘 먹지 못하더니, 이틀째부터는 열심히 빨아먹었다. 아기가 젖을 먹는 모습을 보고 있으면 행복했다.

그런데 젖이 너무 많이 나왔다. 은옥이가 먹고도 남았다. 젖이 불어서 아프기까지 했다. 어쩔 수 없이 남은 젖을 짜서 버렸다.

하루는 마당에서 젖을 짜서 버리고 있는데, 시아버지께서 보셨다.

"아니, 뭐 하는 거니?"

"아, 젖이 남아서요…"

"아니 조카들이 연년생이라 형님네는 젖이 부족해서 애를 먹는데, 네가 주면 안 되니!"

그제야 깨달았다. 형님은 은옥이보다 한 살 위인 첫째 아들을 키우고 있었고, 이제 막 둘째 아들을 낳은 상황이었다. 연년생 두 아들을 키우느라 젖이 부족한 것은 당연한 것이었다.

그날 이후로 젖이 남으면 형님네로 가서 둘째 아기에게 직접 물려 주기로 했다. 그 시절엔 유축기 같은 건 없었다. 젖을 짜서 담아 가져가 봤자 금방 상하기 일쑤였고, 무엇보다 아이가 엄마 젖을 직접 빠는 것만큼 좋은 게 없었다.

"형님, 제가 왔어요."

"어서 와, 동서. 고맙다."

나는 형님네 방에 앉아 둘째 아기를 품에 안았다. 작고 보드라운 조카가 내 품에서 젖을 빨았다. 은옥이를 안고 젖을 물릴 때와 똑같은 느낌이었다. 형님은 옆에서 고마운 눈빛으로 바라보며 말없이 손을 꼭 잡아 주곤 했다.

은옥이와 형님네 둘째 아들, 두 아이가 내 젖을 먹고 자라는 셈이었다. 친자식이나 조카나, 내 품에서 젖을 빠는 아이들은 모두 소중했다. 그렇게 우리는 가족이었고, 서로 돕고 사는 것이 당연했다.

순한 아기! 은옥이

다행히 은옥이는 아프지 않고 잘 자라 주었다. 젖도 잘 먹고, 밤에도 그리 울지 않았다. 순한 아이였다.

밤에 한 번씩 젖을 먹이러 일어나는 것 빼고는 잠도 잘 잤다. 다른 집 아기들은 밤새 울어 댄다고 하는데, 은옥이는 달랐다.

"네 딸 참 순하구나. 복 많겠다." 동네 할머니들이 그렇게 말씀하셨다.

나는 은옥이를 보며 생각했다. '남편이 이 아이를 빨리 봤으면 좋겠다.'

은옥이는 내 마음을 아는지 눈을 끔뻑이며 웃는 것 같았다. 그 작은 미소가 세상 무엇보다 소중했다.

은옥이의 태몽

은옥이를 임신했을 때, 나는 꿈을 꾸었다.

꿈속에서 큰 밤나무 아래에 서 있었는데, 바람이 불자 밤송이가 떨어졌다. 떨어진 밤 중에서 유난히 크고 윤기 나는 밤 두 개가 눈에 들어왔다. 밤송이에 보통 3개가 있는데 그중 가운데 밤이었다. 나는 그 밤을 조심스럽게 주워서 집으로 가져왔다. 그리고 부엌 선반 위, 가장 깨끗한 곳에 그 밤 두 개를 나란히 올려놓았다.

꿈에서 깨어났을 때, 그 꿈이 유난히 생생하게 기억에 남았다. '무슨 꿈일까. 왜 하필 밤 두 개였을까.'

얼마 후 임신 사실을 알고서야 그것이 태몽임을 깨달았다. 처음에는 밤 두 개가 쌍둥이를 의미하는 건가 싶었지만, 은옥이 한 아이를 낳았다.

그로부터 3년 뒤, 금옥이를 낳았다. 또 딸이었다.

그제야 알았다.

동네 할머니들이 말씀해 주셨다. "밤은 여자아이라고 하더라. 대추는 남자아이고."

밤 두 개는 딸 둘을 의미했던 것이다. 그래서 딸을 연속으로 두 명 낳게 된 것 같았다.

처음에는 아들을 못 낳은 것이 아쉬웠지만, 꿈속에서 내가 가장 좋은 밤 두 개를 골라 소중히 선반에 올려놓았듯이, 은옥이와 금옥이는 내게 가장 소중한 보물이었다.

태몽이 이미 알려 주지 않았는가. 나는 딸 둘을 낳게 될 거라고. 그것이 하늘이 정해 준 내 운명이었고, 나는 그 운명을 기꺼이 받아들였다.

분가, 그리고 우리만의 집

새로운 집 그리고 행복

군대에서 남편이 제대하고 돌아왔다. 3년 만이었다. 은옥이를 처음 본 남편은 너무나도 좋아하였다.

"내가 없는 사이에 고생 많았다"며 나에게 고마워했다.

우리는 시댁에서 계속 살았다. 그렇게 시댁에 살기 시작한 지 5년이 흘렀다. 하지만 이제는 분가를 해야 할 때가 되었다. 은옥이도 3살이었고, 우리만의 공간이 필요했다.

시아버지께서 목수셨다.

"너희 집을 지어 주마."

시댁 부근 땅에 직접 우리 집을 지어 주시기로 하셨다. 남편은 시아버지를 도우며 집짓기에 참여했다.

남편은 시아버지를 닮았는지 손재주가 좋았다. 특히 벽에 흙을 바르는 미장일과 구들장을 놓는 일을 아주 잘했다. 시아버지께서 "네가 나보다 낫구나"하고 칭찬하실 정도였다. 그래서 이후로도 오랫동안 주변에서 일을 부탁하면 미장일과 구들장 놓는 일을 해 주고 품삯을 받아 오곤 했다.

마침내 집이 완성되었다. 크지는 않았지만 우리만의 집이었다. 방 세 칸에 부엌, 그리고 작은 마당. 그것으로 충분했다.

이사하는 날, 은옥이를 업고 새집으로 들어갔다. 그런데 막상 들어가 보니 그릇도 별로 없고, 밥상도 없었다. 시댁에서 조금 얻어 왔지만 턱없이 부족했다.

남편이 나무를 구해다가 톱질을 하고 대패질을 해서 밥상을 만들었다. 서툴렀지만 정성껏 만든 밥상이었다.

"여보, 이 상에서 우리 가족이 밥 먹으면 되지 뭐." 남편이 환하게 웃으며 말했다.

그날 밤, 우리는 새집에서 첫 저녁을 먹었다. 남편이 만든 밥상에 밥과 된장찌개, 김치 몇 가지를 올려놓고 셋이 둘러앉았다. 은옥이는 아직 어려서 내 무릎에 앉아 밥을 먹었다.

가진 것은 별로 없었다. 집도 작았고, 살림살이도 변변치 않았다. 하지만 우리 가족만의 집에서 함께 살아간다는 것, 그것만으로도 행복했다. 밥을 먹으며 남편과 눈이 마주쳤다. 말하지 않아도 알 수 있었다. 우리는 행복하다고, 앞으로 열심히 살아가자고…

창문 너머로 초저녁 하늘이 보였다. 별이 하나둘 떠오르고 있었다. 우리의 새로운 시작을 축복해 주는 것 같았다.

분가를 하고 나니 마음이 한결 편했다. 비록 작은 집이었지만 우리 가족만의 공간이 생겼다는 것이 무엇보다 좋았다. 시댁 눈치를 보지 않아도 되고, 아침에 조금 늦게 일어나도, 저녁을 간단히 먹어도 괜찮았다. 은옥이와 남편, 그리고 나. 세 식구가 옹기

종기 모여 사는 것만으로도 행복했다.

남편은 부지런했다. 머슴살이를 하면서 장만한 6마지기 논을 열심히 경작했다. 그 논이 우리 살림의 밑천이었다.

논농사의 계절

봄이 오면 논농사가 시작되었다. 남편은 논 귀퉁이에 미리 못자리를 만들었다. 씨를 뿌리고, 물을 대고, 정성껏 관리했다. 모가 어느 정도 자라면 모를 뽑아야 했다.

"여보, 모를 뽑아야겠소."

남편의 말에 나도 은옥이를 업고 논으로 나갔다. 모를 뽑는 일은 온 가족이 함께해야 했다. 허리를 굽혀 모를 한 줌씩 뽑아냈다. 뽑은 모는 짚으로 묶었다. 손이 흙투성이가 되고, 허리가 끊어질 것 같았지만 참았다.

모를 다 뽑고 나면 논에 물을 대고 써레질을 했다. 남편이 소를 몰며 써레를 끌었다. 논바닥이 고르게 되면 이제 모내기를 할 준비가 끝난 것이었다.

모내기는 혼자 할 수 없는 일이었다. 동네 사람들과 품앗이를 했다.

"우리 집 모내기 도와주시면, 다음에 댁 모내기 도와드리겠습니다."

그렇게 서로 돕고 사는 것이 당연했다.

모내기 날이 되면 동네 아주머니들과 아저씨들이 모여들었다. 젊은 사람들은 논에 들어가 모를 심고, 나이 든 어른들은 모를 던져 주고, 어린아이들은 못줄을 잡았다.

못줄은 논 양쪽 끝에서 아이들이 잡아당겨 일자로 펴는 것이었다. 줄에는 적당한 간격마다 표시가 되어 있어, 그 표시에 맞춰 모를 심으면 줄이 반듯하게 섰다.

다시 못줄을 당기고, 다시 모를 심었다. 허리를 굽힌 채 하루 종일 모를 심었다. 손은 차가운 물에 불었고, 다리는 진흙에 빠져 무거웠다. 하지만 모를 다 심고 나서 반듯하게 선 모판을 보면 뿌듯했다.

"수고들 하셨습니다! 밥 먹으러 들어가십시다!"

모내기가 끝나면 집으로 와서 함께 밥을 먹었다. 큰 솥에 밥을 짓고, 된장찌개를 끓이고, 김치를 듬뿍 담아냈다. 막걸리도 한 사발씩 돌렸다. 품앗이를 해 준 이웃들을 대접하는 것도 중요한 일이었다.

밭농사와 남편의 일

논농사뿐만 아니라 밭농사도 지었다. 집 앞에 종중 땅이 있었다. 그 땅은 우리 땅이 아니었지만, 도지를 주고 경작할 수 있었다. 도지는 일종의 땅 사용료였다. 수확한 것의 일부를 땅 주인에게 주는 방식이었다.

밭에는 콩, 고구마, 감자, 배추, 무 등을 심었다. 밭농사는 논농사보다 손이 더 많이 갔다. 김을 매야 하고, 물을 주어야 하고, 벌레도 잡아야 했다. 하지만 밭에서 나는 것들이 우리의 반찬이 되고, 겨울 양식이 되었다.

남편은 농사일뿐만 아니라 다른 일도 했다. 시아버지께 배운 미장이와 구들장 놓는 기술이 있었다. 동네에서 집을 짓거나 고치는 집이 있으면 남편을 불렀다.

"여보, 오늘 옆 동네 가서 일 좀 하고 오겠소."

남편은 연장을 챙겨 나갔다. 벽에 흙을 바르고, 구들장을 놓고, 온돌을 만들었다. 손재주가 좋아 일을 깔끔하게 잘했다. 그래서 일거리가 끊이지 않았다.

일을 마치고 돌아올 때는 품삯을 받아왔다. 쌀이나 돈으로 받았는데, 그것이 집안 살림에 큰 도움이 되었다. 남편이 농사만 지었다면 먹고살기 힘들었을 것이다. 부지런히 일해 주는 남편이 고마웠다.

술주정과 맺은 약속

남편은 일은 성실하게 하고 미장일을 해서 생활비를 벌어 오는 등 역할을 나름대로 잘하는 편이었다. 그런데 나쁜 습관이 있었다. 둘째 금옥이를 임신했을 때였다. 남편은 시댁에 살 때에 보이지 않던 모습을 보이기 시작했다. 술을 마시면 주정이 심했다. 깨지지 않는 그릇이나 양동이를 집어 던지기도 했다. 그리고 술을 마시지 않았을 때에도 뭔가 마음에 들지 않으면 나를 때리기도 했다.

참다 참다 나는 남편에게 말했다.

"나는 의붓어머니에게 그렇게 수모를 당하고 맞으며 힘들게 살았소. 그런데 당신마저 나를 이렇게 때리면 난 못 살아요. 난 도망갈 거요."

남편은 잠시 멈칫하더니 말했다.

"그러면 앞으로는 때리지 않을게."

정말이었다. 그 이후로 남편은 나를 때리지 않았다. 다만 술주정은 계속되었다. 술만 마시면 여전히 물건을 집어 던지고 소리를 질렀다. 하지만 나를 직접 때리지는 않았다.

의붓어머니에게 당한 설움이 있는 내게, 남편마저 손찌검을 한다는 건 견딜 수 없는 일이었다. 그래도 남편이 약속을 지켜준 것은 다행이었다. 술주정은 여전했지만, 적어도 내 몸에 멍이 드는 일은 없었다.

그렇게 나는 금옥이를 배에 품고, 하루하루를 버텨 냈다.

분가 후 곤궁한 삶,
둘째와의 만남

둘째 아이가 오다

은옥이가 세 살 되던 해, 내 나이 스물네 살이 되던 해였다. 다시 임신을 했다. 배가 불러오기 시작했다.

'이번에는 아들이려나.'

주변 사람들도 그렇게 말했다. "둘째는 아들이겠지?" 남편도 은근히 기대하는 눈치였다. 하지만 나는 아들이든 딸이든 건강하게만 태어나면 그것으로 족했다.

1962년, 음력 4월 10일. 달이 차서 산통이 왔다.

첫째 때와 달리 이번에는 혼자였다. 남편은 밭에 나가 있었고, 은옥이는 어린아이였다. 옆집 할머니를 부를까 생각했지만, 산통이 빨리 왔다. 첫째를 낳아 봤으니 이번에는 혼자서도 할 수 있을 것 같았다.

"으으…" 배에 힘을 주었다. 혼자 방에 누워 숨을 고르고, 다시 힘을 주었다. 진땀이 흘렀다. 허리가 끊어지는 것 같았다.

그렇게 얼마나 지났을까. 아기가 나왔다. 아기의 울음소리가 들렸다.

"응애, 응애!"

가위를 미리 끓는 물에 담가 소독해 두었던 것을 꺼내 탯줄을 잘랐다. 손이 떨렸지만 해냈다. 아기를 깨끗이 닦아 포대기에 싸서 안았다.

딸이었다.

남편의 실망

남편이 밭에서 돌아왔다.

"낳았소?" "네, 딸입니다."

남편의 얼굴이 굳어졌다. 매우 상심한 표정이었다. 아들을 기대했던 것이다.

"또 딸이구만…"

남편은 아이를 보지도 않고 밖으로 나가 버렸다. 가슴이 무너지는 것 같았다. '딸이 뭐가 나빠서…' 아기를 안고 눈물을 흘렸다.

아이를 낳았는데도 남편은 반가워하거나 즐거워하는 표정이 없었다. 원래 무뚝뚝한 사람이긴 했다. 웃는 일도 별로 없고, 말도 많이 하지 않았다. 하지만 아이를 낳았는데 이렇게 무심할 수가 있나 싶었다.

'옛날 남자들이 다 그러려니…'

스스로를 위로했다. 아들을 원하는 게 당연한 시대였다. 대를 이어야 한다고들 했다. 하지만 내 딸 금옥이에게 미안할 뿐이었다.

혼자 해낸 산후

금줄은 남편이 매주었다. 대문에 금줄을 치니 동네 사람들이 알았다.

"아이고, 또 딸이구만. 그래도 건강하게 낳았으면 다행이지."

사람들은 위로 아닌 위로를 했다.

다음 날부터 나는 직접 일어나서 밥을 해 먹어야 했다. 남편은 밥을 해 줄 줄 몰랐다. 아니, 할 생각이 없었다. 여자 일이라고 생각했다.

몸은 천근만근이었다. 혼자 아이를 낳느라 기력이 다 빠져나간 것 같았다. 하지만 일어나야 했다. 은옥이도 밥을 먹어야 하고, 남편도 먹어야 했다.

부엌으로 나가 불을 지폈다. 손이 떨렸지만 밥을 지었다. 국을 끓였다. 밥상을 차려 내놓고 나니 기운이 하나도 없었다.

빨래도 해야 했다. 아기 기저귀, 아기 옷, 은옥이 옷, 남편 옷… 빨랫거리는 끝이 없었다. 찬물에 손을 담그고 빨래를 했다. 산후조리를 해야 한다는데, 그럴 여유가 없었다.

여자인 내가 해야 했다. 힘들어도 견뎌야 했다. 이것이 여자의 삶이고, 엄마의 삶이었다.

둘째 금옥이

둘째 딸의 이름은 금옥이라고 지었다. 앞서 은옥이를 낳을 때 순서를 잘못 지었다는 생각이 들었었다. 금은동 하면 금옥이가 먼저여야 하는데 은옥이를 먼저 지었으니, 이번에는 금옥이가 알맞았다.

"금옥아, 우리 금옥이."

이름을 불러 주며 아기를 안았다. 남편은 실망했지만, 나는 이 아이가 사랑스러웠다. 작은 손가락, 작은 발가락, 작은 코. 모든 게 신기하고 예뻤다.

은옥이도 동생을 좋아했다.

"엄마, 동생이 귀여워요."

"그래, 은옥이 동생이야. 잘 돌봐 줘야지?"

"네!"

세 살배기 은옥이가 동생 옆에서 졸졸 따라다니며 돌봐 주었다. 그 모습이 기특하고 예뻤다.

경기(驚氣)를 하는 금옥이

금옥이는 대체로 잘 자라 주었다. 젖도 잘 먹고, 잠도 잘 잤다. 하지만 가끔 경기(驚氣)를 했다.

어느 날이었다. 금옥이가 갑자기 온몸을 뻣뻣하게 굳히더니 눈을 뒤집었다. 입에서 거품이 났다. 팔다리가 떨렸다.

"금옥아! 금옥아!"

아무리 불러도 대답이 없었다. 정신을 잃은 것 같았다. 심장이 멎는 것 같았다. 무서웠다. 처음 보는 광경이었다.

"어떡하지, 어떡해…"

남편을 불렀지만 남편도 어찌할 바를 몰랐다. 동네 할머니에게 물어보니 경기라고 했다.

"애들이 가끔 그래. 약국 가서 약 타와야 해."

행정에 약국이 있다고 했다. 10km 떨어진 곳이 있어서 빠른 걸음으로 2시간 정도 걸리는 거리였다. 하지만 가야 했다. 금옥이를 업고 부리나케 걸었다.

"금옥아, 참아라. 엄마가 약 타러 가는 거야."

등에 업힌 금옥이는 축 늘어져 있었다. 숨은 쉬고 있었지만 의식이 없었다. 무서웠지만 계속 걸었다. 쉬지 않고 걸어서 행정약국에 도착했다.

"선생님! 우리 아기가 경기를 해요!"

약사 선생님은 침착하게 아이를 살펴보았다. 그리고 손가락 끝에 침을 놓았다. 까만 피가 조금 나왔다. 그리고 약을 지어 주었다.

"이 약 먹이고, 푹 쉬게 하세요. 괜찮아질 겁니다."

행정약국 선생님은 동네에서 명의로 소문난 분이었다. 의사보다 낫다는 말도 있었다. 그분의 말에 마음이 조금 놓였다. 집으로 돌아와 약을 먹였다. 다행히 금옥이는 정신을 차렸다. 울음을 터뜨렸다.

"응애, 응애!"

울음소리를 듣고 안도의 한숨을 쉬었다. 가슴을 쓸어내렸다. 그 이후로도 금옥이는 가끔 경기를 했다. 그때마다 나는 금옥이를 업고 행정약국으로 달려갔다. 2시간 거리를 걸어서, 때로는 뛰어서 갔다. 엄마는 그래야만 했다.

금옥이를 안고 생각했다. '건강하게만 자라다오. 그것만이 엄마 소원이야.'

비록 남편은 딸이라고 실망했지만, 나에게는 금옥이도 은옥이
도 소중한 내 딸이었다. 세상 무엇과도 바꿀 수 없는, 내가 목숨
걸고 낳은 내 아이들이었다.

첫 아들 수인이의 출산

반복되는 일상

농사일을 돕고 아이들을 키우는 생활이 반복되었다. 아침이면 일어나 밥을 짓고, 은옥이와 금옥이를 먹이고, 빨래를 하고, 밭으로 나갔다. 남편을 도와 김을 매고, 물을 주고, 수확을 했다. 저녁이면 다시 집으로 돌아와 저녁을 짓고, 아이들을 씻기고, 재웠다.

그렇게 하루하루가 지나갔다. 바쁘고 고된 나날이었지만, 아이들이 조금씩 자라는 모습을 보면 힘이 났다. 은옥이는 이제 6살이 되어 동생 금옥이와 놀아 주곤 했다. 금옥이도 3살이 되어 제법 말도 잘하고 뛰어다녔다.

그러던 중, 다시 임신을 했다. 배가 불러오기 시작했다.

먹구렁이 태몽

어느 날 밤, 이상한 꿈을 꾸었다.

꿈속에서 나는 방 안에 앉아 있었다. 갑자기 문구멍이 팍 뚫리

더니, 커다란 먹구렁이가 들어왔다. 새까만 몸에 반들반들한 비늘을 가진 큰 뱀이었다.

놀랄 틈도 없이 그 먹구렁이가 쏜살같이 내게로 다가왔다. 그리고 내 치마 속으로 쏙 들어왔다.

"으악!"

깜짝 놀라서 소리를 지르며 벌떡 일어났다. 심장이 쿵쾅거렸다. 혹시나 싶어 치마를 들추어 보았다. 하지만 아무것도 없었다. 어두운 방 안이 무서워 손을 더듬어 등잔불을 켰다. 등잔불이 방 안을 환하게 비췄다. 방 안 구석구석을 살펴보았다. 역시 아무것도 없었다.

'꿈이었구나.'

가슴을 쓸어내렸다. 너무나도 생생한 꿈이라 한동안 가슴이 진정되지 않았다. 옆에서 자고 있는 남편을 보니 코를 골며 잘 자고 있었다.

다음 날, 옆집 수철이 어머니를 만났다. 그 꿈이 자꾸 신경 쓰여서 이야기를 꺼냈다.

"어머니, 제가 간밤에 이상한 꿈을 꾸었어요."

"무슨 꿈인데?"

"먹구렁이가 문을 뚫고 들어와서 제 치마 속으로 들어왔어요. 너무 놀라서 깼는데…"

수철이네 어머니는 내 말을 듣더니 활짝 웃으며 말했다.

"어이고, 그거 아들 꿈이야! 먹구렁이 꿈은 아들 낳는 거라고 하잖아. 축하해!"

"정말요? 아들이요?"

"그럼! 특히 먹구렁이가 치마 속으로 들어왔다며? 그럼 틀림없어. 아들이야, 아들!"

가슴이 두근거렸다. 아들이라니. '정말 아들을 낳을 수 있을까.'

딸 둘을 낳고 나서 아들에 대한 기대를 접었다고 생각했는데, 마음 한구석에는 여전히 아들을 원하는 마음이 있었다. 남편도 그랬고, 시댁도 그랬다. 무엇보다 대를 이어야 한다는 것이 그 시절의 당연한 생각이었다.

'이번에는 정말 아들이었으면…' 손을 모아 기도했다.

아들의 탄생

1964년 음력 8월 9일, 산통이 시작되었다.

이번에는 혼자 낳지 않기로 했다. 금옥이를 낳을 때 혼자 낳느라 너무 힘들었다. 탯줄을 자르는 것도 무섭고 떨렸고, 그 후 몸조리도 제대로 못 했다.

남편에게 건너 동네에 살던 강락이 할머니를 불러달라고 했다. 강락이네 할머니가 오셨다. 할머니는 동네에서 아기를 받아주시는 산파 전문가이었다.

"어이구, 진통이 시작됐구나. 걱정 마라. 내가 도와줄게."

할머니의 말에 마음이 놓였다.

아침부터 산통이 시작되었다. 배가 조이고, 허리가 끊어질 것 같았다. 시간이 지날수록 통증이 심해졌다. 이를 악물고 참았다.

"숨 크게 쉬고, 힘 빼고, 아직이야. 조금만 더 기다려."

할머니가 옆에서 계속 손을 잡아 주고 등을 쓸어 주셨다. 그 손

길이 얼마나 든든한지 몰랐다. 점심때쯤 되었을까. 할머니가 말
했다.

"이제다! 힘줘!"

온 힘을 다해 배에 힘을 주었다. "으으으…" 마지막 힘을 쥐어
짜 냈다. 그리고…

"응애! 응애!"

아기의 울음소리가 들렸다.

"아들이다! 아들 낳았어!"

할머니의 목소리가 들렸다. 그 순간 눈물이 주르륵 흘렀다.

'아들… 아들이라고…'

할머니가 아기를 깨끗이 닦아서 내 품에 안겨 주셨다. 작고 붉
은 얼굴의 아기. 내 아들.

"수고했어. 건강한 아들이야."

아기를 안고 한참을 울었다. 기쁨의 눈물이었다.

달라진 남편

밭에 나가 있던 남편이 소식을 듣고 달려왔다.

"아들이라고?" "네, 아들이어요."

남편의 얼굴이 환하게 밝아졌다. 평소에 무뚝뚝하고 웃는 일이
거의 없던 남편이 활짝 웃었다. 그렇게 기뻐하는 남편의 모습을
처음 보았다.

딸들을 낳았을 때는 무덤덤하게 보지도 않았던 남편이었다. 특
히 금옥이를 낳았을 때는 실망해서 밖으로 나가 버리기까지 했

다. 그런 남편이 완전히 달라진 모습이었다.

더 놀라운 일은 그다음부터였다.

남편이 부엌으로 가더니 바가지를 들고나왔다. 그리고 우물가에서 바가지를 씻기 시작했다. 한 번, 두 번, 세 번… 바가지가 하얗게 될 때까지 문질러 씻었다.

그리고는 부엌에 들어가 밥을 하기 시작했다.

'남편이 밥을?' 믿을 수 없었다. 딸들을 낳았을 때는 밥 한 끼 해 주지 않던 사람이었다. 아니, 밥을 해 줄 줄도 모른다고 생각했던 사람이었다. 그런데 지금 남편이 불을 지피고, 쌀을 씻고, 밥을 짓고 있었다. 저녁이 되자 남편이 밥상을 들고 왔다.

"여보, 밥 먹소."

서툰 솜씨로 차린 밥상이었지만, 그 어떤 진수성찬보다 고마웠다.

그렇게 남편은 5일 정도 밥을 해 주었다. 딸들을 낳았을 때와는 완전히 다른 태도였다.

무엇으로 이 마음을 이해해야 할지 몰랐다. 조금 서운하기도 했다. '딸이든 아들이든 똑같은 내 자식인데…' 하지만 한편으로는 이해했다. 그 시절 남자들은 다 그랬으니까. 대를 이을 아들이 태어났으니 기쁜 것이 당연했다.

금줄과 축하

대문에 금줄을 맸다. 이번에는 고추를 매달았다. 아들이 태어났다는 표시였다.

동네 사람들이 금줄을 보고 찾아왔다.

"아이고, 아들 낳았구만! 축하해!"

"이제 대를 이었네. 잘했어!"

"첫 아들이니 얼마나 예쁘겠어."

사람들이 축하해 주었다. 딸들을 낳았을 때와는 다른 분위기였다. 쌀이나 미역, 계란을 들고 오는 사람들도 있었다. 남편은 신이 나서 사람들에게 자랑했다.

"아들입니다. 건강한 아들이에요."

그 모습을 보며 복잡한 마음이 들었지만, 아들을 안고 있으니 나도 기뻤다.

친아버지가 지어 준 이름

아들의 이름은 친아버지께 부탁드렸다. 아버지는 용수골에서 한학을 가르치다가 제곡마을 사람들이 모셔 오고 집도 새로 지어 주는 조건으로 제곡 저수지 아래에 보금자리를 잡고 서당 훈장으로 계셨다. 한학에 능하시고 글씨도 잘 쓰셨기 때문이었다.

며칠 후 아버지가 찾아오셨다.

"아들 낳았다며? 수고했구나." "네, 아버지."

"이름을 지어 달라고 했지?", "네, 좋은 이름 지어 주세요."

아버지는 아기를 한참 들여다보시더니 말씀하셨다.

"수인(秀仁)이라고 하면 어떻겠느냐." "수인이요?"

"그렇다. 빼어날 수(秀), 어질 인(仁)이다."

아버지가 설명해 주셨다.

"수(秀)는 뛰어나고 빼어나다는 뜻이다. 인(仁)은 어질고 인자하다는 뜻이지. 빼어나고 어질게 살아라, 그런 의미란다."

"좋은 이름이네요, 아버지."

"재주도 뛰어나고, 마음씨도 착한 사람으로 자라기를 바라는 마음이다. 수인아, 훌륭한 사람이 되거라."

아기는 눈을 끔뻑이며 나를 바라보았다. 빼어나고 어질게 자라라. 아버지의 뜻대로, 우리 수인이가 훌륭한 사람으로 자라기를 기도했다.

은옥이와 금옥이, 그리고 수인이. 세 아이의 엄마가 되었다. 이제 우리 집은 더욱 북적이고 시끌벅적해질 것이다. 하지만 그것이 좋았다. 아이들의 웃음소리가 가득한 집, 그것이 내가 꿈꾸던 행복이었다.

예의촌으로 이사!
더 힘들었던 산골에서의 삶

산골 예의촌으로
이사를 가다

뜻하지 않은 이사 결정

수인이가 태어나고 우리 집은 다섯 식구가 되었다. 큰딸 은옥이, 둘째 금옥이, 그리고 이제 갓 태어난 막내 수인이까지. 비록 넉넉하지는 않았지만 그래도 우리 가족이 함께 지낼 수 있는 보금자리가 있었다. 나는 매일 아침 일찍 일어나 아이들을 챙기고, 가족의 식사를 준비하고, 집안일을 했다. 고단했지만 아이들의 웃음소리가 있는 집, 그것만으로도 감사했다.

그런데 어느 날, 남편이 집에 돌아와 뜻밖의 말을 꺼냈다.

"여보, 우리 이사를 해야 할 것 같소." 갑작스러운 말에 나는 멈칫했다.

"이사요? 갑자기 왜요?"

"홍천 좌운리 예의촌이라는 곳이 있는데, 거기가 좋다고 하오. 우리가 거기 가면 잘 살 수 있을 것 같아."

"거기가 어디에 있는데요?"

"홍천 깊은 산골이오. 우리 외가 명구 할아버지가 거기 사시는

데, 할아버지 말씀이 거기 가면 화전도 일구고 농사도 지으면 돈도 벌 수 있고, 땅도 싸고, 좋은 집도 구할 수 있다고 했어.”

나는 걱정이 되었다. 지금 사는 곳도 시골이었는데, 더 깊은 산골로 간다고? 다섯 식구가, 그것도 갓난아기를 데리고?

“그런데… 지금 사는 곳보다 더 산골이라고 했잖아요. 정말 거기 가야 할까요? 아이들도 어린데…”

남편은 자신만만하게 대답했다.

“명구 할아버지 말씀이 좋다고 하셨어. 거기 가면 우리가 잘 살 수 있을 거야.”

“하지만 당신이 직접 가 보셨어요? 그곳이 정말 할아버지 말씀처럼 좋은 곳인지 확인해 보셨어요?”

“아니, 아직 안 가 봤소. 틀림없을 거요.”

나는 답답했다. 이사를 결정하는 중대한 일인데, 직접 가 보지도 않고 남의 말만 듣고 결정한다는 것이 이해되지 않았다. 하지만 나는 더 이상 말할 수 없었다. 결혼할 때 아버지가 하셨던 말씀이 떠올랐기 때문이다.

결혼하기 전날 밤, 아버지는 나를 불러 앉히셨다.

“내일이면 네가 시집을 가는구나. 아버지가 너한테 꼭 해 주고 싶은 말이 있다.” “네, 아버지.”

“시집을 가면 말이다, 남편이 하자는 대로 해야 한다. 알겠느냐?” 아버지의 목소리는 엄숙했다.

“남편과 싸우지 마라. 여자가 남편 말을 잘 들어야 집안이 편안하고, 가정이 화목한 법이다. 네 생각이 다르더라도, 남편의 뜻을 따르는 것이 현명한 아내의 도리란다.”

"하지만 아버지, 만약 남편이 잘못 생각하고 있다면요?"

"그래도 따라야 한다. 여자가 남편에게 대들고 자기주장을 내세우면 집안이 편치 못하다. 너는 현명한 아이니까, 잘 알아서 할 거라 믿는다."

나는 그 말씀을 가슴 깊이 새겼다. 아버지의 가르침은 곧 법이었다. 그것이 좋은 아내가 되는 길이고, 가정을 지키는 방법이라고 믿었다. 그래서 결혼 후에도 남편의 결정에 이의를 제기하는 일이 거의 없었다. 내 생각이 달라도, 불안해도, 남편이 결정하면 따랐다.

귀가 얇은 남편

하지만 남편은 귀가 너무 얇았다. 누군가 좋은 말을 하면 그대로 믿었다. 깊이 생각해 보거나, 신중하게 판단하거나, 직접 확인해 보는 일이 드물었다. 특히 친척의 말이나 아는 사람의 말이면 의심 없이 받아들였다.

명구 할아버지가 예의촌이 좋다고 하셨다는 것, 거기 가면 화전을 일궈 잘 살 수 있다고 하셨다는 것. 그 말만 듣고 남편은 이미 마음을 정했다. 직접 가서 땅이 얼마나 있는지, 집은 있는지, 화전은 정말 일굴 수 있는지, 아이들이 다닐 학교는 있는지, 그 어떤 것도 확인하지 않았다.

"여보, 그래도 한 번쯤은 가 보고 결정하는 게 어떨까요?" 나는 조심스럽게 다시 말했다.

"아니! 명구 할아버지 말씀을 믿어도 돼. 곧 이사 준비를 하자고…" 남편은 단호했다.

나는 한숨을 삼켰다. '이게 정말 잘하는 일일까?' 불안했다. 하지만 아버지의 말씀이 떠올랐다. 남편의 결정을 따르라고, 싸우지 말라고. 나는 고개를 끄덕였다.

남편은 미래를 예측하는 능력이 부족했다. 가족의 장래를 위해 깊이 생각하기보다는, 당장 좋아 보이는 제안에 쉽게 흔들렸다. 하지만 나는 그것을 알면서도 따를 수밖에 없었다. 그것이 아내의 도리라고, 여자의 본분이라고 배웠으니까.

1965년 정월, 스물일곱 살의 겨울

1965년 정월이었다. 내 나이 스물일곱 살. 아직 젊었지만, 세 아이의 엄마였다. 특히 막내 수인이는 겨우 태어난 지 다섯 달밖에 되지 않은 갓난아기였다. 추운 겨울에 갓난아기를 데리고 산골로 이사를 간다는 것이 얼마나 무모한 일인지, 지금 생각해도 아찔하다.

이사 준비를 하는 동안 내내 불안했다. '정말 괜찮을까? 거기 가면 정말 잘 살 수 있을까?'

우리는 남편이 머슴살이를 하며 모은 돈과 바꿔 받은 논 6마지기를 팔았다. 그 땅은 우리가 힘들게 일해서 얻은 것이었다. 남편이 머슴살이를 하며 온갖 고생을 다 하고, 대가로 받은 귀한 땅이었다. 그 땅을 팔아서 새로운 곳으로 간다는 것, 모든 것을 걸고 도박을 하는 것 같았다.

짐을 정리하며 나는 눈물을 삼켰다. 비록 넉넉하지는 않았지만, 이곳에서의 삶도 나름 정이 들었었다. 이웃들도 있었고, 아이들이 뛰어놀던 놀이길도 있었다. 하지만 이제 그 모든 것과 이별해야 했다.

트럭에 실린 다섯 식구

이사하는 날 아침, 트럭이 집 앞에 섰다. 남편과 나는 살림살이를 하나하나 트럭에 실었다. 이불, 옷가지, 그릇, 솥, 살림 도구들. 많지 않았다. 가난한 살림이었으니까. 그래도 그것들은 우리 가족의 전부였다.

아이들을 트럭에 태웠다. 큰딸 은옥이는 "엄마, 우리 어디 가요?"라고 물었다.

"응, 새로운 집으로 가는 거야. 거기 가면 더 좋을 거야." 나는 아이에게 거짓말을 했다. 정말 더 좋을지 나도 확신할 수 없었지만, 아이를 안심시켜야 했다.

수인이를 품에 안았다. 다섯 달밖에 안 된 작은 아기. 추운 겨울바람에 아기가 감기라도 걸릴까 봐 두꺼운 이불로 꽁꽁 싸매었다. 트럭은 덜컹거렸고, 아기는 울음을 터뜨렸다.

"괜찮아, 괜찮아. 엄마가 여기 있어." 나는 아기를 달래며 가슴으로 꼭 안았다.

트럭은 산길을 올라갔다. 포장도 안 된 울퉁불퉁한 길이었다. 트럭이 흔들릴 때마다 짐들이 덜컹거렸고, 아이들은 무서워했다. 남편은 트럭 운전석 옆에 앉아 있었고, 나는 짐칸에서 아이들을 보살폈다.

창밖을 내다보니 마을이 점점 멀어졌다. 사람들이 사는 마을, 불빛이 보이는 집들, 그것들이 멀어지고 산이 깊어졌다. '정말 괜찮을까? 우리 정말 잘한 걸까?' 불안은 커져만 갔다.

도착한 곳의 현실

몇 시간을 달려 도착한 곳은 정말 깊은 산골이었다. 홍천 좌운리 예의촌. 주변은 온통 산으로 둘러싸여 있었고, 집이라고는 듬성듬성 몇 채만 보였다. 마을이라고 하기에도 민망할 정도로 외진 곳이었다.

명구 할아버지 댁을 찾아갔다. 할아버지는 우리를 보고 반갑게 맞아 주셨다.

"오, 왔구먼! 먼 길 고생했네."

"할아버지, 말씀하신 화전 밭이랑 집이 어디 있습니까?" 남편이 물었다.

할아버지는 난처한 표정을 지으셨다.

"아, 그게 말이네… 화전 밭이 생각보다 많지가 않고… 집도 당장 들어갈 만한 빈집이 없어서 말이야…"

그 순간, 나는 무릎이 꺾이는 것 같았다. 화전 밭도 별로 없다고? 집도 없다고? 그럼 우리는 어디서 살란 말인가? 남편의 얼굴이 창백해졌다.

"그럼… 그럼 어떡합니까?" "일단 집부터 구해야겠는데, 수소문 좀 해 보게나."

남의 집 사랑채로

수소문한 끝에, 동화매기골에 있는 학근이네 집의 사랑채를 얻을 수 있었다. 다른 선택의 여지가 없었다. 우리는 그곳으로 갔다.

학근이네 집은 본채와 사랑채가 따로 있었다. 사랑채는 작은 방 하나와 부엌이라고 하기에도 민망한 공간만 있었다.

"여기서 살면 되겠네." 남편이 말했지만, 내 눈에는 눈물이 고였다.

'이게 집이라고?' 방 하나에 다섯 식구가 어떻게 산단 말인가. 큰아이, 둘째, 갓난아기 수인이, 남편과 나. 다섯 명이 방 하나에서 자고, 먹고, 생활해야 한다니…

부엌은 더 가관이었다. 부엌이라고 하기도 민망했다. 찬장 하나 놓을 공간밖에 없었다. 아궁이도 제대로 된 것이 아니었다.

"여기서 어떻게 밥을 하죠?" 나는 한숨을 쉬었다. 하지만 불평할 수도 없었다. 다른 곳도 없었으니까.

더 놀라운 것은 화장실이었다. 사랑채에는 화장실이 따로 없었다. 주인집 화장실을 함께 써야 한다는 것이었다. 밤에 급하면 밖으로 나가 주인집 뒤편에 있는 화장실까지 가야 했다.

땅을 사다

그나마 6마지기 땅을 판 돈이 있었다. 남편은 그 돈으로 땅을 사기로 했다. 이 지역은 워낙 깊은 산골이라 땅값이 매우 쌌다.

삼천 평 정도를 살 수 있었다.

"여보, 이 땅을 사면 우리가 농사를 지어서 먹고살 수 있을 거야." 남편은 다시 희망에 부풀었다. 하지만 나는 냉정하게 보였다. 삼천 평이라고 했지만, 대부분이 경사진 산비탈이었다. 화전을 일구려면 나무를 베고, 돌을 치우고, 땅을 고르고, 얼마나 많은 노력이 필요한가.

'머슴살이로 얻은 소중한 땅을, 이렇게 산골 땅으로 바꿔 버리다니…' 가슴이 아팠다. 하지만 이미 저질러진 일이었다. 후회한들 소용없었다. 이제 어떻게든 여기서 살아가야 했다.

남편이 매우 미웠다. 제대로 알아보지도 않고, 직접 확인하지도 않고, 남의 말만 믿고 이런 결정을 내렸다는 것이. 우리 가족의 미래를, 아이들의 장래를 이렇게 가볍게 여겼다는 것이 말이다.

하지만 나는 그 미움을 입 밖으로 내지 못했다. 싸우지 말라던 아버지의 말씀, 남편의 결정을 따르라던 가르침이 나를 억눌렀다. 그래서 나는 그저 참고 견딜 수밖에 없었다.

물 길러 다니는 일

사랑채에서의 생활은 상상 이상으로 힘들었다. 가장 고된 일 중 하나가 물을 긷는 일이었다. 집에는 작두펌프도 없었다. 개울가 샘물을 길어다 써야 했다.

매일 아침, 나는 물동이를 이고 개울가로 갔다. 산길을 한참 내려가야 샘물이 있었다. 추운 겨울이라 샘물 주변은 얼어붙어 있었다. 조심스럽게 물을 떠서 물동이에 담았다. 물동이는 무거웠다. 머리에 이고 언덕길을 올라오는 것은 고된 일이었다.

한 번 갈 때마다 한 물동이밖에 가져올 수 없었다. 밥을 짓는 물, 마시는 물, 설거지하는 물, 빨래하는 물. 모든 것이 물이 필요했다. 그래서 하루에도 몇 번씩 개울가를 오가야 했다.

남편은 물지게가 있으면 한 번에 두 통씩 질 수 있었다. 그렇게 하면 내가 조금은 덜 힘들 텐데. 하지만 남편은 그렇게 하지 않았다.

야속했다. 남편이라는 사람이, 아내가 매일 물동이를 이고 힘들게 물을 길어 나르는 것을 보면서도 도와주지 않다니. 아니, 도와주지 않는 정도가 아니라 당연하게 여긴다니.

하지만 나는 불평하지 않았다. 이것도 아내의 일이라고, 여자의 몫이라고 생각했다. 그래서 묵묵히 물동이를 이고 개울가를 오갔다. 등이 아프고, 목이 아프고, 허리가 휘청거려도, 그저 견뎠다.

얼음을 깨고 하는 빨래

빨래는 더 고된 일이었다. 사랑채에는 빨래를 할 만한 공간이 없었다. 개울가에서 빨래를 해야 했다. 우리가 이사 온 시기가 한겨울이었기에 개울은 얼어붙어 있었다.

빨래할 때마다 나는 두꺼운 옷을 입고 개울가로 갔다. 빨래 대야를 머리에 이고, 비누를 들고, 산길을 내려갔다. 개울에 도착하면 먼저 얼음을 깨야 했다. 돌을 들어 얼음을 내리쳐 깨뜨렸다. 얼음 조각들이 튀어 올랐다.

얼음을 깨고 나면 차디찬 물이 드러났다. 그 물에 손을 담그면 손이 얼얼하고 아팠다. 하지만 빨래를 해야 했다. 집에서 따뜻한 물을 끓여 가지고 왔다. 양동이에 뜨거운 물을 담아 들고 빨래터인 개울가로 내려오는 것도 힘들었지만, 그래도 그 물이 있으면 조금은 나았다. 지금처럼 속장갑을 끼고 고무장갑을 끼고 빨래를 할 수 없었던 시절이었다. 맨손으로 차디찬 개울물에 손빨래를 해야 했다.

차가운 개울물에 빨래를 담그고, 따뜻한 물에 잠깐 손을 담가 녹였다. 그리고 다시 빨래를 했다. 비누칠을 하고, 문질렀다. 손은 금방 차가워졌다. 손가락이 빨갛게 부어올랐고, 감각이 없어졌다. 다시 따뜻한 물에 손을 담갔다. 이렇게 반복했다.

겨울 개울가에서의 빨래는 고행이었다. 온몸이 추위에 떨렸다. 입김이 하얗게 나왔다. 빨래를 하는 내내 치아가 딱딱 부딪혔다. 하지만 해야 했다. 아이들의 옷, 남편의 옷, 내 옷, 이불보, 기저귀. 빨래는 끝이 없었다.

특히 수인이의 기저귀는 매일 빨아야 했다. 갓난아기라 하루에도 여러 장의 기저귀를 썼다. 일회용 기저귀 같은 것은 없던 시절이었다. 헝겊 기저귀를 빨아서 말려서 다시 썼다. 빨래가 마르지 않으면 기저귀가 부족해서 아기가 곤란을 겪었다. 그래서 아무리 추워도, 아무리 손이 아파도, 빨래를 해야 했다.

엄마이기 때문에

빨래를 마치고 집으로 돌아오는 길, 나는 생각했다. '왜 이렇게 힘든 걸까? 왜 나만 이렇게 고생해야 하지?' 하지만 곧 그 생각을 멈췄다.

'아이들을 위한 거야. 내가 엄마니까.' 나는 스스로에게 말했다. 엄마는 아이들을 위해 무엇이든 해야 한다. 추위도, 고통도, 견뎌야 한다. 그것이 엄마의 역할이고, 어머니의 사랑이라고.

집에 돌아오면 아이들이 반겼다. "엄마!" 큰아이가 달려왔다. "엄마, 배고파." 둘째가 말했다. 수인이는 방바닥에 누워 옹알거렸다. 아이들의 얼굴을 보면 피로가 잊혔다. '그래, 이 아이들을 위해서라면 뭐든 할 수 있어.'

밥을 짓고, 아이들을 먹이고, 재우고. 그런 일상이 반복되었다. 남의 집 사랑채라는 좁은 공간에서, 제대로 된 부엌도 없는 곳에서, 화장실도 밖에 있는 불편한 환경에서. 그래도 우리는 살아갔다.

밤이 되면 방 하나에 다섯 식구가 함께 누웠다. 공간이 좁아 붙어서 자야 했다. 하지만 그것도 나쁘지 않았다. 아이들의 체온이 느껴졌고, 가족이 함께 있다는 것만으로도 위안이 되었다.

새로운 시작, 그리고 다짐

그렇게 예의촌에서의 새로운 생활이 시작되었다. 처음에 기대했던 것과는 너무나 달랐다. 화전 밭도, 집도, 풍족한 생활도 없었다. 남편의 경솔한 판단으로 우리는 더 어려운 상황에 처하게 되었다.

남편이 미웠다. 원망스러웠다. 하지만 나는 그 감정을 삼켰다. 이미 저질러진 일이었고, 후회한들 소용없었다. 이제는 어떻게

든 이곳에서 살아남아야 했다.

'괜찮아. 우리 가족이 함께 있으니까. 아이들이 건강하니까.' 나는 스스로를 다독였다. 물동이를 이고 산길을 오를 때, 얼음 깨고 빨래할 때, 좁은 부엌에서 밥을 지을 때, 나는 이렇게 다짐했다.

'이것도 지나갈 거야. 언젠가는 더 나아질 거야. 아이들이 자라면, 우리가 더 열심히 일하면, 분명 좋은 날이 올 거야.'

스물일곱 살, 세 아이의 엄마. 산골 사랑채에서 시작된 새로운 삶. 고단하고 힘들었지만, 나는 포기하지 않았다. 아이들의 웃음소리가 있는 한, 가족이 함께 있는 한, 나는 견딜 수 있었다.

그렇게 예의촌에서의 우리 가족의 새로운 삶의 이야기가 시작되었다. 앞으로 어떤 일들이 기다리고 있을지 알 수 없었지만, 나는 준비되어 있었다. 어머니로서, 아내로서, 나는 무엇이든 해낼 수 있다고 믿었다.

이사의 반복,
이상한 태몽과 출산

첫 번째 보금자리: 학근네 집에서의 3년

예의촌으로 무작정 이사를 온 날을 지금도 선명히 기억한다. 낯선 산골 마을, 아는 사람 하나 없는 곳에서 우리 가족이 머물 곳은 학근네 집 한 칸이 전부였다. 남의 집 행랑채에 얹혀사는 신세였지만, 그것만으로도 감사했다. 적어도 비바람을 피할 수 있는 지붕이 있었으니까.

3년이라는 시간은 참으로 길고도 힘든 세월이었다. 비좁은 방 한 칸에 다섯 식구가 다닥다닥 붙어 지냈다. 밤이면 온 가족이 한 이불 속에 몸을 웅크리고 누워야 했다. 아이들이 뒤척이면 금세 깨어났고, 누가 일어나려 해도 다른 식구들을 깨우지 않을 수 없었다. 부엌은 더욱 열악했다. 제대로 된 부엌이라고 할 수도 없는 좁은 공간에서 밥을 짓고 반찬을 만들어야 했다. 아궁이 하나로 다섯 식구 밥을 지어내는 것이 여간 고된 일이 아니었다.

겨울이면 더욱 힘들었다. 방이 좁아 아궁이 불기운이 금방 퍼져야 할 텐데도, 문풍지가 성한 데가 없어 찬바람이 스멀스멀 들어왔다. 걸레를 빨아 닦고 놓고 아침에 보면 꽁꽁 얼어 있을 정도였다. 아이들이 감기라도 걸릴까 밤새 이불을 여미며 잠을 설치곤 했다. 남편은 농사일과 미장일로 품을 팔았고, 나는 집안일과 아이들 돌보기로 하루하루가 눈코 뜰 새 없이 바빴다.

그렇게 어렵게 살면서도 우리는 한 푼 두 푼 돈을 모았다. 언젠가는 우리만의 집을 마련하겠다는 소박한 꿈 하나로 버텼다. 남편은 품삯을 받으면 한 푼도 쓰지 않고 고스란히 집에 가져왔고, 나는 조금이라도 아끼려고 아이들 옷을 기워 주기 위해 재봉틀을 사서 수선해 주기도 했다. 재봉틀은 재래식으로 발로 밟아서 사용하는 것이었다. 끼니를 거를 때도 있었지만, 우리는 포기하지 않았다. 아이들만큼은 굶기지 않으려고 내가 먹을 것을 덜어내곤 했다.

3년이라는 시간 동안 우리가 모은 돈은 많지 않았다. 하지만 그 돈은 우리 가족의 땀과 눈물, 그리고 희망이 고스란히 담긴 소중한 밑천이었다.

두 번째 보금자리: 옆집 초가집으로

학근네 집에서 산 지 3년이 되던 해, 운명처럼 기회가 찾아왔다. 바로 옆집이 매물로 나온 것이다. 주인이 다른 고장으로 이사를 간다며 집을 팔겠다고 했다.

그 집은 초가집이었다. 지붕은 오래되어 군데군데 이엉이 들떠 있었고, 벽은 세월의 흔적으로 누렇게 바랬다. 누가 봐도 허름한 집이었다. 하지만 우리 눈에는 그 집이 궁궐처럼 보였다. 안방과 사랑방이 따로 있었고, 부엌도 제법 넓었으며, 무엇보다 외양간까지 딸려 있었다.

"여보, 이 집을 사면 소도 키울 수 있겠어."

남편의 눈빛이 반짝였다. 외양간이 있다는 것은 소를 키울 수 있다는 뜻이고, 소를 키울 수 있다면 농사를 제대로 지을 수 있다는 의미였다. 더 이상 남의 소를 빌려 농사짓지 않아도 되고, 품을 팔러 많이 다니지 않아도 될 것 같았다.

우리는 그동안 모아둔 돈을 모두 털어 그 초가집을 샀다. 이사하던 날, 비록 낡고 허름한 집이었지만 온전히 우리 것이라는 사실만으로도 가슴이 벅찼다. 남의 행랑채에서 눈치 보며 살던 3년의 세월이 주마등처럼 스쳐 지나갔다.

이사를 하고 나서 우리 삶은 확연히 달라졌다. 가장 먼저 느낀 것은 공간의 여유였다. 여자였던 은옥이와 금옥이는 사랑방에 재우고, 안방에는 수인이와 남편과 내가 잠을 잤다. 더 이상 다섯 식구가 한 방에서 다닥다닥 붙어 자지 않아도 되었다. 밤에 수인이가 뒤척여도 우리는 편히 잘 수 있었고, 아침에 일찍 일어나도 아이들을 깨우지 않을 수 있었다.

부엌은 더욱 좋았다. 학근네 집에 있던 좁은 부엌과는 비교할 수 없을 만큼 넓었다. 아궁이도 두 개나 있어서 밥을 지으면서 동시에 국을 끓일 수 있었다. 장독대를 놓을 공간도 있었고, 김장할 때도 마음껏 공간을 쓸 수 있었다. 부엌 한쪽에는 선반인 시렁을 만들어 그릇과 살림살이를 정리해 두었다. 살림하는 재미가 솔솔 났다.

무엇보다 기쁜 것은 외양간이었다. 남편은 이사하자마자 소 한 마리를 샀다. 송아지였는데, 갈색 털을 가진 암소였다. 남편은 그 소를 '복이'라고 불렀다. 우리 가족에게 복을 가져다줄 소라는 뜻이었다.

"복이야, 잘 먹고 잘 자라야 한다. 네가 크면 우리도 잘살 수 있단다."

남편은 매일 아침 복이에게 여물을 주면서 이렇게 말하곤 했다. 나도 날마다 외양간을 청소하고, 쇠죽을 쑤어 복이에게 먹였다. 복이는 우리 가족의 희망이었다. 복이가 크면 밭을 갈 수 있고, 새끼를 낳으면 팔아서 돈을 벌 수 있을 터였다.

초가집은 비록 낡았지만 우리에게는 천국 같은 곳이었다. 처음으로 우리만의 보금자리를 마련했다는 자부심이 생겼다. 남의 집에 얹혀서 산다는 자괴감이나 부담감 없이 이제는 우리 마음대로 살림을 꾸리고 밤낮을 보낼 수 있었다.

셋째 딸 영옥이의 탄생과 태몽

초가집으로 이사한 지 얼마 되지 않아 나는 다시 아이를 가졌다. 벌써 넷째였다. 배가 불러오면서 몸은 무거워졌지만, 마음만큼은 가벼웠다. 이번에는 우리 집에서, 그것도 넉넉한 안방에서 아이를 낳을 수 있다는 사실이 감사했다.

1967년 음력 1월 15일 아침, 영옥이가 태어났다. 찬 바람이 세차게 부는 추운 겨울 아침이었다. 아랫동네 할머니가 와서 아이를 받았다. 건강한 여자아이였다. 첫 울음소리가 방 안 가득 울려 퍼졌을 때, 나는 안도의 한숨을 내쉬었다.

남편은 예전이나 다름없었다. 딸이라고 하면서 무덤덤하였다. 당연하게 밥도 해 주지 않았다. 출산 다음 날에도 어김없이 기저귀 빨래를 해야만 했다.

그런데 남편의 꿈이 생각났다. 태몽이었던 것 같다. 영옥이를 낳기 며칠 전, 남편이 신기한 꿈 이야기를 했었다. 어느 날 저녁, 밥상을 마주하고 앉았을 때였다.

"여보, 간밤에 이상한 꿈을 꾸었어."

"무슨 꿈인데요?"

"암탉 네 마리가 마당으로 들어오는데, 그 뒤를 수탉 한 마리가 종종걸음으로 따라오더군. 참 신기한 꿈이었어."

남편은 진지한 표정으로 말을 이었다.

"이 꿈이 뭘 의미하는가 생각해 보았어? 앞으로 아이들을 낳으면 딸을 네 명 낳고, 그 다음에 아들을 낳게 된다는 뜻인 것 같아. 아들을 낳을 때까지 더 낳아야 할 것 같소."

"아이고, 참 이상한 꿈도 다 꾸네요."

나는 쓸데없는 이야기라고 대꾸했다. 솔직히 그 꿈을 믿지 않았다. 꿈으로 미래를 예측할 수 있다니, 그런 황당한 이야기가 어디 있겠는가. 더구나 우리는 이미 딸을 둘이나 두었다. 앞으로 딸을 세 명 더 낳고 아들을 낳는다는 것은, 앞으로 세 아이를 더 낳는다는 뜻이었다.

"에이, 그저 꿈일 뿐이에요. 신경 쓰지 마세요."

나는 그렇게 말하며 남편의 꿈 이야기를 대수롭지 않게 여겼다. 하지만 지금 생각해 보면, 그 꿈은 정말로 우리 가족의 미래를 정확히 보여 준 것이었다. 암탉 네 마리와 수탉 한 마리. 딸 넷과 아들 하나. 남편의 꿈은 한 치의 오차도 없이 현실이 되었다.

영옥이는 건강하게 자라 주었다. 겨울에 태어났지만 감기 한 번 걸리지 않고 무럭무럭 컸다. 언니들도 동생을 무척 예뻐했다. 첫째 은옥이가 고생이 많았다. 영옥이를 업고 돌보았다. 금옥이도 옆에서 도움을 주기도 했다.

넷째 딸 수옥이의 탄생

영옥이가 태어난 지 2년 반이 지난 1969년 음력 10월 18일, 넷째 딸 수옥이가 태어났다. 가을 햇살이 따스하게 내리쬐는 날이었다. 이번에도 아랫동네 할머니가 와서 아이를 받았다.

"또 딸이네요."

산파 할머니가 태를 자르며 말했다. 나는 이미 예상했던 터라 놀라지 않았다. 남편의 꿈이 자꾸 생각났다. 암탉 네 마리. 아직 두 마리가 더 남았다.

수옥이는 영옥이보다 더 통통했다. 첫 울음소리도 우렁차게 터트렸다. 은옥이를 비롯한 언니들이 또 동생이 생겼다며 신기해했다. 이제 우리 집에는 딸이 넷이 되었다.

초가집 안방은 이제 아이들로 가득 찼다. 밤이면 네 딸이 나란히 누워 잠을 잤다. 가끔 밤중에 깨어나 아이들의 잠든 얼굴을 보곤 했다. 네 딸이 새근새근 잠든 모습이 그렇게 예쁠 수가 없었다. 비록 가난했지만, 아이들이 건강하게 자라 주는 것만으로도 감사했다.

다섯째 딸 영희! 위험했던 순간

수옥이가 태어난 지 2년이 조금 넘은 1971년, 나는 다시 아이를 가졌다. 다섯 번째 아이였다. 남편의 꿈대로라면 이번이 마지막 딸이 아니었다. 다음에는 딸 하나를 더 낳고 아들을 낳게 될 터였다. 하지만 나는 여전히 반신반의했다.

임신 5개월쯤 되었을 때였다. 그날도 나는 외양간에서 복이에게 먹일 쇠죽을 쑤었다. 무거운 솥을 들고 외양간으로 향하던 중이었다. 댓돌을 넘어서려는 순간, 그만 발을 헛디뎠다.

"아!" 짧은 비명과 함께 나는 앞으로 고꾸라졌다. 손에 들고 있던 솥이 먼저 땅에 떨어지고, 내 몸이 그 위로 쓰러졌다. 배가 먼저 땅에 부딪혔다.

"으윽…"

배에서 전기가 오르는 듯한 날카로운 통증이 밀려왔다. 손으로 배를 감싸 쥐고 그대로 주저앉았다. 뜨거운 쇠죽이 옷에 튀었지만 그것조차 느낄 수 없을 만큼 배가 아팠다.

'아이고, 큰일 났다. 애가 떨어지는 건 아닐까…'

온갖 생각이 머릿속을 휘젓고 지나갔다. 임신 5개월이면 아직 불안정한 시기다. 이렇게 세게 넘어지면 유산할 수도 있다는 이야기를 들은 적이 있었다. 손으로 배를 감싸 쥔 채 땅바닥에 주저앉아 있었다.

첫째 은옥이가 내 비명 소리를 듣고 뛰어나왔다.

"엄마, 어디 다치셨어요?"

"괜찮다, 괜찮아. 그냥… 잠깐 넘어졌을 뿐이야."

나는 애써 괜찮은 척했지만, 배의 통증은 가라앉을 줄 몰랐다. 은옥이의 부축을 받아 간신히 방으로 들어갔다. 이불을 깔고 누웠다. 배를 쓸어내리며 속으로 빌었다.

'부디 아무 일도 없기를. 부디 이 아이가 무사하기를.'

한참 동안 배를 움켜쥐고 누워 있었다. 통증이 점점 심해지는 것 같았다. 아랫배가 당기고, 허리까지 아파 왔다. 혹시 피라도 나오는 건 아닐까 싶어 속옷을 확인했지만, 다행히 피는 나오지 않았다.

여러 시간쯤 지났을까. 신기하게도 통증이 조금씩 가라앉기 시작했다. 배를 쓸어내리니 아이가 움직이는 느낌이 들었다. 아이가 살아 있다. 아이가 무사하다. 눈물이 왈칵 쏟아졌다.

"정말 다행이다. 정말… 감사하다."

나도 모르게 중얼거렸다. 만약 그때 아이를 잃었다면 나는 평생 자책하며 살았을 것이다. 하늘이 도운 것이 분명했다. 그날 이후로 나는 더욱 조심했다. 무거운 것은 절대 들지 않았고, 걸을 때도 천천히 조심스럽게 걸었다.

그렇게 위험한 고비를 넘기고, 1971년 12월 15일, 다섯째 딸 영희가 태어났다. 추운 겨울이었지만 아이는 건강했다. 영희를 안아 들었을 때, 댓돌에 넘어졌던 그날이 떠올랐다. 이 아이가 무사히 태어날 수 있었던 것이 얼마나 큰 기적인지 모른다. 지금도 영희를 볼 때마다 그날의 감사함이 떠오른다.

이제 딸이 다섯이 되었다. 남편의 꿈대로라면 암탉 한 마리가 남았고, 수탉 한 마리만 남은 셈이었다. 하지만 나는 여전히 반신 반의했다. 과연 다음에는 정말 아들을 낳게 될까?

호천이네 기와집으로 이사,
8남매의 완성

드디어 기와집으로 이사하다

영희가 태어나고 얼마 지나지 않아, 마을에 큰 소식이 돌았다. 호천이네가 이사를 간다는 것이었다. 호천이네는 마을에서 가장 부유한 집안이었고, 그들이 사는 집은 마을에서 가장 좋은 집으로 손꼽혔다.

호천이네 집은 기와집이었다. 예의촌 같은 산골 마을에서 기와집은 흔치 않았다. 대부분 초가집이거나 슬레이트집이었는데, 호천이네만 유일하게 기와집을 가지고 있었다. 그것도 그냥 기와집이 아니라 마루가 넓고 2층 마루까지 있는, 마을에서 제일가는 집이었다.

"호천이네가 도시로 이사를 간다더군."

남편이 어느 날 저녁 이런 소식을 전했다.

"그 좋은 집을 두고 왜 이사를 가려는 거죠?"

"자식들이 다 도시로 나가 있으니, 늙은 부부만 여기 있을 이유가 없다나 봐. 집을 팔고 자식들 있는 곳으로 가려는 모양이야."

남편의 눈빛이 반짝였다. 나도 남편이 무슨 생각을 하는지 알 수 있었다.

"설마… 그 집을 사려고요?"

"한번 알아보기는 해야지. 기회가 왔을 때 잡아야 하는 거지."

며칠 후, 남편은 호천이네를 찾아갔다. 집값을 물어보고 돌아온 남편의 얼굴은 복잡했다.

"얼마라고 하던가요?"

"우리가 가진 돈으로는 좀 모자라오. 하지만… 복이를 팔면 될 것 같소."

복이. 우리가 키운 암소 복이를 팔아야 한다니. 복이는 이제 다 자란 암소가 되어 있었다. 밭도 잘 갈고, 얼마 전에는 송아지까지 낳았다. 그 송아지를 팔아서 약간의 돈을 모을 수 있었다.

"복이를 팔아야 하나요?"

나는 조금 망설여졌다. 복이는 우리 가족과 함께 자란 식구나 다름없었다. 매일 아침 여물을 주고, 외양간을 청소하고, 쇠죽을 쑤어 주던 복이였다.

"여보, 기와집에 살 수 있는 기회가 또 올까요? 이번이 아니면 평생 초가집에서 살아야 할지도 모르오. 복이는 또 키우면 되지만, 저 집은 다시 나오지 않을 거요."

남편의 말이 옳았다. 호천이네 기와집은 마을에서 단 하나뿐인 집이었다. 이런 기회는 다시 오지 않을 것이다.

결국 우리는 복이를 팔기로 했다. 이웃 마을에 사는 농부가 복이를 샀다. 복이를 끌고 가는 날, 나는 차마 보지 못하고 방 안에 들어앉아 있었다. 복이가 "음메…" 하고 울음소리를 내는 것이 들렸다. 마치 이별을 아는 듯한 울음소리였다. 소도 감정이 있는지 끌려가지 않으려고 하였고 눈물이 고인 듯하였다. 아쉽지만 할 수 없었다.

복이를 판 돈과 그동안 모아 둔 돈을 합쳐서, 우리는 마침내 호천이네 기와집을 샀다. 초가집을 산 지 몇 년 만에 다시 이사를 하게 된 것이다.

이사하던 날을 잊을 수가 없다. 마을 사람들이 모두 나와서 구경했다.

"학근네 집 처마 밑에 살던 사람들이 이제 기와집에 산다니, 세상 참 알 수 없네."

누군가 이렇게 말하는 소리가 들렸다. 맞는 말이었다. 학근네 집 한 칸에서 시작해 초가집을 거쳐 이제 마을 최고의 기와집에 사는 것이다. 우리 가족이 얼마나 열심히 살아왔는지, 얼마나 악착같이 돈을 모았는지 아는 사람은 우리뿐이었다.

기와집은 정말 좋았다. 마루가 넓어서 곡식을 말릴 수 있었고, 2층 마루에는 아이들이 놀 수 있는 놀이터였다. 안방도 넓고 사랑방도 커서 아이들이 각자 편히 잘 수 있었다. 기와지붕이라 비가 와도 새지 않았고, 바람이 불어도 든든했다. 초가집처럼 몇 년마다 이엉을 갈아야 하는 번거로움도 없었다.

외양간도 있어서 다시 소를 키울 수 있었다. 복이를 팔고 나서 허전했는데, 이제 새 송아지가 잘 자라 주었다. 마당도 넓어서 좋았다. 마당 가에 약간의 텃밭이 있어 만삼이나 상추도 심었다.

기와집으로 이사하고 나서 우리 삶은 또 한 번 달라졌다. 더 이상 가난한 집이 아니었다. 마을 사람들도 우리를 다르게 대했다.

무엇보다 아이들이 좋아했다. 아이들은 넓은 마루를 뛰어다니며 신나게 놀았다.

여섯째 딸 수화의 탄생

기와집으로 이사한 지 얼마 되지 않아 나는 또 아이를 가졌다. 여섯 번째 아이였다. 이번에도 딸일까, 아니면 드디어 아들일까? 남편의 꿈이 자꾸 생각났다. 암탉 네 마리와 수탉 한 마리.

1973년 음력 8월 26일, 여섯째 딸 아이가 태어났다. 여름의 무더위가 한창인 날이었다.

또 딸이었다. 이제 정말 꿈이 맞나. 그러면 다음에는 아들을 낳으려나…

산파 할머니의 말에 나는 옅은 미소를 지었다. 남편도 실망한 기색이 없어 보였다. 아마도 다음에는 아들을 낳을 수 있을 것이라는 기대 때문이었을 것 같았다.

"여섯째 딸이구만. 이름을 뭐라고 지을까?"

이번에는 아버님께 아이 이름을 부탁드리기로 했다. 아버님은 딸인 우리 집에 와서 생활을 하고 있었는데 서당 훈장이셨다. 글을 가르치시는 분이라 이름을 짓는 데 일가견이 있으셨다. 수인이 이름도 지어 주셨었다.

"수화(秀花)라고 지으면 좋겠구나. 빼어날 수(秀)에 꽃 화(花). 물처럼 맑고 꽃처럼 아름답게 자라라는 뜻이니라."

아버님께서 지어 주신 이름이었다. 수화. 참 정말 좋은 이름이었다.

딸이 여섯이 되었다. 남편의 꿈을 생각하면 이제 한 명만 더 낳으면 되는데, 그 한 명이 아들이어야 했다. 과연 그 꿈이 맞아떨어질까?

막내아들 수형이의 탄생

수화가 태어난 지 3년이 지난 1976년, 나는 여덟 번째 아이를 가졌다는 것을 알게 되었다. 내 나이 서른일곱이었다. 벌써 여덟 번째 아이라니, 세월이 참 빠르게 흘렀다. 배가 불러오면서 주변 사람들이 하나같이 같은 말을 했다.

"이번에는 아들이겠네요. 딸을 여섯이나 낳았으니, 이제 아들 차례지요."

나도 마음속으로는 아들이기를 바랐다. 하지만 입 밖으로 내지는 않았다. 혹시라도 또 딸이 태어나면 아이에게 미안할 것 같았다. 딸이든 아들이든 건강하게만 태어나 주면 그것으로 족했다.

남편은 달랐다. 남편은 자신의 꿈을 여전히 믿고 있었다.

"여보, 기억하지? 암탉 네 마리 뒤에 수탉 한 마리가 따라오던 그 꿈. 이번에는 틀림없이 아들이야."

"그저 꿈일 뿐인데 뭘 그렇게 믿으세요. 딸이어도 괜찮잖아요."

"아니오, 내 꿈은 틀린 적이 없어. 지금까지 딸 넷을 낳았으니, 이제 아들 차례지."

남편은 확신에 찬 표정이었다. 나는 그저 웃으며 고개를 저었다. 하지만 속으로는 나도 남편의 꿈이 맞기를 은근히 바라고 있었다.

임신 기간 내내 남편은 유난히 나를 챙겼다. 무거운 것은 절대 들지 못하게 했고, 외양간 일도 남편이 도맡아 했다.

"아들을 배고 있는데 무리하면 안 되오."

남편의 말에 나는 웃음이 나왔다.

"아직 아들인지 딸인지도 모르잖아요."

"아들이오, 분명히 아들이라니까요."

1976년 음력 10월 19일, 드디어 그날이 왔다. 가을 햇살이 따스한 오후였다. 산파 할머니가 집에 오셨다.

"이제 곧 나올 것 같은데요."

산파 할머니가 준비를 하며 말씀하셨다. 나는 진통을 참으며 이불을 꽉 움켜쥐었다. 여덟 번째 아이인데도 출산의 고통은 여전히 힘들었다.

한참 후, 아이의 울음소리가 방 안을 가득 채웠다. 건강한 울음소리였다.

"아들입니다! 아들이에요!"

산파 할머니가 환하게 웃으며 말씀하셨다. 그 순간, 나는 눈물이 왈칵 쏟아졌다. 기쁨의 눈물이었다.

"정말… 아들인가요?"

"그럼요, 팔팔한 사내아이예요."

방문 밖에서 기다리던 남편이 뛰어 들어왔다.

"아들이라고요? 정말 아들입니까?"

"예, 아드님이십니다."

남편은 매우 좋아하였다.

딸들도 방으로 우르르 몰려 들어왔다.

"엄마, 남동생이에요?"

"와! 드디어 남동생이 생겼다!"

아이들이 환호성을 질렀다. 온 집안이 기쁨으로 가득 찼다.

막내아들의 이름은 수인이와 같이 우리 집에서 한학을 가르치시던 아버지에게 이름을 지어 달라고 했다.

수형이는 '빼어날 수(秀)'에 '빛날 형(炯)'. 밝게 빛나는 사람이 되라는 뜻으로 아버지가 지어 주었다.

수형이는 딸들과는 달리 태어날 때부터 울음소리가 우렁찼다. 젖도 잘 먹고 잠도 잘 잤다. 누나들이 번갈아 가며 동생을 돌봐 주었다. 그때는 큰딸 은옥이는 서울에 있는 공장에 취업하여 생활하고 있었다. 남편은 득남 사실을 은옥이에게 전보를 치기도 하였다.

남편은 아들이 태어난 후 더욱 열심히 일했다. 밭일도 더 부지런히 했고, 품을 팔러 가는 횟수도 늘었다.

"막내아들을 잘 키워야 하지 않겠소. 학교도 보내야 하고, 장가도 보내야 하니까."

남편의 어깨가 더욱 무거워졌지만, 얼굴에는 늘 미소가 떠나지 않았다.

나도 마찬가지였다. 많은 아이를 돌보는 것이 쉽지는 않았지만, 마음만큼은 가벼웠다. 딸 여섯과 아들 하나. 8남매를 낳게 된 것이었다. 우리 가족이 이렇게 완성된 것이다.

예의촌에서 뿌리내린 우리 가족

예의촌 산골에서의 두 번의 이사. 학근네 집 한 칸에서 시작해 초가집을 거쳐 기와집에 이르기까지. 그 과정은 결코 쉽지 않았다. 돌이켜보면 15년 정도 예의촌 산골에서 산 셈이다.

학근네 집에서 3년을 사는 동안, 우리는 남의 집 처마 밑에 얹혀사는 신세였다. 여섯 식구가 한 방에서 다닥다닥 붙어 자야 했고, 좁은 부엌에서 밥을 지어야 했다. 겨울이면 찬바람이 스멀스멀 들어왔고, 아이들이 감기라도 걸릴까 밤새 잠을 설쳤다.

하지만 우리는 포기하지 않았다. 한 푼 두 푼 돈을 모았고, 마침내 옆집 초가집을 살 수 있었다. 비록 초가집이었지만 안방과 사랑방이 있었고, 외양간도 있었다. 그곳에서 영옥이, 수옥이, 영희를 낳았다.

그리고 복이를 팔아 호천이네 기와집을 샀다. 마을에서 가장 좋은 집. 학근네 집 한 칸에 살던 우리가 이제 마을 최고의 집에 사는 것이다. 그곳에서 수화와 수형이를 낳았다.

돌이켜 보면 그 모든 과정이 우리 가족이 함께 성장하고 뿌리내리는 시간이었다. 가난했지만 우리는 서로를 의지하며 살았다. 힘들었지만 포기하지 않았다. 그리고 마침내 여덟 아이를 낳아 기르는 부모가 되었다.

딸 여섯과 아들 둘. 남편이 꾼 그 신기한 꿈이 정확히 맞아떨어졌다. 영옥이를 임신하였을 때 암탉 네 마리 뒤를 수탉 한 마리가 종종걸음으로 따라오던 그 꿈. 지금 생각해도 신기하기만 하다.

이 모든 것이 하늘이 주신 선물이요, 우리가 함께 일구어 낸 삶의 결실이었다. 예의촌 산골에서 우리는 이렇게 뿌리를 내렸다. 아이들이 건강하게 자라 주는 것만으로도 감사했다. 우리에게는 더 이상 바랄 것이 없었다.

기와집 마루에 앉아 아이들이 뛰어노는 모습을 바라볼 때면, 가슴이 벅차올랐다. 학근네 집 한 칸에서 시작한 우리 가족이 이렇게 컸구나. 이 모든 것이 꿈만 같았다.

예의촌에서의 농사
그리고 에피소드

화전 밭을 일구며

예의촌에서 우리는 산 땅도 있었지만 논은 임대해서 농사를 지었다. 그러다 보니 농사지을 땅이 늘 부족했다. 그래서 다른 사람이 짓다가 남겨둔 화전 밭을 맡아 경작하기도 했지만, 때로는 아예 새로운 화전 밭을 직접 만들기도 했다.

어느 날 남편이 지름골 산비탈을 보더니 말했다.

"여기다 화전 밭을 하나 만들어야겠소. 땅이 부족하니 어쩔 수 없소."

화전은 말 그대로 불로 만든 밭이었다. 혼자서는 할 수 없는 일이라 동네 사람들에게 품앗이로 도움을 청했다. 날을 잡아 동네 남정네들이 우리 집에 모였다.

"자, 그럼 시작해 볼까요?"

먼저 비탈진 곳 중에서 화전 밭으로 적당한 자리를 고른다. 그리고 밭을 만들 가장자리 부분의 나무들을 톱으로 베어 낸다. 나무 베는 소리가 산골짜기에 쩡쩡 울렸다. 가장자리 나무들을 모두 베어 내고 나면, 이제 불을 놓을 차례였다.

"불길이 번지지 않게 조심하시오!"

"여기 쪽은 제가 지키겠습니다!"

남정네들이 가장자리에 둘러서서 불길이 다른 곳으로 번지지 않도록 감시하는 가운데, 가운데 부분에 불을 지폈다. 활활 타오르는 불길이 나무와 풀을 태워 나갔다. 연기가 자욱하게 피어올랐다. 한참을 그렇게 불을 태우고 나면 검게 그을린 땅이 드러났다.

"이제 재를 파내고 밭을 고르면 되겠소."

며칠 후 재가 식으면 괭이로 땅을 고르고 이랑을 만들었다. 그렇게 해서 만든 화전 밭은 대부분 국유림이었지만, 그때는 별다른 문제가 되지 않았다. 화전 밭은 경사가 심했지만 우리에게는 소중한 농사 터전이었다. 그곳에 괭이질을 해 가며 주로 콩이나 수수를 심었다.

문제는 화전 밭이 집에서 너무 멀다는 것이었다. 아침 일찍 출발해도 한참을 걸어야 도착할 수 있었다. 그래서 때로는 큰딸 은옥이가 집에서 어린 동생들을 돌보았다.

"은옥아, 엄마가 화전 밭 다녀올 테니 동생들 잘 봐라. 밥때 되면 차려 먹기 바라."

"네, 엄마. 걱정 마세요."

열 살밖에 안 된 아이가 어린 동생들을 돌보며 집을 지켰다. 가끔은 아이들이 울면 은옥이는 동생들을 화전 밭까지 데리고 오기도 했다. 어린 은옥이가 기특하였다.

가을이 되어 화전 밭에서 콩과 수수를 수확하면, 모두 지게로

져서 날라야 했다. 한 짐, 두 짐, 가파른 산길을 오르내리며 수십 번을 왕복했다. 집 마당에 도착하면 기진맥진해서 주저앉곤 했지만, 그래도 한 해 농사가 잘되면 그것만으로도 감사했다.

논농사의 고된 나날들

화전 밭보다 더 힘든 것은 논농사였다. 지금 시대에는 콤바인으로 벼를 베면서 동시에 탈곡까지 하는 자동화 시스템이지만, 그때는 모든 과정을 사람 손으로 직접 해야 했다.

봄에는 모내기부터 시작이었다. 허리를 굽히고 하루 종일 논에서 모를 심으면 허리가 펴지지 않았다. 그렇게 모를 심고 나면 끝이 아니었다. 피를 뽑아야 했고, 풀을 매야 했다.

"아이고, 허리야. 이 피는 왜 이렇게 질긴지…"

무릎까지 빠지는 논바닥에 앉아 하루 종일 피를 뽑다 보면 손가락에 물집이 잡히고 등은 뙤약볕에 타들어 갔다. 그래도 피를 뽑지 않으면 벼가 제대로 자라지 못했기에 어쩔 수 없었다.

가을이 되어 벼가 누렇게 익으면 드디어 추수철이었다. 낫을 들고 논으로 나가 직접 벼를 베었다. 낫질을 하루 종일 하면 손에 굳은살이 박이고 손목이 욱신거렸다. 베어 낸 벼는 햇볕에 말렸다가 묶어서 세워 두었다.

"이것들을 다 집까지 날라야 하는데…"

논에 세워 둔 볏단을 보면 앞이 캄캄했지만, 해야 할 일이었다. 남편은 지게로 볏단을 지고 논두렁을 걸어 집까지 날랐다. 한 번에 질 수 있는 양이 한정되어 있으니 수십 번을 왔다 갔다 해야 했다. 때로는 나도 거들었다.

타작하는 날의 풍경

벼를 모두 집 마당으로 날라 오면 드디어 타작하는 날이었다. 새벽부터 동네 분들이 하나둘 우리 집으로 모여들었다.

"일손 거들러 왔습니다."

"아이고, 고맙습니다. 어서 오세요."

마당 한가운데 탈곡기를 놓고 준비를 마쳤다. '와릉 와릉' 탈곡기 소리가 울려 퍼지기 시작했다. 두 사람이 양쪽에서 발로 페달을 힘차게 밟으면 탈곡기의 드럼이 빠르게 돌아갔다.

"자, 볏단 넘기시오!"

볏단을 들고 있던 사람이 탈곡기 드럼에 벼 이삭 부분을 대면 볍씨가 톡톡톡 떨어져 나갔다.

"페달 좀 더 빨리 밟으시오!"

"알겠습니다!"

쉬지 않고 페달을 밟아 대는 사람들의 이마에는 땀이 줄줄 흘렀다. 볏단을 대는 사람도 쉴 새 없이 움직였다. 그렇게 한 단, 두 단, 벼를 탈곡하다 보면 마당 바닥에 볍씨가 점점 쌓여 갔다.

볍씨가 어느 정도 쌓이면 이제 싸리비로 쓸어 이물질을 골라내야 했다.

"바람 좀 불어 주시오!"

"네, 알겠습니다!"

한 사람이 부채질을 하면 다른 사람이 싸리비로 볍씨를 쓸어 올렸다. 가벼운 껍질과 티끌은 바람에 날아가고 무거운 볍씨만 남았다.

3시간 정도 지나니 마당에 볍씨가 배가 부르듯 볼록하게 쌓였다. 그 광경을 보면 한 해 농사의 보람을 느낄 수 있었다.

"수고들 하셨습니다. 점심 준비했으니 들어오세요."

나는 미리 준비한 막걸리와 음식으로 일꾼들을 대접했다. 다들 지쳐 있었지만 얼굴에는 만족스러운 미소가 번졌다.

볍씨는 가마니에 담아 곳간에 보관했다가 필요할 때마다 정미소에 가져가 쌀로 찧었다. 하지만 쌀은 너무 귀해서 대부분 팔아 생활비로 써야 했다. 그러다 보니 정작 농사를 지은 우리 식구는 쌀밥을 실컷 먹지 못하는 형편이었다.

보리나 조, 수수를 섞은 잡곡밥을 주로 먹었다. 아이들이 하얀 쌀밥을 먹고 싶어 할 때면 가슴이 아팠다.

"엄마, 오늘은 쌀밥 먹어요?"

"미안하다. 조금만 참아라. 명절 때는 쌀밥 해 줄게."

지금 세상에서는 탈곡기로 벼를 타작하는 모습을 볼 수 없게 되었다. 모든 것이 기계화되어 편리해졌다. 하지만 그때 그 시절, 온 동네 사람들이 모여 함께 일하고 함께 밥을 먹던 그 정겨운 풍경은 지금도 내 기억 속에 생생하게 남아 있다.

옥수수밥과 보리밥의 나날들

예의촌에서 생활할 때 우리 집 식탁의 주식은 늘 보리밥과 옥수수밥이었다. 쌀은 분명히 농사를 지었지만, 대부분 팔아서 생활비로 써야 했기에 정작 우리는 먹지 못했다. 특히 옥수수밥은 만드는 과정이 무척 번거로웠다. 가을에 수확한 찰옥수수를 처마 밑에 매달아 바싹 말렸다. 그러면 겨울이 되어 날이 추워지면 온 가족이 둘러앉아 옥수수 알을 따는 작업을 했다.

"얘들아, 모여라. 오늘은 옥수수 알 따는 날이다."

"네, 엄마."

먼저 송곳으로 옥수수 알에 줄을 켰다. 그러면 알갱이가 조금 더 쉽게 떨어졌다. 아이들은 저마다 옥수수 한 개씩을 쥐고 손으로 알갱이를 톡톡 따냈다.

"엄마, 손가락 아파요."

"조금만 더 하자. 이거 다 따야 밥 지을 수 있단다."

한참을 그렇게 앉아 있으면 손가락 끝이 빨갛게 부어올랐다. 하지만 어쩔 수 없었다. 알갱이를 다 딴 다음에는 디딜방아로 찧어야 했다. 쿵쿵 디딜방아를 찧으면 옥수수 알이 가느다랗게 부서졌다.

그렇게 만든 옥수수쌀로 밥을 지으면 하이얀 말랑말랑한 옥수수밥이 되었다. 막 지었을 때는 제법 먹을 만했다. 달콤한 향도 나고, 쫀득쫀득한 맛도 있었다.

"엄마, 이거 맛있어요!"

"그래, 많이 먹어라."

하지만 문제는 아이들 도시락이었다.

숨기고 싶었던 도시락

아침에 도시락을 싸서 보낼 때는 따뜻하고 부드러웠던 옥수수밥이, 점심시간이 되면 차갑게 식으면서 돌처럼 딱딱하게 굳어버렸다. 아이들이 도시락 뚜껑을 열면 밥알들이 서로 달라붙어 떡처럼 단단해져 있었다.

다른 아이들은 대부분 하얀 쌀밥 도시락을 싸 왔다. 우리 아이들만 옥수수밥이나 거무스름한 보리밥이었다. 아이들이 얼마나 부끄러웠을까.

어느 날이었다. 학교에서 돌아온 수인이를 보는데 도시락이 없었다.

"수인아, 도시락은 어디 있니?"

"…"

"왜 대답이 없니? 도시락 어디 두고 왔니?"

수인이는 고개를 숙인 채 아무 말도 하지 않았다. 뭔가 이상했다. 집 안을 둘러보다가 찬장 밑을 들여다보니, 거기에 도시락이 그대로 있지 않은가.

도시락을 열어보니 옥수수밥이 딱딱하게 굳어 그대로 남아 있었다. 아침에 싸 준 반찬도 손도 대지 않은 채였다. 순간 가슴이 철렁 내려앉았다.

"수인아… 이거…"

"…"

"점심 안 먹고 왔니?"

수인이는 여전히 아무 말이 없었다. 굳이 말하지 않아도 알 수 있었다. 다른 아이들 앞에서 딱딱한 옥수수밥 도시락을 꺼내기가 부끄러워서, 아예 도시락을 숨기고 굶은 것이었다.

"미안하다, 수인아. 엄마가… 엄마가 미안하다."

나는 아이를 꼭 껴안았다. 열두 살 소년이 얼마나 창피했을까. 친구들은 모두 하얀 쌀밥을 먹는데, 혼자만 딱딱한 옥수수밥을 매번 먹어야 하는 게 얼마나 수치스러웠을까.

그날 밤 나는 잠을 이룰 수 없었다. 자라나는 아이들에게 제대로 된 쌀밥 한 끼 못 해 주는 엄마가 너무나 원망스러웠다.

혼식 장려의 아이러니

그 무렵 학교에서는 혼식을 장려했다. 정부에서 쌀 소비를 줄이기 위해 잡곡밥을 먹도록 권장하던 시절이었다. 선생님들이 가끔씩 도시락 검사를 했다.

"자, 오늘은 도시락 검사를 하겠습니다. 모두 도시락을 책상 위에 올려놓으세요."

선생님이 교실을 돌아다니며 아이들 도시락을 확인했다. 쌀밥만 싸 온 아이들은 혼이 났다.

"김○○, 너는 왜 쌀밥만 싸 왔니? 보리나 잡곡을 섞어야지."

그럴 때 우리 아이들은 긴장할 필요가 없었다. 늘 옥수수밥이거나 보리밥이었으니까. 오히려 선생님이 칭찬을 하셨다.

"수인아, 참 모범적이구나. 이렇게 잡곡밥을 싸 오는 게 나라를 위하는 길이란다."

하지만 그게 나라를 위해서가 아니라, 쌀이 없어서 어쩔 수 없이 잡곡밥을 먹는다는 것을 선생님은 모르셨다. 아이들은 그저 고개를 끄덕일 뿐이었다.

다른 아이들은 일부러 잡곡을 섞어야 했지만, 우리 아이들은 쌀밥을 먹고 싶어도 먹을 수 없었다. 참 아이러니한 상황이었다.

어머니의 마음

수인이가 도시락을 숨긴 그날 이후로, 나는 어떻게든 아이들 도시락에 쌀밥을 조금이라도 섞어 주려고 애썼다. 팔아야 할 쌀을 조금씩 덜어 내 옥수수밥에 섞었다. 그러면 조금이라도 덜 딱딱해졌다.

"엄마, 오늘 밥 맛있어요. 쌀이 들어갔네요!"

"그래, 조금 섞었단다."

아이들의 환한 얼굴을 보면 가슴이 먹먹했다. 쌀밥 한 술이 이렇게 귀한 시절이었다.

지금 생각해 보면 그때 우리 아이들이 얼마나 배고팠을까. 얼마나 쌀밥을 먹고 싶었을까. 자라나는 아이들에게 제대로 된 쌀밥을 주지 못한 것이 지금도 가슴 한구석에 미안함으로 남아 있다.

그래도 우리 아이들은 투정 부리지 않고 묵묵히 자랐다. 딱딱한 옥수수밥도, 거친 보리밥도 감사히 먹으며 성장했다. 그렇게 어려운 시절을 견뎌 낸 내 아이들이 대견하면서도, 한편으로는 너무나 미안한 마음이 든다.

등잔불 아래의 밤

예의촌에 살 때 가장 불편했던 것 중 하나는 전기가 없다는 것
이었다. 다시 고향으로 돌아올 때까지 15년 동안, 우리 마을에는
전기가 들어오지 않았다. 너무나도 깊은 산골이라 전깃줄이 닿지
않았던 것이다.

우리 집의 유일한 미디어는 라디오였다. 자그마한 안테나가 달
린 작은 라디오로 세상 소식을 들었다.

"쉿, 조용히 해라. 라디오 드라마 시작한다."

저녁이 되면 온 가족이 라디오 앞에 둘러앉았다. 성우들이 들
려주는 드라마를 들으며 상상의 나래를 펼쳤다. 복싱 경기나 레
슬링 중계가 나올 때면 남편과 아이들은 귀를 쫑긋 세웠다.

"와! 김일 선수가 이겼대요!"

"정말? 어디 들어 보자."

라디오에서 흘러나오는 아나운서의 목소리만으로 경기를 상상
해야 했다. 가끔 큰 경기가 있는 날이면 아이들이 좌운마을까지
걸어가서 TV로 경기를 보고 오기도 했다.

"엄마, 좌운 가서 레슬링 보고 와도 돼요?"

"가거라. 어두워지기 전에 돌아와야 한다."

하지만 대부분의 저녁 시간은 등잔불 아래에서 보내야 했다.

어둠 속의 공부

학교에서 돌아온 아이들이 숙제를 할 시간이 되면 나는 등잔불

을 켰다. 석유를 담은 등잔에 화선지 같은 심지를 넣으면 심지가 석유를 빨아올려 불빛을 냈다.

"엄마, 글씨가 잘 안 보여요."

"등잔을 가까이 당겨라."

아이들은 희미한 등잔불 빛을 받으며 공책에 글씨를 썼다. '등 잔 밑이 어둡다'는 말이 괜히 나온 게 아니었다. 정말로 등잔 바로 밑은 어두웠다. 아이들은 고개를 공책에 바짝 붙이고 눈을 찌푸리며 숙제를 했다.

등잔불 곁에 오래 있으면 그을음이 생겼다. 아침이 되어 아이들을 깨우면 콧속이 까맣게 되어 있었다.

"아이고, 너희들 코 좀 봐라. 새까맣게 됐네."

"정말요? 에휴…"

아이들은 코를 풀고 얼굴을 씻으며 투덜댔다. 학교에서는 전깃불 아래서 공부하다가 집에 오면 이렇게 등잔불 아래서 공부해야 하니 얼마나 답답했을까.

밤에 밖에 나갈 일이 있으면 호롱불을 들고 다녔다. 호롱불은 호야라는 유리 덮개가 있어 바람이 불어도 꺼지지 않았다. 하지만 호야도 오래 쓰다 보면 그을음이 끼어 까맣게 되었다.

"이 호야 좀 닦아야겠다. 하나도 안 보이네."

틈틈이 호야를 닦아 내야 했다. 그을음을 닦아 내면 다시 환해졌지만, 그래봤자 등잔불 빛이었다. 그래서 우리는 가급적 밤이 되기 전에 모든 일을 마치려고 애썼다. 해가 지면 할 수 있는 일이 너무 제한적이었기 때문이다.

옥수수 낟가리에 숨어 있던 수인이

전깃불이 들어오기 전에 등잔불을 피우던 시절, 아들 수인이랑 있었던 일이 생각난다.

밖에서 일을 하고 돌아와 보니 방 안에는 석유 냄새가 가득했다. 등잔 속에 넣을 석유 댓 병은 쓰러져 있고, 좁쌀 자루에 석유가 스며들어 있었다. 좁쌀도 못 먹게 되었고, 등잔에 넣을 석유도 다 쏟아졌으니 너무 속상하고 화가 났다. 도대체 누가 왜 이랬을까? 가만히 생각해 보니 집에 있어야 할 수인이가 보이지 않았다.

"수인아, 수인아~~"

수인이를 아무리 불러도 대답이 없고, 아무리 찾아다녀도 보이지 않았다. 이웃집에도 없고, 집 안 어디에도 안 보였다. 밭에 보니 옥수수 낟가리를 세워 놓은 게 있어 그 속에 숨었나 하고 작대기를 가지고 푹 찌르며

"여기 있니? 안에 있으면 빨리 나와."

그래도 조용했다. 또다시 다른 쪽으로 작대기를 쑥 넣으며 찔러보았다.

"이 속에 있음 이젠 나와라. 혼내지 않을 테니"

하고 얘기를 해도 조용했다. 처음에는 수인이를 찾기만 하면 혼내 줄 생각만 했었는데 날이 컴컴해져도 어디 있는지 모를 아들을 생각하니 걱정이 되었다. 도대체 어디 있단 말인가? 한참 걱정을 하고 있는데 밤이 되어 깜깜해지자 수인이가 조용히 집으로 들어왔다. 수인이는 고개를 숙이고 들어오며

"죄송해요. 엄마. 잘못했어요."

라고 말하는 것이었다.

"이왕 엎질러진 석유 도대체 왜 그랬는지 자초지종이나 들어
보자."

라고 얘기하니 성적표를 받아와서 보니 생각보다 성적이 안 나
와 엄마, 아버지한테 보여 드리지 말고 숨겨야겠다는 생각으로
성적표를 방구석에 숨기다가 석유병을 건드렸고, 석유병이 쓰러
지며 석유가 쏟아져 좁쌀 자루에 있는 좁쌀까지 못 먹게 되어 혼
나는 게 무서워서 옥수수 낟가리 속에 숨어 있다가 나왔다고 했
다. 엄마가 작대기로 쑥쑥 찌를 때 이쪽저쪽으로 몸을 피해 숨어
있다가 너무 깜깜해져서 무서워서 들어왔단다.

"잘했다. 집에 들어온 것은 아주 잘했어. 석유는 이미 쏟아진
거 어쩌겠니. 네가 잘못되면 나는 못산다."

하며 수인이를 달래 주고 안아 주었던 생각이 난다.

전기가 들어온 날

그러던 어느 날, 드디어 우리 마을에도 전기가 들어온다는 소
식이 들렸다.

"여보, 들었소? 우리 마을에도 전기가 들어온다고 하오!"

"정말이오? 드디어!"

온 동네가 들썩였다. 하지만 전기를 끌어오려면 전봇대를 세워
야 했다. 문제는 비용이었다. 산골 마을까지 전선을 끌어오는 데
돈이 많이 들었다.

“전봇대 세우는 일을 우리가 해 주면 된다고 하오.”

“그럼 우리가 직접 하면 되지 않소? 전기만 들어오면 얼마나 좋소!”

동네 남자들이 모두 나섰다. 품앗이로 무상 노동을 하기로 한 것이었다. 전봇대를 세우는 날, 동네 남정네들이 아침 일찍부터 모여들었다.

“자, 오늘 힘 좀 씁시다!”

“우리 마을에 불 들어오게 하려면 힘을 합쳐야지요!”

남자들은 무거운 전봇대를 직접 세우는 작업을 하였다. 땀을 뻘뻘 흘리며 하나하나 세우기 시작했다. 전봇대를 세울 자리를 파고, 전봇대를 세우고, 다지는 작업이 계속되었다.

여자들도 가만히 있지 않았다. 돌아가면서 점심 식사를 준비했다.

“수고들 많으시오. 이리 와서 점심 드시오!”

“아이고, 고맙소. 배가 고파 죽는 줄 알았소.”

막걸리에 감자전, 파전, 된장찌개를 푸짐하게 준비했다. 일꾼들은 허겁지겁 밥을 먹으며 다시 힘을 냈다.

“오후에도 화이팅합시다!”

“그럼요! 오늘 안에 끝내야지요!”

지금 생각해 보면 한국전력공사에서 해야 할 일을 동네 사람들이 거의 다 해 준 셈이었다. 비용을 어떻게 처리했을지 궁금하다. 어쨌든 동네 사람들의 땀과 수고로 전봇대가 하나둘 세워졌다.

빛이 온 순간

그때가 아마도 1980년도였다. 전기 공사가 끝나고 드디어 점등식을 하는 날이 왔다. 온 동네 사람들이 우리 집 마당에 모였다. 대표로 우리 집에서 처음 전기를 켜 보기로 한 것이다.

"자, 이제 스위치를 켜 보겠습니다!"

한국전력공사 직원이 스위치에 손을 댔다. 모두가 숨을 죽이고 지켜보았다.

"딸깍!"

순간, 환한 빛이 쏟아져 나왔다. 마당이, 집 안이, 온 세상이 환해졌다.

"와아!"

"세상에, 이렇게 밝다니!"

사람들은 환호성을 질렀다. 아이들은 신기한 듯 전등을 올려다보았다. 나는 그 순간을 지금도 잊을 수 없다. 15년 동안 등잔불과 호롱불만 켜고 살던 우리에게 전깃불은 마치 기적 같았다.

"이제 밤에도 환하게 살 수 있겠구만!"

"애들이 숙제하기도 훨씬 편하겠소!"

남편도 환한 얼굴로 말했다.

전기가 들어오기 전까지 우리는 전기밥솥도, 전열기구도 전혀 사용할 수 없었다. 다른 지역 사람들이 이미 편리한 생활을 누리고 있을 때, 우리는 여전히 아궁이에 불을 때고 등잔불을 켜며 살았다. 그만큼 어렵고 불편한 생활이었다.

하지만 그날 밤, 환한 전등 불빛 아래 앉아 있으니 마치 새로운 세상에 온 것 같았다. 아이들은 전등 아래서 신이 나서 책을 읽었다.

"엄마, 글씨가 너무 잘 보여요!"

"그래, 이제 눈 나빠질 걱정 안 해도 되겠구나."

전기가 들어온 그날의 기쁨을, 환한 불빛 아래서 느꼈던 그 감격을 나는 평생 잊지 못할 것이다. 그것은 단순히 불이 밝아진 것이 아니라, 우리 삶이 조금씩 나아지고 있다는 희망의 빛이었다.

동화매기골의 사계절

산꼭대기 우리 집

예의촌 동화매기골―그 이름만 들어도 마음속 깊은 곳에서 맑은 계곡물 소리가 들려오는 것 같다. 우리 집은 그 골짜기에서도 가장 높은 곳, 맨 꼭대기에 자리 잡고 있었다.

"엄마, 우리 집이 제일 높은 데 있어서 좋긴 한데, 학교 가려면 한참을 내려가야 해요."

큰애가 가끔 투덜거리긴 했지만, 나는 이곳이 좋았다. 무엇보다 냇물이 가장 깨끗했다. 우리보다 위에는 아무도 살지 않았으니, 흐르는 물은 그야말로 처음 만나는 사람이 우리였다. 아침이면 그 차디찬 물에 얼굴을 씻으며 하루를 시작했다.

창문을 열면 앞에도 산, 뒤에도 산이었다. 완전히 산으로 둘러싸인 세상. 어떤 날은 갇혀 있는 것 같아 답답하기도 했지만, 어떤 날은 산이 우리를 품어 주는 것 같아 포근했다.

하늘을 올려다보면 가장 자주 보이는 것은 비행기였다.

"저 비행기는 어디로 가는 걸까?"

"서울? 아니면 부산?"

아이들은 하얀 꼬리를 남기며 지나가는 비행기를 보며 세상 밖 이야기를 상상하곤 했다.

산골이라 그런지 근처에 가게가 하나도 없었다. 좌운까지 나가려면 한참을 걸어야 했다. 그래서 아이들 간식은 늘 고민이었다. 내가 직접 만들어 주는 것 외에는… 자연이 주는 선물들이 전부였다.

하지만 지금 생각해 보면, 그게 오히려 축복이었다.

봄의 달콤함: 버찌 따러 가던 날

"엄마! 벚꽃 다 졌어요. 이제 버찌 나올 때 아니에요?"

봄이 되면 아이들이 제일 먼저 묻는 말이었다. 온 산에 흩날리던 벚꽃잎들이 다 떨어지고 나면, 그 자리에 동그란 남색 열매들이 맺히기 시작했다.

"자, 오늘은 버찌 따러 가자!"

나는 톱을 들고, 아이들은 광주리를 들고 산으로 올라갔다. 산벚나무는 키가 너무 높아서 아이들이 직접 딸 수가 없었다. 그래서 나뭇가지를 톱으로 조심스럽게 잘라 주면, 아이들은 환호성을 질렀다.

"와! 버찌다!"

"이것 봐, 이렇게 큰 거!"

손이며 입술이며 온통 남색으로 물들어 가며 아이들은 버찌를 따 먹었다. 새콤달콤한 맛에 얼굴에는 행복이 가득했다.

"엄마도 드세요. 이거 정말 맛있어요!"

작은애가 자기 손으로 정성껏 딴 버찌를 내 입에 넣어 주던 그 작은 손길이, 지금도 생생하다.

여름의 풍요: 딸기와 곰딸기

여름이 오면 산은 더욱 풍성해졌다. 아침에 마당에 나서면 뱀딸기가 지천에 널려 있었다.

"뱀딸기는 맛이 없잖아요."

"그래도 예쁘니까 따자."

아이들은 뱀딸기는 주로 눈으로만 즐겼다. 대신 우리의 진짜 보물은 산속 깊숙이 숨어 있었다.

"조금만 더 들어가면 멍석딸기와 곰딸기가 있을 거야."

산속으로 들어가면 찔레나무처럼 가시가 있는 나뭇가지에 빨간 열매들이 주렁주렁 달려 있었다. 지금의 복분자와 똑같이 생긴, 아마도 야생 복분자였을 그 열매들.

"아야! 가시에 찔렸어!"

"조심해서 따야지. 그래도 맛있으니까 참아."

광주리 가득 따온 멍석딸기와 곰딸기는 집에서도 한참을 먹었다. 톡톡 터지는 알갱이들의 새콤달콤한 맛이란!

"엄마, 이거 가게에서 팔면 안 돼요? 우리 부자 될 수 있을 텐데."

큰애의 엉뚱한 말에 모두 웃음을 터뜨렸던 기억이 난다.

가을의 선물: 머루와 다래

가을이 되면 산은 온통 보랏빛이었다. 머루가 주렁주렁 매달린 계절.

"저기 봐! 머루다!"

덩굴을 잡아당기면 포도송이처럼 달린 머루가 우수수 떨어졌다. 집에 가져와 바구니에 담아 두고 조금씩 꺼내 먹는 재미가 쏠쏠했다.

하지만 가을의 진짜 별미는 서리 내린 후의 다래였다.

"엄마, 다래 따러 가요!"

"아직이야. 서리 맞아야 달아진다고 했잖아."

"언제 서리 내려요?" "조금만 기다려."

첫서리가 내리고 나면, 다래는 정말 꿀처럼 달았다. 지금의 키위와 비슷하게 생긴, 하지만 훨씬 더 달콤한 그 맛. 껍질째 베어 물면 입안 가득 퍼지는 그 달콤함이란!

"이거 세상에서 제일 맛있는 것 같아요."

작은애의 말에 나도 고개를 끄덕였다. 정말 그랬다.

사계절 보물: 더덕과 산나물

계절과 관계없이 산에는 늘 보물이 숨어 있었다. 그중에서도 더덕은 특별했다.

"어머, 이 냄새… 더덕이다!"

산길을 걷다 보면 어디선가 특유의 향이 코를 자극했다. 주변을 잘 살펴보면 땅에서 올라온 줄기가 보였다. 봄이면 하얀 새순이 특히 눈에 잘 띄었다.

"엄마는 코가 개 같아요. 어떻게 냄새만 맡고 찾아요?"

"오래 살다 보면 너희도 알게 돼."

캐낸 더덕은 껍질을 벗겨 두드려서 양념에 재워 두었다가 구워 주면, 아이들이 너무 좋아했다.

"이거 고기보다 맛있어요!"

더덕 말고도 잔대나 산도라지를 캐서 무쳐 먹기도 했다. 봄이면 삽수 싹을 캐서 장에 내다 팔기도 했다. 그게 우리 집 용돈벌이의 하나였다.

남편의 버섯 사냥

가을이 되면 남편은 새벽부터 분주했다.

"오늘은 버섯 나들이 가야겠소."

"조심해서 다녀와요. 독버섯 조심하고요."

남편은 산을 누비며 버섯을 찾아왔다. 갈버섯, 싸리버섯, 운이 좋으면 송이버섯이나 능이버섯까지.

"오늘 대박이오! 송이 몇 개 찾았소!"

송이버섯을 들고 돌아오는 날이면 온 집안이 그윽한 향으로 가득 찼다.

"와! 아버지 최고!"

아이들은 아버지가 영웅처럼 보였을 것이다.

버섯전을 부쳐 주거나 버섯탕을 끓여 주면, 그것이 우리의 간식이자 반찬이었다. 산에서 캐 온 신선한 버섯으로 만든 음식의 맛이란!

"도시 사람들은 이런 맛 모를 거예요."

큰애의 말에 나는 웃으며 고개를 끄덕였다.

지금 생각해 보면, 그때 그 산골 생활이 아이들에게는 어떤 의미였을까.

가게에서 사 먹는 과자 하나 없이, 자연에서 나는 것들로만 간식을 해결하던 그 시절. 어쩌면 아이들에게는 불편했을 수도 있다.

하지만 나는 안다. 그 모든 것이 아이들에게는 소중한 추억이 되었으리라는 것을.

봄의 버찌, 여름의 곰딸기, 가을의 머루와 다래, 그리고 사계절 내내 우리를 먹여 살린 산나물과 버섯들.

예의촌 동화매기골 맨 꼭대기, 앞뒤로 산밖에 없던 그곳에서 우리는 자연과 하나가 되어 살았다.

그것이 우리 가족만의, 그 누구도 흉내 낼 수 없는 자연친화적인 삶이었다.

아이들이 어른이 되어 가끔씩 말한다.

"엄마, 그때 산에서 따 먹던 버찌 생각나요. 오디도 생각나요. 또 먹고 싶다."

"곰딸기도요. 어디 가면 또 먹을 수 있을까요?"

그럴 때마다 나는 조용히 미소 짓는다.

그래, 그것들이 너희들의 추억이 되어 주었구나. 그것만으로도 충분하다.

누에치기:
사각사각 울리는 봄과 가을

또 하나의 살림: 알에서 애벌레까지

예의촌에서 논밭농사만으로는 살기가 빠듯했다. 그래서 집집마다 부업거리를 찾았다. 우리 집이 선택한 것은 잠업, 즉 누에치기였다.

"올해도 누에를 칠 거요?"

"그래야지. 누에고치 값이 제법 되니까."

봄과 가을, 일 년에 두 번 찾아오는 누에 철은 온 가족이 총동원되는 시기였다. 누에는 솔직히 징그러운 면이 있었다. 하얗고 통통한 몸에 주름진 살, 꿈틀거리는 움직임. 처음 보는 사람들은 소스라치게 놀라곤 했다. 하지만 시골에서 누에는 '황금 벌레'였다. 제대로만 키우면 논밭 농사보다 수입이 더 나을 때도 있었다.

누에치기는 작은 알에서 시작되었다. 좁쌀만 한 누에 알들이 종이 위에 빼곡하게 붙어 있었다.

"자, 이 알들을 방에 넣어 두자. 따뜻하게 해 줘야 한다."

안방 한쪽 구석, 햇볕이 잘 드는 곳에 알을 놓았다. 적당한 온도를 유지하는 것이 중요했다. 너무 추우면 부화가 안 되고, 너무 더우면 알이 상했다.

며칠이 지나자 신기한 일이 벌어졌다. 까만 알에서 개미만 한 애벌레들이 꿈틀꿈틀 나오기 시작했다.

"어머, 벌써 나왔어요!"

"그래? 벌써? 그럼 빨리 뽕잎을 따러 가야겠구나."

갓 부화한 애벌레는 머리카락보다도 가늘었다. 까만색이었다가 점점 회색빛으로 변했다. 이 작은 것들이 몇 주 후면 손가락만큼 굵어진다는 게 신기할 따름이었다.

소쿠리 속의 세상

애벌레들을 키우기 위해 큰 소쿠리를 여러 개 준비했다. 싸리나무로 결결이 엮어 만든 소쿠리는 지름이 한 자가 넘었다. 밑이 평평하고 가장자리가 약간 올라온 모양이었다.

"은옥아, 금옥아, 소쿠리 깨끗이 씻어라. 누에를 옮겨야 한다."

"네, 엄마!"

소쿠리 안에 깨끗한 종이를 깔았다. 그 위에 애벌레들을 조심스럽게 옮겨 담았다. 한 소쿠리에 수백 마리씩 들어갔다. 소쿠리는 방 한쪽에 층층이 쌓아 놓았다. 아래쪽에는 나무 받침대를 놓고, 그 위에 소쿠리를 올렸다. 그리고 또 그 위에 소쿠리를 포개듯 올렸다. 마치 탑을 쌓는 것 같았다.

애벌레 시기의 누에들은 작고 연약했다. 뽕잎도 연한 것만 골라 따와야 했다.

"이 잎은 너무 억세. 어린 것들은 이런 잎은 못 먹어."

뽕나무 끝에 달린 연두색 새순만 따서 바구니에 담았다. 집으로 돌아와 부엌에 앉아 뽕잎을 다듬었다. 커다란 도마 위에 뽕잎을 올려놓고 칼로 가늘게, 가늘게 썰었다.

"이렇게 잘게 썰어야 어린 누에들이 먹을 수 있단다."

자박자박 칼질 소리가 리듬을 탔다. 뽕잎에서는 풋풋한 초록 향기가 났다. 잘게 썬 뽕잎을 소쿠리에 고루 뿌려 주었다. 애벌레들이 우르르 몰려들어 뽕잎을 갉아 먹기 시작했다.

자라는 누에, 바쁜 손길, 누에도 학교 가고 싶나 보다

며칠이 지나자 누에들이 눈에 띄게 자랐다. 2령, 3령을 거치며 몸집이 불어났다. 이제는 소쿠리 하나에 가득했던 누에들을 두 개, 세 개로 나눠 담아야 했다.

"수인아, 학교 다녀왔으면 뽕잎 따러 가자."

"네, 엄마. 가방만 놓고 갈게요."

학교에서 돌아온 아이들은 책가방을 내던지듯 놓고 뽕나무밭으로 향했다. 공부할 시간은 없었다. 누에 철에는 집안일을 돕는 게 우선이었다.

"언니, 이 잎들은 충분할까?"

"더 따야 해. 누에들이 얼마나 많이 먹는데."

큰 바구니에 뽕잎을 가득 담아 왔다. 이제는 잘게 썰지 않아도 되었다. 누에들이 커서 큰 잎을 그대로 먹을 수 있게 되었기 때문이다.

소쿠리에 뽕잎을 올려놓으면 누에들이 일제히 머리를 들었다. 그리고 게걸스럽게 뽕잎에 달라붙었다.

"사각사각, 사각사각."

뽕잎 먹는 소리가 방 안에 가득 찼다. 마치 봄비가 내리는 것 같았다. 처음에는 조용했던 소리가 점점 커졌다. 누에가 자랄수록 소리도 커졌다.

밤이 되어도 소리는 멈추지 않았다. 우리는 누에를 키우는 방에서 잠을 잤다. 어둠 속에서 사각사각 소리만 들렸다.

"엄마, 무서워…"

"괜찮다. 누에들이 밥 먹는 소리야. 잘 자거라."

그런데 가끔 이상한 일이 벌어졌다. 가끔씩은 하얀 누에가 아이들의 얼굴을 기어가는 경우가 있었다. 그러면 아이들은

"으악!"

놀라서 손으로 털어내곤 했다. 소쿠리에서 나온 누에가 기어다니다 아이들 얼굴까지 온 것이었다. 손등에 기어오르는 것도 일쑤였다. 누에가 있는 방에 잠을 자는 것은 곤혹스러운 일이었지만 중요한 소득원이기에 아이들은 힘들어도 참아야 했다.

어떤 날에는 등교하는 아이의 보자기에 누에가 붙어서 가는 날도 있었다.

"학교 다녀오겠습니다."

하고 돌아서 가는 아이의 등에 뭔가가 붙어 있어 자세히 보니 누에가 붙어 있었다.

"누에도 학교 가서 공부하고 싶나 보다."

하며 떼어 준 적도 있었다.

5령과 고치 만들기

며칠을 더 키우자 누에들은 어른 손가락만큼 굵어졌다. 온몸이 뽀얗고 통통했다. 이제 5령이 되었다. 마지막 단계였다.

"자, 이제 곧 고치를 만들 거다."

5령 누에들은 먹성이 대단했다. 아침에 소쿠리 가득 뽕잎을 주면 저녁에는 깨끗이 먹어 치웠다. 하루에 서너 번씩 뽕잎을 따러 나가야 했다.

"엄마, 뽕잎이 부족해요!"

"그럼 저쪽 나무에서도 따오자. 동네 사람들한테도 부탁해야겠다."

온 식구가 매달려도 모자랄 지경이었다. 뽕잎 따러 다니고, 썰고, 소쿠리에 넣어 주고. 하루 종일 누에만 돌봤다.

그러던 어느 날, 누에들에게 변화가 생겼다. 어떤 누에들이 뽕잎을 먹지 않고 고개를 들고 있었다. 몸이 조금 투명해지면서 노란빛이 돌았다.

"고치를 만들 준비를 하는구나."

나는 제사공장에서 일한 경험이 있었다. 누에고치에서 실을 뽑는 과정을 손바닥 보듯 알았다. 그래서 누에치기에는 남다른 자신감이 있었다.

"자, 이제 섶을 준비해야 한다."

섶은 누에가 고치를 만들 수 있게 해 주는 틀이었다. 나뭇가지나 짚으로 만든 칸막이를 세워 소쿠리 위에 올려놓았다. 마치 작은 방들을 만들어 주는 것 같았다.

누에들이 섶으로 기어 올라갔다. 그리고 머리를 이리저리 흔들며 실을 뽑기 시작했다. 가는 실이 누에의 입에서 끝없이 나왔다. 처음에는 실이 여기저기 흩어져 있었다. 하지만 시간이 지나자 그 실들이 모여 누에를 감싸기 시작했다.

하루, 이틀이 지나자 소쿠리 곳곳에 고치들이 매달려 있었다. 노란색, 흰색의 고치들이 탐스럽게 영글었다. 마치 작은 땅콩 같기도 하고, 달걀 같기도 했다.

"와, 엄마! 고치가 정말 많아요!"

"그래, 올해는 풍년이구나."

수확의 기쁨

고치가 완성되면 조심스럽게 따 냈다. 하나하나 섶에서 떼어내 큰 바구니에 담았다. 고치를 빛에 비춰 보면 안에 누에 번데기가 보였다.

"이 고치들은 1급이겠는데?"

고치는 상태에 따라 등급이 나뉘었다. 모양이 고르고 색깔이 곱고 크기가 큰 것이 1급이었다. 얼룩이 있거나 작은 것은 2급, 3급으로 떨어졌다.

"올해는 1급이 많이 나왔어. 잘했구나."

제사공장에서 일한 경험 덕분에 나는 좋은 고치를 만드는 법을 알았다. 온도 조절, 뽕잎 주는 타이밍, 섶 설치 시기. 모든 것이 중요했다.

고치를 농협에 가져가면 검사원이 하나하나 살펴보며 등급을 매겼다.

"1급 70%, 2급 25%, 3급 5%. 잘 키우셨네요."

"고맙습니다."

등급에 따라 금액이 달랐다. 1급은 제일 비쌌고, 등급이 떨어질수록 값도 내려갔다. 하지만 어쨌든 한철 고생한 보람이 있었다. 고치를 판 돈은 생활비로, 아이들 학비로, 종잣돈으로 쓰였다.

사각사각 울리던 날들

누에 철이 끝나면 방은 텅 비었다. 소쿠리를 치우고 바닥을 쓸었다. 그제야 한숨 돌릴 수 있었다.

"올해도 무사히 끝났구나."

아이들도 이제야 책을 펼쳤다. 누에 철 내내 미뤄 뒀던 숙제를 하느라 밤을 새우기도 했다.

"엄마, 다음에 또 누에 칠 거예요?"

"그래야지. 우리 생활비를 벌어야 하니까."

누에는 징그럽고 키우기 힘들었지만, 우리에게는 소중한 수입원이었다. 봄과 가을, 일 년에 두 번 찾아오는 누에 철. 그때마다 온 가족이 하나가 되어 누에를 키웠다.

지금도 가끔 뽕잎 냄새를 맡으면 그때 생각이 난다. 소쿠리에 가득했던 하얀 누에들, 밤새도록 들리던 사각사각 소리, 고치를 따 내며 뿌듯해하던 순간들.

제사공장에서 배운 지식으로 누에를 더 잘 키울 수 있었던 것도 행운이었다. 다른 집보다 1급 고치가 많이 나왔던 것은 그 덕분이었다.

예의촌의 봄과 가을은 누에와 함께 흘러갔다. 그리고 그 작은 벌레들이 우리 가족의 생계를 지탱해 주었다. 힘들었지만, 그래서 더 소중했던 기억이다.

작두와 소여물: 예의촌의 기억

소가 있는 풍경

예의촌에 살던 시절, 소는 단순한 가축이 아니었다. 그것은 우리 가족의 생계이자, 희망이었다.

"어머나, 송아지가 또 태어났구만!"

이웃집 아주머니의 외침에 동네 사람들이 하나둘 모여들곤 했다. 송아지 한 마리가 태어나면 그 집은 몇 달 후 괜찮은 돈벌이를 할 수 있었다. 키워서 팔면 그게 바로 생활 밑천이 되었으니까.

하지만 소의 진짜 가치는 따로 있었다. 봄이 오면 남편은 이른 새벽부터 소를 끌고 나갔다. 경운기도, 트랙터도 없던 시절이었다. 오직 소의 힘으로 논밭을 일구어야 했다.

"이랴, 이랴! 힘내거라!"

남편의 구성진 노랫소리가 들판에 퍼졌다. 때론 소가 말을 듣지 않으면 회초리로 엉덩이를 탁탁 쳤다. 소는 무거운 몸을 이끌며 쟁기를 끌었고, 그 뒤로 검은 흙이 두둑하게 뒤집혔다.

소를 키우는 일은 만만치 않았다. 무엇보다 먹이가 문제였다.

사료는 너무 비쌌다.

"엄마, 학교 다녀왔습니다!"

"그래, 책보자기 놓고 얼른 소 끌고 나가거라. 해 지기 전에 실컷 먹여야 한다."

여름이면 아이들의 일과는 정해져 있었다. 학교에서 돌아오면 집 뒤편 언덕이나 개울가로 소를 끌고 나가는 것이었다. 아이들은 소의 목줄을 잡고 풀이 무성한 곳을 찾아다녔다. 소는 고개를 숙여 탐스러운 풀을 뜯어먹고, 다른 집 아이들도 마찬가지로 자기 집의 소를 끌고 와서 풀을 뜯겨 먹게 하면서 놀았다.

나도 쇠꼴을 많이도 해 왔었다. 남편이 멀리 미장일이나 구들장 놓는 일을 하러 가면 쇠꼴은 내 몫이었다. 낫으로 소쿠리가 있는 지게를 지고 골짜기로 가서 소가 잘 먹는 풀을 베는 것과 소쿠리에 담아 지고 오는 일은 그리 쉬운 일은 아니었다.

겨울은 더 고됐다. 추운 날씨에 소여물을 끓여야 했다.

"작두질 좀 같이 해야겠어!"

"그래, 금옥아. 네가 밟아라. 내가 밀 테니."

마당 한구석에 놓인 작두 앞에 섰다. 말린 옥수수 대궁을 작두 위에 올려놓았다. 한 사람은 대궁을 밀어 넣고, 다른 한 사람은 발판을 힘껏 밟아 날카로운 칼날을 내리찍었다. 타닥! 옥수수 대궁이 잘려 나갔다.

자른 대궁은 마당 한쪽에 수북이 쌓였다. 그것을 커다란 가마솥에 넣고 불을 때면, 김이 모락모락 올라왔다. 푹 익은 소여물을 소쿠리에 담아 외양간에 있는 귀영이라는 나무통에 퍼담아 갔다.

"복아, 맛있게 먹어라."

소는 고개를 숙여 김이 나는 여물을 우적우적 먹어 치웠다. 그 모습을 보면 온종일 고생한 보람을 느낄 수 있었다.

첫 번째 사고

그날도 평범한 겨울 오후였다. 소여물을 준비하기 위해 작두질을 하고 있었다. 내가 부엌에서 일을 하고 있었다.

"누나, 오늘은 내가 밀 터이니 누나가 밟도록 해."

"그래 그렇게 하자." 둘이는 그렇게 이야기를 했다.

수인이가 옥수수 대궁을 작두 위에 올려놓고 조심스럽게 밀어 넣었다. 금옥이는 발판 위에 섰다.

"자, 간다!"

금옥이가 발판을 밟았다. 한 번, 두 번, 세 번. 리듬이 맞아떨어졌다. 그런데 갑자기—

"으악!"

수인이의 비명이 마당을 찢었다. 작두날이 내려오는 순간, 손을 빼는 타이밍이 어긋났다. 옥수수 대궁과 함께 수인이의 오른손 가운데 손가락 끝부분이 잘려 나갔다.

"어머나! 수인아!"

나는 헛바람 나게 달려갔다. 수인이는 손을 부여잡고 울고 있었다. 피가 손가락 사이로 붉게 흘러내렸다. 금옥이는 새하얗게 질린 얼굴로 서 있었다.

"엄마… 아파요…"

"그래, 그래. 괜찮다. 엄마가 있다."

손가락을 살펴보니 중지 한가운데가 깊게 베였다. 다행히 완전히 잘리진 않았지만 살점이 갈라져 있었다. 병원은 너무 멀었다. 버스도 하루에 몇 번 없었고, 설령 가더라도 산길을 한참 걸어 나가야 했다.

"금옥아, 부엌에서 갑오징어 뼈 가져와라. 빨리!"

"네, 네!"

갑오징어 뼈를 갈아 가루를 만들어 상처에 뿌렸다. 피가 조금씩 멈췄다. 깨끗한 헝겊으로 손가락을 꽁꽁 감았다.

"수인아, 참아라. 조금만 참으면 괜찮아질 거다."

수인이는 눈물을 뚝뚝 흘리면서도 고개를 끄덕였다. 금옥이는 구석에서 울고 있었다.

"엄마, 미안해… 내가 잘못했어…"

"아니야, 금옥아. 네 잘못이 아니야. 그냥 시간 차가 안 맞았던 거야."

지금도 수인이의 오른손 중지에는 그때의 흉터가 선명하게 남아 있다. 손가락을 굽힐 때마다 예의촌의 그 겨울 오후가 떠오른다.

두 번째 사고

세월이 흘렀지만 작두질은 여전히 계속되었다. 나는 이제 익숙해졌다고 생각했다. 수인이의 사고 후로 더 조심하게 되었으니까.

"엄마, 오늘은 제가 밟을게요."

금옥이가 말했다. 나는 고개를 끄덕이며 옥수수 대궁을 밀기 시작했다.

"하나, 둘, 하나, 둘!"

우리는 구령을 맞춰가며 작두질을 했다. 리듬이 딱딱 맞아떨어졌다. 대궁들이 잘려 나가며 무더기로 쌓였다.

그런데 그 순간이었다. 무슨 생각을 했는지, 아니면 손이 미끄러졌는지. 대궁을 밀던 내 오른손이 평소보다 조금 더 깊이 들어갔다.

타닥!

"앗!"

작두날이 내 오른손 중지 끝을 베어냈다. 이번엔 내 차례였다. 손가락 끝이 거의 잘려 나가 살점이 덜렁거렸다.

"엄마!"

금옥이가 비명을 질렀다. 창백한 얼굴로 내게 달려왔다.

"괜찮다, 괜찮아."

나는 침착하게 말했다. 덜렁거리는 살점을 재빨리 제자리에 붙이고 주변에 있던 헝겊으로 꽁꽁 감았다. 수인이 때 해 봤던 경험이 있었다.

"엄마, 병원에 가야 해요!"

"아니다. 이렇게 하면 낫는다. 걱정 마라."

금옥이는 울먹이며 내 손을 바라봤다. 아이의 눈에는 죄책감이 가득했다.

"금옥아, 네 잘못이 아니다. 엄마가 조심하지 못한 거야."

"하지만…"

"정말이다. 이런 일은 누구에게나 일어날 수 있어. 작두질이란 게 원래 위험한 거야."

다행히 시간이 지나면서 상처는 아물었다. 하지만 지금도 내 오른손 중지 끝부분을 보면 그날의 기억이 선명하다. 손가락 끝의 감각이 조금 무딘 것도 그때의 흔적이다.

작두의 시대

금옥이는 두 번의 사고 모두에 있었다. 하지만 그것은 금옥이의 잘못이 아니었다. 작두질이란 원래 그런 것이었다. 두 사람의 호흡이 완벽하게 맞아떨어져야 했고, 한순간의 방심도 허락되지 않았다.

우리 동네에는 작두 사고로 손가락을 완전히 잃은 사람들도 있었다. 옆집 아저씨는 검지가 없었고, 뒷집 할머니는 엄지 끝마디가 잘려 나갔다. 모두 소여물을 준비하다가 당한 사고였다.

"작두질 조심하소. 한 번 다치면 돌이킬 수 없소."

어른들은 늘 그렇게 말했지만, 조심한다고 해서 막을 수 있는 것도 아니었다. 매일매일 소에게 먹일 여물을 준비해야 했고, 그러려면 작두를 쓸 수밖에 없었다.

80년대 중반이 되어서야 전기로 작동하는 절단기가 나왔다. 그때부터는 작두 사고가 줄어들었다. 하지만 그전까지는 작두가 전부였다.

지금 내 손가락의 흉터를 볼 때마다 생각한다. 그 시절 우리는 정말 악착같이 살았다고. 소 한 마리를 키우기 위해 온 가족이 매달렸고, 때로는 피를 흘리면서도 포기하지 않았다.

수인이와 나, 우리 모두의 손가락에 남은 흉터. 그것은 단순한 사고의 흔적이 아니다. 예의촌에서 보낸 세월의 증거이고, 가족이 함께 버텨 낸 시간의 기록이다.

작두는 이제 사라졌지만, 그 시절의 기억은 여전히 선명하다. 겨울 마당에서 들리던 작두 소리, 가마솥에서 피어오르던 김, 그리고 외양간에서 여물을 먹던 소의 모습까지…

모두 아득하지만 따뜻한 기억들이다.

산나물과 함께한
가난한 시절의 기억

봄이면 산으로 향했던 이유

예의촌에 살 때는 먹을 양식이 늘 부족했다. 특히 봄이면 겨우 내 먹던 곡식이 바닥나고 보리는 아직 여물지 않아, 이른바 '보릿고개'를 넘기기가 참 힘들었다. 그래서 우리는 산으로 향했다. 산나물을 채취하여 반찬으로 해 먹거나, 삶아서 말려 묵나물을 만들어 두었다가 일 년 내내 필요할 때마다 물에 불려서 국이나 반찬으로 해 먹었다.

다행히 우리가 살던 집 부근 산에는 온갖 나물이 지천으로 자랐다. 곤드레, 잔대싹, 미역취, 오야리, 다래순, 혼잎, 고사리, 나무취, 두릅… 봄이면 산은 그야말로 우리의 밥상이었다. 아이들을 업거나 데리고 산에 올라 하루 종일 나물을 뜯었다. 등에 진 광주리가 무거워질수록 마음은 한결 가벼워졌다. 오늘 저녁 반찬 걱정은 덜었다는 안도감 때문이었다.

수인이가 울던 날: 산 깊은 곳에서의 공포

예의촌으로 이사를 간 첫 번째 봄날이었다. 나는 2살 되던 수인이를 업고 농골이라는 곳으로 산나물을 뜯으러 갔다. 농골은 산 깊숙한 곳이었지만 곤드레 나물이 특히 많이 나는 곳이어서 자주 찾았던 곳이었다.

그날도 곤드레 나물이 지천으로 널려 있었다. 나는 허리를 구부리고 열심히 나물을 꺾고 있었다. 그런데 갑자기 등에 업힌 수인이가 울기 시작했다. 처음에는 보채는 거려니 했다. 하지만 수인이의 울음은 점점 심해졌다. 마치 누가 꼬집기라도 하는 것처럼 몸을 비틀며 막 우는 것이었다.

'이상하다.'

참 이상한 일이었다. 아이가 평소와 다르게 우는 것이 심상치 않았다. 순간 온몸에 소름이 돋았다. 머리가 쭈뼛 서는 것 같았다. 등줄기가 오싹했다. 본능적으로 뭔가 위험을 느낀 것이다.

나는 더 이상 생각할 겨를도 없이 나물 뜯던 대리키(나물을 담는 바구니)를 끌고 무조건 산을 내려왔다. 뒤도 돌아보지 않고 숨이 찰 정도로 급하게 내려왔다. 한참을 내려왔을까. 어느 정도 내려오자 그제서야 수인이가 울음을 뚝 그쳤다. 신기하게도 언제 울었냐는 듯 조용해졌다.

어른들의 말: "아이들은 안다"

집에 돌아와 그날 있었던 일을 동네 어른들께 말씀드렸다. 어른들은 고개를 끄덕이며 말씀하셨다.

"아이들은 안다네. 어른들 눈에는 안 보여도 아이들한테는 보이는 게 있어."

어떤 어른은 이렇게 말씀하셨다.

"아마 호랑이를 보았을 게야. 그 농골 깊은 데는 호랑이가 있다는 소문도 있었잖아."

그 말을 듣고 나니 등골이 더욱 오싹해졌다. 수인이가 울어 준 덕분에 큰 화를 면한 것일지도 몰랐다. 그때는 정말로 산 깊은 곳에는 호랑이가 살고 있었던 시절이었다. 남편도 예의촌에 살 때 한번은 호랑이에게 홀려서 크게 어려움을 실제로 겪기도 한 적이 있었다.

그날 이후로 나는 산 깊숙한 곳으로는 혼자 가지 않았다. 특히 수인이를 업고는 더더욱 조심했다. 아이가 울면 무조건 산을 내려오기로 마음먹었다. 아이들은 정말 어른들이 보지 못하는 것을 보는 것 같았다.

나물 삶던 날의 비극

나물 채취는 고되고 위험한 일이었지만, 그것만으로 끝이 아니었다. 집에 돌아오면 본격적인 일이 시작되었다. 나물을 손질하고 솥에 물을 끓여 삶아야 했다. 삶은 나물은 조리로 건져 내고, 솥에 남은 물은 모두 퍼내야 했다. 그래야 그 솥에 다시 밥을 지을 수 있었기 때문이다. 우리 집에는 솥이 하나밖에 없었다.

어느 날이었다. 아침부터 산에 가서 나물을 한가득 뜯어 왔다.

저녁 먹기 전에 나물을 삶아야 했다. 솥에 물을 가득 붓고 나물을 넣어 푹 삶았다. 나물이 익자 조리로 건져 내고, 이제 뜨거운 물을 모두 퍼내야 할 차례였다.

나는 바가지로 뜨거운 물을 떠서 밖으로 버리기 시작했다. 그런데 그 순간이었다. 바가지를 들어 올리다가 오른손이 뜨거운 솥 가장자리에 닿았다.

"앗!"

너무 뜨거워서 나도 모르게 손을 확 움츠렸다. 그 바람에 바가지에 담겨 있던 뜨거운 물이 그만 내 얼굴로 쏟아지고 말았다.

견딜 수 없는 고통

"아악!"

순간 너무나도 뜨거워서 비명이 절로 나왔다. 얼굴이 불에 덴 것처럼 화끈거렸다. 아팠다. 정말 너무나도 아팠다. 눈을 뜰 수가 없었다. 얼굴 전체가 타는 것 같았다.

급히 찬물로 얼굴을 식혔지만 소용이 없었다. 곧 얼굴에 물집이 잡히기 시작했다. 살점이 부르튼 것이 눈에 보였다. 물집이 너무 커서 통증이 심했다. 임시방편으로 가시로 물집을 찔러 물을 빼냈다. 물이 빠지자 조금은 나아지는 것 같았지만, 여전히 얼굴이 쓰라렸다.

당시에는 마을에 병원이 없었다. 있다 해도 예의촌에서 병원까지는 너무 멀었다. 가기도 어려웠고, 가려면 돈도 필요했다. 우리에게는 그럴 여유가 없었다.

다행히 집에 문둥약이라는 게 있었다. 알갱이로 된 약이었다. 그 약을 먹었더니 물집이 말라지고 딱지가 생기면서 어느 정도 아물기는 했다. 하지만 화상을 입은 얼굴은 예전 같지 않았다.

그 사고 이후 오랫동안 내 얼굴에는 화상 흔적이 남아 있었다. 거울을 볼 때마다 그날의 일이 떠올랐다. 나물 하나 삶으려다 이런 화를 입게 되다니.

지금도 나는 얼굴 피부가 좋지 않다. 사람들은 나이가 들어서 그런 거라고 하지만, 나는 안다. 그날 나물 삶다가 입은 화상 때문이라는 것을. 그때 제대로 치료를 받았더라면 조금은 나았을까. 하지만 그것도 사치였던 시절이었다.

가난이 남긴 상처들

돌이켜 보면 예의촌에서의 삶은 고달팠다. 먹을 것이 부족해 산으로 나물을 뜯으러 다녀야 했고, 산에서는 호랑이의 위험이 도사리고 있었다. 집에서는 좁은 부엌에서 하나뿐인 솥으로 모든 음식을 해결해야 했다. 조금만 조심하지 않으면 다치기 일쑤였다.

하지만 그것이 우리의 삶이었다. 불평할 겨를도 없었다. 여덟 남매를 먹여 살려야 했고, 오늘 하루를 버텨 내는 것이 급선무였다. 나물을 뜯으러 산에 가야 했고, 화상을 입어도 참고 견뎌야 했다.

지금 내 얼굴에 남은 흔적은 단순한 화상 자국이 아니다. 그것은 가난했던 시절을 살아 낸 흔적이고, 여덟 남매의 어머니로서 하루하루를 견뎌 낸 증거다. 때로는 그 흔적이 부끄럽기도 했지만, 이제는 당당하게 받아들인다.

이것이 내가 살아온 삶의 흔적이니까. 가난했지만 포기하지 않고, 아팠지만 견뎌 내고, 힘들었지만 자식들을 키워 낸 한 어머니의 증표이니까.

호랑이에게 홀린
남편 살아오다

돌아오지 않는 남편

어느 날 남편이 부창에 미장일을 하러 갔다. 아침 일찍 주루먹에 쟁기며 연장들을 챙겨 지고 나섰다. 부창은 우리 마을에서 고개를 넘어에 있어 한나절은 걸어야 닿는 곳이었다. 그래도 해가 지기 전에는 돌아올 수 있는 거리였다.

"저녁 전에는 돌아올게요. 걱정 마시오."

남편은 그렇게 말하고 집을 나섰다. 나는 아침 일찍부터 밭일을 하고, 빨래를 하고, 아이들을 돌보며 하루를 보냈다. 저녁 무렵이 되자 남편이 돌아올 시간이었다. 저녁상을 차려놓고 기다렸다. 해가 뉘엿뉘엿 넘어가고 어둠이 스며들기 시작했다. 그런데 남편은 보이지 않았다.

'일이 늦어졌나 보다.'

처음에는 그렇게 생각했다. 미장일이라는 게 벽을 바르고 마르기를 기다려야 하니 때로는 예상보다 오래 걸릴 수도 있었다. 하지만 밤이 깊어져도 남편은 돌아오지 않았다. 아이들을 재우고 혼자 등잔불을 켜 두고 기다렸다. 바람 소리에도 귀를 기울였다. 대문 밖에서 들리는 작은 소리에도 뛰어나가 보았다. 하지만 그때마다 빈손으로 돌아와야 했다.

밤은 점점 깊어 갔다. 마을은 고요했고, 집집마다 불이 꺼져 갔다. 나는 불안한 마음에 잠을 이룰 수가 없었다. '무슨 일이 생긴 건 아닐까? 길에서 다친 건 아닐까?' 온갖 생각이 머릿속을 스쳐 지나갔다. 그렇다고 이 밤중에 산길을 헤매며 남편을 찾으러 나갈 수도 없는 노릇이었다. 아이들도 있었고, 무엇보다 밤길은 위험했다.

나는 방문을 열어 두고 마루에 앉아 기다렸다. 귀뚜라미 소리, 바람에 나뭇잎 스치는 소리, 저 멀리서 들려오는 개 짖는 소리. 모든 소리가 유난히 크게 들렸다. 시간은 더디게만 흘러갔다.

새벽녘의 귀환

새벽녘이었다. 어디선가 닭이 울기 시작했다. 곧 동이 트겠구나 싶을 무렵이었다. 대문이 삐걱거리는 소리가 들렸다. 나는 벌떡 일어나 뛰어나갔다.

"여보!"

남편이었다. 그런데 뭔가 심상치 않았다. 주루먹을 진 채로 비틀거리며 마당으로 들어서는 남편의 모습이 평소와 달랐다. 걸음걸이부터가 이상했다. 마치 혼이 빠진 사람처럼 비실비실 걸어왔다.

"어디 다친 데는 없어요? 왜 이렇게 늦었어요?"

급히 다가가 남편을 부축했다. 그 순간 코를 찌르는 냄새가 났다. 노린내였다. 짐승의 냄새였다. 강렬하고 역한 냄새가 남편의 온몸에서 풍겼다. 옷에도, 머리카락에도, 손에도 그 냄새가 배어 있었다.

"여보, 정신 차려요! 무슨 일이 있었어요?"

남편은 대답이 없었다. 그저 멍하니 허공을 바라볼 뿐이었다. 눈빛에 초점이 없었다. 마치 영혼이 어딘가 다른 곳에 가 있는 것 같았다. 나는 남편을 방으로 데려가 앉혔다. 급히 부뚜막에 불을 지펴 물을 데웠다. 따뜻한 물로 남편의 얼굴과 손을 닦아주었다.

남편은 그렇게 한참을 멍하니 앉아 있었다. 나는 옆에서 남편의 손을 잡고 기다렸다. 얼마나 시간이 흘렀을까. 동쪽 하늘이 서서히 밝아 오기 시작했다. 그제야 남편의 눈빛에 조금씩 생기가 돌아오는 것 같았다.

"당신…"

남편이 나를 보았다. 비로소 정신을 차린 것 같았다. 하지만 입술이 바들바들 떨리고 있었다. 무언가 말을 하려다가 다시 입을 다물었다. 두려움과 혼란이 남편의 얼굴에 역력했다.

"천천히 말해 봐요. 무슨 일이 있었는지."

나는 남편의 손을 꽉 잡았다. 남편은 깊은 숨을 몇 번 들이쉬더니 떨리는 목소리로 입을 열었다.

진장등 고개의 호랑이

"미장일은… 늦지 않게 끝났어."

남편의 이야기가 시작되었다. 부창에서의 일은 순조로웠다고 했다. 벽을 바르고, 마르기를 기다렸다가, 마무리까지 깔끔하게 끝냈다. 주인께서 저녁까지 먹고 가라고 하셨지만 집에 일찍 돌아가고 싶어 사양했다. 품삯을 받아 주머니에 넣고 집으로 향했다.

"해가 넘어가기 전에 진장등 고개까지는 올라갔어요."

진장등 고개. 우리 마을로 오려면 반드시 넘어야 하는 고갯길이었다. 험하지는 않지만 숲이 우거져 있어서 해질 무렵이면 으스스한 곳이었다. 남편은 주루먹을 단단히 메고 고갯길을 올랐다. 쟁기며 연장들이 부딪히며 쨍그랑 소리를 냈다.

"고갯마루에 막 올라섰을 때였어."

남편의 목소리가 더욱 떨렸다. 어둠 속에서 무언가가 움직이는 기척이 느껴졌다고 했다. 처음에는 노루나 멧돼지려니 생각했다. 그런데 그게 아니었다.

"눈이… 눈이 보였어요."

어둠 속에서 두 개의 노란 불빛이 번쩍였다. 눈이었다. 호랑이의 눈이었다. 달빛을 받아 빛나는 그 눈은 남편을 똑바로 응시하고 있었다. 크고, 동그랗고, 노랗게 빛나는 눈. 그 눈 속에는 뭔가 알 수 없는 힘이 있었다.

"그 눈을 보는 순간… 정신이 아득해졌어요."

남편은 그때부터의 기억이 희미하다고 했다. 마치 꿈을 꾸는 것 같았다고 했다. 몸이 제 것이 아닌 것처럼 느껴졌다. 발은 저절로 움직였고, 정신은 몽롱했다. 어디로 가는지, 무엇을 하는지 알 수가 없었다.

“계속 걸었어요. 끝없이 걸었어요.”

산속을 헤맸다. 오르막을 올랐다가 내리막을 내려갔다. 숲을 지나고, 개울을 건넜다. 가시덤불에 옷이 찢어지는 것도 느껴지지 않았다. 돌부리에 걸려 넘어질 뻔한 것도 여러 번이었다. 하지만 정신은 계속 흐릿했다. 마치 보이지 않는 끈에 이끌리듯 계속 걸었다.

“호랑이가 앞에서… 아니, 옆에서… 정확히는 모르겠어요. 하지만 분명히 느껴졌어요. 그 기운이, 그 존재가.”

호랑이는 남편을 물거나 할퀴지 않았다. 그저 곁에 있었고. 때로는 앞에서, 때로는 뒤에서, 남편과 함께 밤새도록 산을 돌아다녔다. 왜 그랬는지는 알 수 없었다. 무엇을 원했는지도 알 수 없었다. 다만 남편은 그렇게 이끌려 다녔다.

“그러다가 문득… 정신이 들었어요.”

언제부터인지는 모르겠지만 갑자기 정신이 또렷해지기 시작했다. 주변을 둘러보니 낯선 곳이었다. 어디인지 전혀 감이 잡히지 않았다. 다만 멀리서 닭 우는 소리가 들렸다. 그 소리를 따라 걸었다. 다행히 아는 길이 나왔고, 그 길을 따라 집까지 올 수 있었다.

“주루먹은요? 연장들은 어떻게 된 거예요?”

놀랍게도 등에 진 주루먹은 그대로였다. 안을 확인해 보니 쟁기도, 흙손도, 망치도 모두 제자리에 있었다. 하나도 빠지지 않았다. 남편의 몸을 살펴보니 옷이 조금 찢어지고 흙이 묻은 것 외에는 상처 하나 없었다. 피 한 방울 흘리지 않았다.

“물고 간 게 아니라… 그냥 끌고 다닌 거예요. 아니, 데리고 다닌 거예요."

남편의 말을 들으며 나는 소름이 돋았다. 어른들께서 하시던 이야기가 떠올랐다. 호랑이 눈에 홀리면 정신을 잃고 산속을 헤 맨다고. 호랑이는 그 사람을 해치지 않고 그저 데리고 다닌다고. 밤새도록 산을 돌다가 새벽녘이 되면 놓아준다고. 그 말이 전설 이 아니라 진짜였던 것이다.

"노린내가… 이게 다 호랑이 냄새예요."

남편의 옷가지에서 풍기는 그 짙은 짐승 냄새. 그것이 호랑이 의 냄새였다. 얼마나 가까이 있었으면 이렇게까지 냄새가 뱄을까. 생각만 해도 아찔했다.

며칠간 남편은 기운이 없었다. 밥맛도 없고, 몸도 천근만근 무 거워 보였다. 밤에는 잠을 설치며 헛소리를 하기도 했다. "노란 눈… 노란 눈이…" 식은땀을 흘리며 깨어나곤 했다. 나는 따뜻한 미역국을 끓이고, 약초를 달여 먹였다. 무당 할머니께 가서 부적 도 받아왔다.

보름쯤 지나서야 남편은 겨우 기운을 차렸다. 안색도 돌아오고 밥도 제대로 먹기 시작했다. 하지만 예전과 완전히 같아지지는 않았다. 해 질 무렵만 되면 불안해했고, 산길을 갈 때면 주변을 계속 살폈다.

"이제 해 지기 전에는 꼭 집에 들어오겠소."

남편은 그렇게 다짐했다. 나도 그러라고 했다. 아무리 급한 일 이 있어도 어둠이 깔리면 산길을 다니지 않기로 했다.

그날 이후로 우리 부부는 더욱 조심스럽게 살았다. 호랑이는 여전히 이 산중 어딘가에 살고 있을 것이었다. 언제 또 마주칠지 알 수 없었다. 다만 우리는 그들의 땅, 그들의 시간을 침범하지 않으려 애썼다. 해가 있을 때는 우리의 시간, 밤이 되면 그들의 시간. 그렇게 산과 마을은 보이지 않는 경계로 나뉘어 있었다.

아버지의 서당, 그 배움의 향기

훈장으로의 길

아버지의 손은 거칠었다. 만주 벌판에서 농사를 지으실 때도, 양평의 산에서 벌목을 감독하실 때도, 춘천 장터에서 과자를 팔던 때도 늘 그러셨다. 하지만 그 거친 손이 붓을 잡으면 달라졌다. 먹물이 스며든 붓끝에서 쓰이는 한자 한 자 한 자는 마치 살아 숨 쉬는 듯했다.

"이 글자 좀 보거라."

어느 날 저녁, 아버지가 나를 부르시며 종이 위에 '忠(충)' 자를 쓰셨다. 붓을 내려놓으시고는 빙그레 웃으셨다.

"어려서 서당에서 배운 게 이렇게 써먹을 줄 몰랐지."

그때만 해도 나는 아버지가 얼마나 깊은 학식을 가지신 분인지 미처 몰랐다. 우리 가족이 이곳저곳을 떠돌며 살 때, 아버지는 생계를 위해 무엇이든 하셨다. 직업은 자주 바뀌었지만, 아버지 마음속에는 어린 시절 익힌 한학이라는 보물이 숨어 있었다.

그 보물이 세상에 드러난 것은 우리가 용수골에 자리를 잡으면서부터였다.

"이보게, 안 선생!"

어느 봄날, 동네 이장님이 우리 집을 찾아오셨다.

"들으니 한학에 조예가 깊으시다며? 우리 동네 아이들 좀 가르쳐 주시게. 이 산골에서 배울 데가 어디 있나."

"제가 뭐 그런…"

아버지가 손사래를 치셨지만, 이장님의 간곡한 부탁에 결국 고개를 끄덕이셨다.

그날부터 아버지는 다시 붓을 잡으셨다. 이번에는 생계를 위해서가 아니라, 가르침을 위해서. 돌아가실 때까지 아버지는 오직 그 길만을 걸으셨다.

제곡으로의 초대

용수골에서 몇 년간 아이들을 가르치던 아버지의 명성은 이웃 마을까지 퍼져나갔다.

"안상용 훈장님!"

어느 날, 옆 동네 제곡에서 온 양반이 찾아왔다. 정갈한 한복 차림에 점잖은 말투를 가진 분이었다.

"선생님 같은 분이 이런 곳에만 계시면 안 됩니다. 저희 제곡에 오십시오. 땅도 드리고 집도 지어드리겠습니다."

"아니, 그게 무슨…"

"교육만큼 중요한 게 어디 있습니까? 우리 동네 아이들이 선생님을 기다리고 있습니다."

그분의 교육에 대한 열의는 대단했다. 결국 아버지는 제곡으로 자리를 옮기시게 되었고, 그곳에서 더 많은 제자들을 가르치셨다.

아버지가 제곡으로 가서 서당을 운영하다가 몇 년 후 새어머니가 돌아가시게 되었다. 어려서부터 나를 못살게 굴었던 새어머니였지만, 사망 소식을 듣고 나는 제곡으로 향했다. 아버지 친구분께서 못자리를 마련해 주셔서 저수지 옆 양지바른 곳에 모실 수 있었다.

흙을 덮으며 나는 만감이 교차했다. 이렇게 덧없이 가 버릴 인생인데, 나에게 조금만 더 잘해 주었더라면 얼마나 좋았을까. 그러면 나도 이 자리에서 더 편안한 마음으로 배웅할 수 있었을 텐데. 여러 생각이 꼬리를 물었다.

장례를 치른 후, 아버지는 우리가 살고 있던 예의촌으로 오시게 되었다.

예의촌에 서당이 서다

"안 선생님이 오셨다는데, 한학을 가르쳐 주신다며?"

예의촌에도 소문은 금방 퍼졌다. 마을 어른들이 삼삼오오 모여 우리 집을 찾아오셨다.

"우리 동네 아이들이 말이지, 중학교도 못 가는 게 태반이네. 그렇다고 그냥 둘 수는 없지 않은가? 한학이라도 가르쳐 주시게."

한 어른이 답답한 듯 말씀하셨다.

"맞습니다. 한학을 배워 두면 나중에라도 요긴하게 쓸 데가 있을 겁니다.”

다른 어른도 거들었다.

아버지는 잠시 생각에 잠기시더니 천천히 고개를 끄덕이셨다.

“그럼, 해 보지요.”

그때가 수인이가 초등학교 2학년쯤 되었을 때였다.

아버지는 서당 준비에 들어가셨다. 겨울에는 우리 집 사랑방을 교실로 쓰기로 했지만, 여름을 위해서는 특별한 계획이 있으셨다.

“애야, 냇가에 정자를 하나 지어야겠어.”

“정자요?”

나는 놀라 되물었다.

“더운 여름에 사랑방에서 공부하면 아이들이 힘들잖아. 시원한 냇가에서 공부해야 머리도 맑아지는 법이야.”

아버지는 남편에게도 도움을 요청하였다. 그 이후 아버지는 남편의 도움을 받으면서 냇가를 오가며 정자를 지으셨다. 산에서 나무를 베어 나르고, 나무를 다듬고, 기둥을 세우고, 지붕을 올렸다. 정자가 완성되자 동네 사람들이 구경을 왔다.

“이야, 정말 멋지네!”

“우리 동네에 이런 게 생기다니.”

냇물 소리를 들으며 공부할 수 있는 정자는 금세 동네의 명물이 되었다.

서당의 아침

"하늘 천, 땅 지, 검을 현, 누를 황!"

월요일 아침이면 아이들의 낭랑한 목소리가 우리 집에서 울려 퍼졌다. 여섯 명, 열 명, 많을 때는 열두 명까지 모였다. 모두 중학교에 가지 못한 아이들이었지만, 배움에 대한 열의만큼은 누구보다 뜨거웠다. 우리 동네 아이들뿐 아니라 산 넘어 상근리 지역의 아이들도 고개를 넘어서 배우러 왔다.

아버지는 교재도 직접 만드셨다. 아이들이 쓰고 난 헌책 표지에 '천자문'이라고 붓글씨로 쓰시고, 첫 장부터 마지막 장까지 한 자 한 자 정성스럽게 베껴 쓰셨다.

"천지현황(天地玄黃), 우주홍황(宇宙洪荒)…"

아이들은 아버지가 쓰신 글자를 보며 따라 썼다. 처음에는 삐뚤빼뚤하던 글씨가 날이 갈수록 반듯해졌다.

"길동아, 이 '黃'자 획순이 틀렸다."

"죄송합니다, 훈장님."

"다시 써 보거라. 천천히, 정성스럽게." 아버지의 목소리는 엄하면서도 따뜻했다.

회초리와 사랑

여름날 정자에서의 수업은 특히 인상적이었다. 냇물 소리가 배경음악이 되어 주었고, 나뭇잎 사이로 비치는 햇살이 아이들의 책 위에서 춤을 췄다.

"자, 오늘은 숙제 검사를 하겠다."

아버지의 말씀에 아이들의 표정이 긴장으로 굳어졌다. 정자 한쪽에는 나무 막대기들이 세워져 있었다. 각각의 막대기에는 학생들의 이름이 새겨져 있었다.

"길동아, 숙제 해왔느냐?"

"예… 그게…"

길동이가 머뭇거렸다.

"해 오지 않았구나. 나와라."

"훈장님…"

"규칙은 규칙이다."

아버지는 '길동'라고 새겨진 회초리를 집으셨다. 길동이는 바지를 걷고 종아리를 내밀었다. 탁! 소리가 정자에 울렸다. 길동이의 눈에 눈물이 맺혔다.

"다음부터는 꼭 해오거라. 약속하느냐?"

"예, 훈장님!"

하지만 아버지는 아이들의 형편을 다 아셨다. 농번기에 집안일을 돕느라 숙제를 못한 아이에게는 눈감아 주시기도 했고, 이해가 느린 아이에게는 더 쉬운 과제를 내 주셨다.

"너는 이것부터 해 오너라. 천천히 해도 된다."

아버지의 손이 아이의 머리를 쓰다듬었다.

책떨이의 날

"훈장님! 저 다 외웠습니다!"

석 달쯤 지난 어느 날, 재홍이가 자신 있게 말했다.

"그래? 그럼 시험을 봐야지. 천지현황이요…"

아버지가 시작하시자 재홍이가 막힘없이 이어갔다.

"천지현황(天地玄黃)이요. ~언제호야(焉哉乎也)라."

재홍이는 천자문 전체를 음으로 완벽하게 외웠다. 아버지의 얼굴에 흐뭇한 미소가 번졌다.

"잘했다. 이번 주말에 책떨이를 하자."

"책떨이요?"

"네가 천자문을 다 뗐으니 축하하는 자리를 가져야지."

그 주말, 재홍이의 어머니가 커다란 시루에 떡을 쪄 오셨다. 팥떡과 콩떡이 가득 담긴 소쿠리를 보며 아이들의 눈이 휘둥그레졌다.

"자, 다 같이 재홍이를 축하하며 맛있게 먹자!"

아버지의 말씀에 아이들이 "축하합니다!" 하고 외쳤다. 떡을 나눠 먹으며 아이들은 웃고 떠들었다. 냇물 소리와 아이들의 웃음소리가 어우러져 정자를 가득 채웠다.

"나도 빨리 천자문 떼야지!"

"나도!"

아이들의 의욕은 더욱 불타올랐다.

수인이의 재능

우리 수인이도 3학년이 되면서 아버지의 서당에 들어갔다. 처음에는 다른 아이들처럼 천자문부터 시작했다.

“할아버지, 이 글자는 어떻게 읽어요?”

“玄(현)이라고 읽는다. 검다는 뜻이지.”

“현… 현…”

수인이는 작은 손으로 붓을 꼭 쥐고 글자를 따라 썼다. 아버지는 손자의 손을 잡아 올바른 붓놀림을 알려 주셨다.

놀라운 것은 수인이의 학습 속도였다. 다른 아이들이 석 달 걸릴 것을 한 달 만에 해냈다. 천자문을 떼고 동몽선습까지 마치는 데 1년이 채 걸리지 않았다.

“이 녀석, 머리가 비상하구나.”

아버지가 흐뭇해하셨다.

더 놀라운 것은 수인이의 서예 실력이었다. 3학년 때부터 붓을 잡은 덕분에 학교에서 서예대회가 있을 때마다 학교 대표로 나갔다.

“어머니! 상 받았어요!”

6학년 때 수인이가 상장을 들고 뛰어왔다. 서도 우수상이었다.

“외할아버지 덕분이야. 외할아버지가 가르쳐 주셨잖아.”

아버지는 말없이 손자의 머리를 쓰다듬으셨다. 하지만 그 눈빛에는 자부심이 가득했다.

서당의 일상

“쌀 한 말 가져왔습니다, 훈장님.”

매달 초가 되면 학생들의 부모들이 수강료를 쌀로 가져왔다. 돈이 귀하던 시절, 쌀이 곧 화폐였다.

“고맙습니다. 아이를 잘 가르치겠습니다.”

아버지는 정중히 인사하셨다.

우리 서당만 있는 것이 아니었다. 이웃 마을에도 서당이 있었고, 서로 교류가 활발했다.

“다음 주에 수백 서당과 체육대회를 합니다!”

아버지가 공지하시자 아이들이 환호성을 질렀다.

“팔씨름도 해요?”

“그럼, 팔씨름도 하고 달리기도 하지.”

체육대회 날이 되면 두 서당 학생들이 모여 실컷 뛰어놀았다. 오전에는 체육대회, 오후에는 휘호대회를 열었다. 아이들이 한자를 써 내려가는 모습을 보며 훈장님들은 서로의 제자들을 칭찬했다.

“안 훈장님 제자들이 글씨가 참 반듯하네요.”

“아닙니다. 이 훈장님 댁 아이들이 예의가 바릅니다.”

훈장님들 사이의 우정도 깊어졌다.

도붓장수 아저씨

“도붓이요! 붓 사세요!”

가끔 도붓장수가 서당을 찾아왔다. 큰 보따리를 메고 다니며 붓과 먹을 파는 장수였다.

“요즘 좋은 붓 들어왔습니다. 보실래요?”

아버지가 붓들을 살펴보시는 동안, 도붓장수 아저씨는 정자 한쪽에서 연습하고 있던 수인이를 발견했다.

"어머, 이 꼬마가 붓을 이렇게 잘 잡네?"

아저씨가 수인이 옆에 쪼그리고 앉아 구경했다.

"너 몇 살이니?"

"아홉 살이요."

"아홉 살에 이렇게 잘 써? 대단한걸?"

아저씨는 보따리에서 좋은 붓 하나를 꺼내 수인이에게 건넸다.

"이거 아저씨가 주는 거야. 이 붓으로 열심히 연습하렴."

"정말요? 감사합니다!"

수인이의 눈이 반짝였다. 그날 이후로도 도붓장수 아저씨는 올 때마다 수인이에게 붓을 선물로 주곤 했다.

"이 아이, 커서 큰 서예가가 되겠어요."

아저씨의 예언은 들어맞았다. 수인이는 대학에 가서도 한글서예 동아리 활동을 계속했고, 30대가 되어서는 강원미술대전 초대작가, 교원미술전 초대작가가 되었다. 여러 그룹전에 출품하며 서예가로 활동했다.

모두 냇가 정자에서 시작된 일이었다.

아버지의 덕망

"천지현황이요, 우주홍황이라. 일월영측이요, 진수열장이라…"

여름날 오후, 정자에서 들려오는 아이들의 낭송 소리. 그 소리를 들으며 빨래를 하던 나는 문득 아버지를 바라보았다.

햇살 속에서 아이들을 가르치시는 아버지의 모습은 한 폭의 그림 같았다. 흰 수염, 정갈한 한복, 그리고 부드러우면서도 위엄 있는 목소리.

"선생님, '忠(충)'자가 어려워요."

"충이란 마음 심(心) 자 위에 가운데 중(中)자를 쓴 것이다. 마음의 중심을 잃지 않는다는 뜻이지. 알겠느냐?"

"아, 그렇구나!"

아이의 눈이 반짝였다.

아버지는 명심보감은 물론 사서삼경까지 섭렵하신 분이었다. 동네 어른들은 무엇이든 여쭤 보러 아버지를 찾아왔다.

"안 선생님, 이 한문 편지가 무슨 뜻인지 모르겠는데 좀 봐 주시겠소?"

"어디 봅시다."

아버지는 늘 친절히 설명해 주셨다.

그렇게 아버지는 동네에서 덕망과 명망을 쌓아 가셨다. 서당은 단순한 공부방이 아니었다. 그곳은 전통이 살아 숨 쉬고, 배움이 이어지고, 어른과 아이가 함께 성장하는 공간이었다.

그리고 남은 것들

세월이 흘러 아버지가 돌아가신 후, 냇가의 정자도 낡아 무너졌다. 하지만 그곳에서 배운 아이들은 자라 어른이 되었다. 그들은 아버지를 기억했다.

"안 훈장님 덕분에 한학을 배웠지."

"그때 배운 천자문, 아직도 외워요. 천지현황, 우주홍황…"

장례식장에서 만난 옛 제자들은 눈물을 흘리며 아버지를 추억했다.

수인이는 지금도 붓을 놓지 않는다. 전시회가 있을 때마다 나는 간다. 그곳에 걸린 서예 작품들을 보며, 나는 냇가 정자에서 붓을 잡던 어린 수인이를 떠올린다.

그리고 생각한다.

아버지의 서당은 사라졌지만, 그곳에서 배운 정신만큼은 여전히 살아 숨 쉬고 있다고.

'천지현황, 우주홍황…'

그 글자들이 품고 있던 가르침처럼, 변하지 않는 진리는 세대를 넘어 전해지는 것이라고…

다시 고향으로 돌아오다

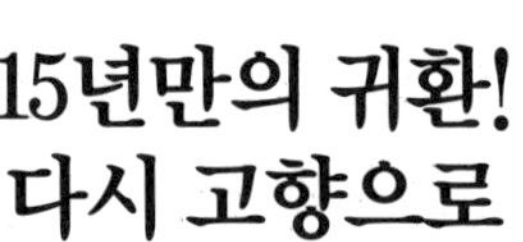

15년만의 귀환!
다시 고향으로

갈림길에 선 우리 가족

예의촌에서 15년을 살아오는 동안 우리 가족은 나름의 터전을 일궈 왔다. 산골 생활이 쉽지만은 않았지만, 그래도 이제는 익숙해진 삶이었다. 처음에는 남의 집에서 시작하여 기와집으로 이사하여 나름대로 안정된 생활을 하고 있었다. 그런데 어느 날, 원주에 살던 남편의 지인이 우리에게 새로운 제안을 해 왔다.

"원주로 와서 일을 하면서 아이들 교육도 제대로 시키는 게 어떻겠소? 여기 산골보다는 훨씬 나을 거요."

그의 말에는 일리가 있었다. 자식들의 교육을 생각하면 도시에 가까운 곳이 분명 유리했다. 한편으로는 철원 평야 지역에서 온 다른 지인도 권유했다.

"평야 지역으로 오시오. 여기서 논농사를 지으면 산골보다 훨씬 수월하고 수확도 좋을 거요."

두 갈래의 제안 앞에서 나는 기대감을 품었다. 특히 큰아들 수인이가 원주고등학교에 다니게 되었으니, 원주로 가는 것이 가장 현실적인 선택이라고 생각했다.

남편의 고집과 나의 창피함

하지만 남편의 생각은 달랐다. 원주도, 철원 평야 지역도 아니었다. 그가 내린 결론은 의외였다.

"우리 원래 살던 고향 남면 유치리로 돌아가야겠소."

그 말을 들었을 때 내 가슴이 철렁 내려앉았다. 15년 전 더 나은 삶을 위해 떠났던 그곳으로 다시 돌아간다는 것이 너무나도 창피했다. 산촌으로 이사했다가 결국 아무것도 이루지 못하고 다시 고향으로 돌아가는 모습이 동네 사람들 눈에 어떻게 비칠지 뻔했다.

"여보, 수인이도 원주고에 다니게 되었는데 원주로 가는 게 낫지 않겠소? 다시 고향으로 돌아가면 사람들이 뭐라고 하겠소?"

나는 간곡하게 설득했지만 남편은 요지부동이었다. 한번 마음먹으면 꺾이지 않는 그의 성격을 잘 알고 있었지만, 이번만큼은 달랐으면 하는 바람이었다. 하지만 결국 남편의 뜻을 꺾을 수는 없었다.

아쉬움으로 남은 예의촌 땅

이사를 준비하면서 가장 가슴 아팠던 것은 예의촌에 있던 3천 평의 땅을 처분하는 방식이었다. 남편은 그 땅을 큰 소 한 마리와 맞바꾸었다.

"지금도 앞으로도 땅값이 별로 없을 것이니, 소로 바꾸는 게 낫소."

남편의 판단이었다. 하지만 내 마음 한구석에는 아쉬움이 남았다. 만약 그 땅을 그대로 두었더라면, 아니면 은옥이 남편이 조언했던 대로 나무라도 심어 두었더라면 어땠을까.

세월이 흐른 지금, 우리가 살던 예의촌 집터에는 누군가 전원주택을 지어 살고 있다고 들었다. 평당 30만 원 정도 한다니, 3천 평이면 거의 9억 원의 가치가 있는 땅이 된 셈이었다. 당장의 소 한 마리가 급했던 그때의 선택이, 돌이켜 보면 너무나 안타까운 결정이었다.

이사 가는 날의 풍경

1980년 2월, 이사 가는 날, 우리 가족은 두 갈래로 나뉘어 길을 나섰다. 어린 수형이와 수화는 트럭에 실려 갔고, 나머지 큰 아이들은 걸어서 이사 길에 올랐다. 남편은 소 두 마리의 고삐를 직접 잡고 걸어서 함께 이동했다.

초등학생인 영희부터 중학생인 수인이까지, 아이들은 각자 보따리를 메고 산길을 오르기 시작했다. 예의촌을 벗어나려면 먼저 험한 산 고개를 넘어야 했다. 아침 일찍 출발했지만 산길은 가파르고 험했다. 아이들은 땀을 뻘뻘 흘리며 한 발 한 발 산을 올랐다.

"엄마, 다리 아파요."

"조금만 참아라. 고개만 넘으면 내리막길이다."

수인이와 영옥이가 어린 동생들의 짐을 나눠 들어 주며 함께 걸었다. 그렇게 한 시간 넘게 산을 넘어 드디어 고갯마루에 올랐다. 뒤돌아보니 15년을 살았던 예의촌 마을이 아득히 작게 보였다.

산을 내려오자 이번에는 강을 건너야 했다. 징검다리를 조심조심 건너는 아이들의 모습에 가슴이 조마조마했다. 물살이 센 편은 아니었지만, 작은 아이들에게는 무서운 일이었을 것이다. 큰아들 수인이가 동생들 손을 하나씩 잡아 주며 건너갔다.

강을 건너고 나니 드넓은 들판이 펼쳐졌다. 가을 추수가 끝난 논밭 사이로 난 좁은 길을 따라 아이들은 또다시 걸었다. 바람이 불어오고 해가 중천에 떠올랐다. 출발한 지 벌써 서너 시간이 흘렀다. 아이들의 걸음걸이가 점점 느려졌다.

"얘들아, 저기 버스 정류장까지만 힘내자. 거기서 버스 타고 가면 된다."

들판 끝자락에 있는 하창이라는 버스 정류장까지 가는 것도 쉽지 않았다. 초등학생인 아이들은 이제 거의 기어가다시피 했다. 그래도 아이들은 투덜대지 않고 묵묵히 걸었다. 가난한 집 자식들은 어려서부터 이렇게 강해지는 법이었다.

정류장에 도착해 한참을 기다려 버스가 왔다. 아이들은 버스에 올라타자마자 자리에 풀썩 주저앉았다. 얼굴은 땀과 먼지로 범벅이 되어 있었다. 버스는 덜컹거리며 비포장 신작로를 달렸다.

그런데 버스는 유치리 마을까지 가지 않았다. 상창이라는 버스 정류장에서 내려 다시 마을까지는 걸어 들어가야 했다. 버스에서 내린 아이들은 지쳐 있었지만 이제 마지막 구간이었다.

신작로를 따라 마을로 들어가는 길, 양옆으로는 익숙한 풍경이 펼쳐졌다. 수인이와 영옥이는 명절이나 가끔 큰댁을 갈 때 이동하던 곳이라 그나마 익숙하였던 것이다.

"애들아, 다 왔다. 저기 보이는 집이 우리가 살 집이다."

마을 어귀에 도착하니 남편이 소를 끌고 먼저 와 있었다. 짐을 실은 트럭도 이미 도착해 있었다. 아이들은 녹초가 되어 집 앞 마당에 주저앉았다.

그렇게 우리 식구는 새벽에 출발해 산을 넘고, 강을 건너고, 들판을 지나고, 버스를 타고 내려, 다시 신작로를 걸어 이사를 마쳤다. 돌아보니 아침부터 저녁 무렵까지 거의 온종일 걸린 긴 여정이었다.

산길을 걸어 내려가는 아이들의 뒷모습을 보면서 복잡한 심경이었다. 15년 전 이곳을 떠날 때는 큰 꿈을 안고 떠났왔었다. 더 나은 삶을 꿈꾸며 낯선 산골로 들어갔었다. 그런데 지금은 그때보다 나아진 것이 무엇인가. 오히려 가진 것은 더 줄어든 채 다시 이곳으로 돌아왔다. 아이들에게 이런 고된 이사길을 걷게 하며 돌아온 것이다.

동네 사람들의 반가운 환대

유치리에 도착했을 때, 예전에 살던 우리 집은 이미 사라지고 없었다. 대신 바로 옆에 있던 수응이네가 살던 빈집에서 살게 되었다. 걱정과 달리, 동네 사람들은 우리를 반갑게 맞아 주었다.

"아이고, 그동안 어떻게 지냈소? 다시 돌아와서 반갑소!"

"고생 많았겠소. 이제 다시 정착해서 잘 살아 보시오."

사람들의 따뜻한 말 한마디 한마디가 창피함으로 움츠러들었던 내 마음을 조금씩 녹여 주었다. 어쩌면 내가 너무 걱정했던 것일지도 모른다는 생각이 들었다.

하지만 냉정하게 현실을 돌아보면 우리의 처지는 녹록지 않았다. 이곳을 떠날 때는 논 6마지기가 있었다. 비록 많은 양은 아니었지만 그래도 우리 소유의 땅이 있었다. 그런데 15년이 지나 돌아온 지금, 우리가 가진 것이라곤 소 두 마리가 전부였다. 땅은 단 한 평도 없었다.

결국 예의촌으로 이사 가서 15년을 산 것이 경제적으로는 큰 소득이 없었던 셈이었다. 오히려 가진 것을 잃고 돌아온 것이나 다름없었다. 그 세월 동안 고생한 것이 허무하게 느껴지는 순간이었다.

새로운 출발의 조건들

이사 온 집터는 이씨 종중 땅이었다. 그래서 우리는 그 땅을 경작하는 대신 매년 도지로 시제를 지내 주어야 했다. 남의 땅을 빌려 사는 셈이었다. 예전에는 비록 작았지만 내 땅에서 살았는데, 이제는 그마저도 없이 종중 땅에 의지해야 하는 처지가 되었다.

논농사도 마찬가지였다. 자기 땅이 없으니 남의 논을 임대해서 농사를 지어야 했다. 소작료를 내고 남는 것으로 생계를 이어 가야 하는 형편이었다.

그렇게 우리는 다시 고향에서 새로운 삶을 시작했다. 15년 만의 귀향이었지만, 처음 이곳을 떠날 때보다 더 어려운 조건에서의 출발이었다. 하지만 포기할 수는 없었다. 자식들을 키워야 했고, 살아가야 했다.

창피함도, 아쉬움도 모두 삼키고, 나는 다시 일상의 고된 노동 속으로 들어갔다. 이것이 내 인생이고, 우리 가족이 함께 걸어가야 할 길이었다.

땅을 향한 꿈,
그리고 다시 찾은 희망

수인이를 대학에 보내다

남편은 원래 아이들 교육에는 큰 관심이 없는 사람이었다.

"애들이 뭐 공부를 해서 뭘 하겠어? 농사나 잘 지으면 되지. 우리 형편에 무슨 공부를 가르켜."

남편은 늘 이렇게 말했다. 하지만 나는 생각이 달랐다. 특히 큰아들 수인이만큼은 달랐다.

"여보, 수인이는 공부를 시켜야 해요. 애가 얼마나 머리가 좋은데요. 학교에서 선생님들도 칭찬이 자자하다고요."

"공부 잘한다고 다 출세하는 것도 아니고… 돈이 어디 있다고 대학을 보낸단 말이오?"

"그래도 애가 이렇게 똑똑한데 그냥 지게만 지는 농사꾼으로 만들 수는 없잖아요!"

나는 포기하지 않았다. 매일같이 남편을 설득했다. 한 번, 두 번, 열 번… 끝없이 설득하고 또 설득했다. 결국 남편도 마음을 돌렸다.

“알았소, 알았어. 그렇게까지 말한다면 보내 보자고. 학비도 그리 많이 들지 않다고 하니”

그렇게 수인이는 교육대학에 진학하게 되었다.

빚으로 이어 간 대학 생활

하지만 대학을 보내기로 결정한 것과 실제로 다니게 하는 것은 전혀 다른 문제였다. 우리에게는 아이들이 많았다. 수인이 외에도 먹여 살려야 할 입이 여럿이었다. 학비며 생활비, 교복비, 책 값까지… 돈 들어갈 곳은 산더미처럼 많았다.

“아주머니, 미안한데 이번 달만 좀 꾸어 줄 수 있겠소?”

“또요? 지난달에 빌려 간 돈도 아직 안 갚았는데…”

“곧 갚을게요. 정말 급해서 그러니 제발 좀 도와주세요.”

얼굴이 화끈거렸다. 하지만 수인이 학비를 대야 했다. 이 집 저 집 돈을 꾸러 다니는 것이 일상이 되었다.

“엄마, 미안해요. 휴학을 할까요?”

“무슨 소리야! 학교는 졸업해야지. 엄마 아빠가 좀 힘들 뿐이지, 너는 공부만 열심히 해.”

수인이는 그런 우리를 보며 눈물을 글썽이곤 했다. 그 모습을 보면 내 마음도 찢어지는 것 같았지만, 어떻게든 버텨 냈다. 그래도 큰 누나인 은옥이가 제 자식들도 있는데도 불구하고 수인이의 용돈을 대학생활 내내 지원을 해 주었다. 너무나도 고마운 일이었다.

드디어 찾아온 전환점

그렇게 힘든 시간을 견디고, 수인이가 교대를 졸업하고 드디어 초등학교 교사가 되었다.

"엄마, 아빠! 제가 선생님이 됐어요!. 화촌초등학교로 발령을 받았어요."

수인이가 기쁨의 소식을 전해 왔을 때, 나는 그 자리에서 주저앉아 울고 싶었다. 기쁨의 눈물을 흘렸다. 그동안의 고생이 주마등처럼 스쳐 지나갔다.

수인이가 초등교사가 된 이후로 우리 살림살이가 조금씩 펴기 시작했다. 크게 빚을 지지 않아도 되었다. 빌린 돈을 조금씩 갚아 나갈 수 있게 되었고, 장에 가서도 당당하게 현금을 내고 물건을 살 수 있었다.

꿈에 그리던 땅을 사다

그러던 어느 날, 수범이네 논이 매물로 나왔다는 소식을 들었다.

"여보, 수범이네 논이 팔린다는데 우리가 한번 사 볼까요?"

"돈이 얼마나 되는데?"

"우리가 모아 둔 돈이 좀 있고, 수인이가 절반은 도와준다고 했어요."

남편도 이번에는 반대하지 않았다. 우리는 약 800평, 그러니까 5마지기의 논을 사게 되었다. 고향으로 다시 이사 온 지 10년 만의 일이었다.

하지만 마음 한편에는 쓸쓸함도 있었다. 예의촌으로 이사 가기 전, 남편이 머슴살이로 얻은 6마지기의 땅이 있었다. 그때 그 땅을 팔지 않았더라면… 예의촌에 가지 않았더라면…

"지금 산 땅이 5마지기니까, 그때 그 6마지기와 합치면 벌써 11마지기가 넘었을 텐데…"

"이제 와서 그런 소리 해서 뭐 하겠소. 지난 일은 지난 일이고."

남편은 무뚝뚝하게 말했지만, 그도 아쉬운 마음은 마찬가지였을 것이다. 그의 선택으로 인해 돌고 돌아 가난한 삶의 여정은 참으로 길고 길었다.

다시 우리 논에서 처음 짓는 농사

그래도 어쨌든 아무런 땅도 없던 우리에게 5마지기나 되는 논이 생겼다. 마음만은 부자가 된 기분이었다.

"여보, 올해는 우리 논에 벼농사를 지어요!"

"그래야지. 이제 우리 땅에서 우리 쌀을 먹는 거야."

우리가 산 논에서 첫 모내기를 할 때의 그 떨림을 잊을 수가 없다. 내 논에, 내 손으로 모를 심는다는 것이 얼마나 감격스러운 일인지. 손에 흙이 묻고 허리가 아파도 입가에는 미소가 떠나지 않았다.

가을이 되어 황금빛으로 익은 벼를 베어 들일 때, 나는 논둑에 앉아 한참을 그 광경을 바라봤다.

"엄마, 왜 그러세요?"

"아니다. 그냥… 예쁘구나 싶어서."

우리는 수확한 쌀 중 일부는 정부에 수매하고, 나머지는 우리가 먹게 되었다. 비로소 풍족하게 하얀 쌀밥을 먹을 수 있게 된 것이다. 꿈을 다시 이룬 것 같았다. 정말 행복했다.

시제를 지내는 무거운 짐

하지만 기쁨만 있는 것은 아니었다. 5마지기 땅은 새로 사서 우리 것이 되었지만, 살고 있는 집은 종중 땅이었다. 집 앞의 부치는 밭 모두가 종중 땅이어서 농사를 지으면서 도지를 내야 했다. 그런데 그 도지가 돈이 아니라 시제를 지낼 수 있도록 시제 음식을 준비하는 것이었다.

"아이고, 또 가을이 오네. 시제 준비해야지…"

한숨이 절로 나왔다. 시제는 증평골과 양지골, 두 곳에서 지내야 했다.

먼저 장에 가서 과일 등을 사기 위해 시장을 봐야 했다. 집에 돌아오면 떡을 만들어야 했다.

"에휴, 이 떡 언제 다 치나…"

방아를 찧고 시루에 쪄 내는 일이 보통 고된 게 아니었다. 떡만 있는 게 아니었다. 전도 부쳐야 했다. 두부전, 고기전, 메밀전… 온갖 전을 부쳐 내면 기름 연기에 눈이 따갑고 손목은 뻐근했다.

닭도 잡아서 삶고 양념해야 했다.

"어머니, 제가 좀 도와드릴게요."

"아니다, 아니야. 네가 뭘 안다고. 엄마가 할게."

며느리가 거들려 해도 차마 시키기가 미안했다. 이렇게 온갖 음식을 준비해서 산소가 있는 묘지로 가져가야 했다.

"이거 들고… 저거 들고… 조심히 가자."

묘지까지 가는 길도 만만치 않았다. 음식을 나르고, 시제상을 차리고, 절을 하고, 다시 음식을 싸서 돌아오는 일. 온몸이 땀으로 흠뻑 젖었다.

마침내 찾은 해결책

그런 고된 시제를 무려 20년 동안이나 지냈다.

"여보, 이제는 정말 못하겠어요. 나이도 들고 힘도 없는데 이걸 언제까지 하겠어요?"

"그러게 말이오. 나도 이제는 힘들어서…"

우리는 용기를 내어 종중 어른들께 말씀드렸다.

"저희가 이제 나이도 들고 몸이 예전 같지 않아서 그러는데요… 시제 대신 도지를 돈으로 내면 안 될까요? 그 돈으로 시제 음식을 사서 지내면 되지 않나요?"

다행히 어른들도 이해해 주셨다.

"그래, 그것도 그렇겠구만. 쌀 두 가마니 값으로 치면 되겠지."

"네, 감사합니다!"

그날부터 우리는 쌀 두 가마니에 해당하는 돈을 도지로 냈다. 그러자 마음이 얼마나 편해지던지!

"여보, 참 좋네요. 진작 이렇게 할 걸 그랬어요."

"허허, 그러게 말이오. 이제야 가을이 두렵지 않구만."

어느 날부터 도지를 돈으로 내게 되니 정말 좋았다. 시제 준비로 며칠을 고생하지 않아도 되고, 묘지까지 무거운 짐을 나르지 않아도 되었다. 비록 돈은 나가지만, 그 편안함은 돈으로 살 수 없는 것이었다.

우리 논에서 농사를 짓고, 집 앞 밭에서 채소를 가꾸며, 이제는 시제 걱정 없이 살아갈 수 있게 되었다. 돌고 돌아 힘들었던 세월이었지만, 결국 우리는 다시 땅을 갖게 되었고, 조금씩 안정된 삶을 찾아가고 있었다.

유치리에서의 담배 농사:
15년의 땀과 희망

새로운 땅, 새로운 도전

유치리로 삶의 터전을 옮긴 후, 우리 가족에게는 전혀 새로운 도전이 기다리고 있었다. 예의촌에서는 누에치기가 가장 힘든 일이었지만, 유치리에서는 상황이 달랐다. 이곳 사람들은 누에 대신 담배 농사를 지었다. 동네를 둘러보니 집집마다 담배밭을 일구고 있었고, 우리도 남의 땅을 임대하여 담배 농사를 시작하기로 결심했다.

"여보, 담배 농사가 힘들다던데 우리가 할 수 있을까요?"

"해야지. 애들 공부시켜야 하잖소. 남들도 다 하는데 우리라고 못 할 게 뭐 있소."

남편의 말에는 결연한 의지가 담겨 있었다. 그렇게 우리는 담배 농사꾼이 되었다.

담배 농사는 봄에 씨를 뿌리는 것부터 시작되었다. 작디작은 담배씨를 포트에 하나하나 심고, 비닐하우스 안에 정성스럽게 배치했다. 매일 아침 일찍 일어나 물을 주고, 온도를 체크하는 일이 일과가 되었다.

며칠이 지나자 파릇파릇한 새싹이 고개를 내밀기 시작했다. 그 작은 생명이 자라나는 모습을 보며 뿌듯함을 느꼈다. 한 달여가 지나면 모종이 제법 자라 밭에 옮겨 심을 수 있을 정도가 되었다.

"어머니, 이 모종들 참 예쁘게 컸네요."

수화가 하우스를 들여다보며 말했다.

"그렇지. 올해는 농사가 잘될 것 같아."

끈적임과의 전쟁

밭에 옮겨 심은 담배는 놀랄 만큼 빠르게 자랐다. 하지만 이때부터가 진짜 고된 노동의 시작이었다. 담배는 끈적끈적한 진을 뿜어내는 식물이었다. 손으로 만지기만 해도 손이 온통 끈적거렸고, 그 진은 쉽게 씻겨지지도 않았다.

"순을 따 줘야 해. 그래야 잎이 크고 좋게 나와요."

선배 농부의 조언대로 우리는 매일같이 담배밭으로 나갔다. 담배 꽃대가 올라오면 그것을 꺾어 내야 했다. 그래야 영양분이 잎으로 집중되어 질 좋은 담배를 수확할 수 있기 때문이었다.

밭에서 돌아오면 옷은 물론이고 온몸이 담배 진으로 범벅이 되어 있었다. 그 냄새가 코를 찔렀고, 손은 까맣게 변해 있었다. 아무리 비누로 문질러도 며칠은 그 끈적임과 냄새가 가시지 않았다.

품앗이의 정

수확 철이 되면 동네 남자분들이 우리 집으로 모여들었다. 품앗이였다. 오늘은 우리 집 담배를 따고, 내일은 이웃집 담배를 따는 식이었다.

"자, 오늘 한번 해 보자우!"

"자네, 작년보다 담배가 더 좋은 것 같으네?"

"그렇죠. 올해는 날씨가 좋아서 그런가 봐요."

남자들은 밭으로 들어가 담뱃잎을 따기 시작했다. 아래쪽 잎부터 차례차례 따서 광주리에 담았다. 땡볕 아래서 허리를 굽히고 일하는 모습이 고되어 보였지만, 서로 농담을 주고받으며 힘든 줄 모르고 일했다.

"아이구, 허리야. 나이 먹으니 예전 같지 않네."

"그래두 뭐 해야제. 담배가 효자 농사이니."

밭에서 따온 담뱃잎들이 마당에 수북이 쌓였다. 이제 여자들의 차례였다.

새끼줄에 담배를 꿰다

여자들은 마당에 둘러앉아 담뱃잎을 새끼줄에 꿰는 작업을 했다. 이것 역시 만만치 않은 일이었다. 담뱃잎 두 장을 겹쳐서 새끼줄에 끼워 넣는데, 손놀림이 빨라야 했다.

"수인 엄마, 이렇게 하는 거유. 잎을 살짝 겹쳐서 새끼에 끼워 넣으면 되유."

동네 선배 아주머니들이 처음 하는 나에게 친절하게 가르쳐 주었다.

"아이구, 손이 안 따라 주네유."

"허허, 처음엔 다 그렇제. 조금 하다 보면 금방 익숙해질 거유."

손가락 사이사이로 담배 진이 스며들어 손이 까맣게 물들었다. 하지만 일손을 멈출 수는 없었다. 여자들은 이야기를 나누며 손을 쉬지 않고 움직였다.

"수인이가, 올해 대학 들어간다며?"

"그래요. 춘천으로 간다니 걱정이에요. 돈은 없는데…"

"공부 잘하니 뿌듯하겠어유. 담배 농사 한 보람이 있제."

그렇게 수다를 떨며 일하다 보면 어느새 해가 뉘엿뉘엿 넘어가고 있었다.

건조실에 담배를 매달다

담뱃잎을 모두 꿰고 나면 이제 건조실에 매다는 일이 남았다. 우리 동네 건조실은 진흙을 이겨서 만든 진흙 벽돌로 지어진 재래식 건물이었다. 천장이 무척 높아서 사다리를 타고 올라가야 했다.

"조심하세요! 높으니께 천천히 올라가요."

남자들이 긴 담배 줄을 어깨에 메고 사다리를 타고 올라갔다. 아래에서 담배 줄을 받쳐 주는 사람, 위에서 매다는 사람, 그 사이에서 줄을 건네주는 사람, 모두가 한마음으로 움직였다.

"이쪽으로 좀 더 당기우!"

"됐소! 다음 거 올리우!"

건조실 안이 담배 줄로 빼곡히 채워지면 장관이었다. 초록빛 담뱃잎들이 줄지어 매달려 있는 모습은 한 폭의 그림 같았다.

불을 때는 밤

담배를 모두 매달고 나면 이제 진짜 힘든 일이 시작되었다. 바로 불을 때는 일이었다.

"여보, 나 불 보러 간다우."

남편이 밤중에도 몇 번씩 건조실로 향했다. 통나무를 쉼 없이 때서 온도를 일정하게 유지해야 했다. 너무 뜨거우면 담배가 타 버리고, 너무 낮으면 제대로 마르지 않았다.

나도 남편을 도와 밤낮으로 불을 살폈다. 며칠 동안은 잠도 제대로 잘 수 없었다. 두 시간마다 나무를 넣어 주고 온도를 확인해야 했다.

"졸리지? 내가 볼 테니 잠깐 눈 붙이고 오시우."

건조실 앞에서 남편과 마주 앉아 불빛을 바라보며 이런저런 이야기를 나누던 그 밤들이 지금도 생생하다. 힘들었지만 우리 부부가 함께 무언가를 이루어 낸다는 뿌듯함이 있었다.

갈색으로 변하는 기적

일주일 정도 지나자 기적 같은 일이 일어났다. 초록색이던 담뱃잎이 서서히 갈색으로 변하기 시작한 것이다.

"여보! 색이 변하고 있소!"

"그러네요? 잘됐네요. 올해는 더 잘된 것 같아요."

열기가 충분히 식으면 남자들이 다시 모여 담배 줄을 거두어 내렸다. 그러면 여자들은 담뱃잎을 조심스럽게 새끼줄에서 빼내어 차곡차곡 쌓아 보관했다.

"이 잎은 상품이유. 이건 중품이구."

경험 많은 아주머니들이 담뱃잎을 보며 등급을 나눴다. 색깔이 고르고 크기가 큰 것이 상품이었다.

담배는 일정 기간 숙성을 거쳐야 했다. 창고에 쌓아 둔 담배에서는 독특한 냄새가 났다. 처음에는 거북했지만 점점 익숙해졌다.

숙성이 끝나면 본격적인 선별 작업이 시작되었다. 담뱃잎을 색깔별로 구분하고, 크기별로 나누는 일이었다.

"이거는 황색 상품, 이거는 갈색 중품…"

온 가족이 둘러앉아 담배를 분류했다. 아이들도 학교에서 돌아오면 거들었다.

"엄마, 손이 까매져요."

"그래두 해야제. 이거 팔아서 너네 학비 내는 거다."

아이들은 불평 한마디 없이 묵묵히 일을 도왔다.

수매의 날

드디어 담배 수매인이 동네에 오는 날이었다. 동네 사람들이 저마다 담배를 지게에 지고, 손수레에 싣고 수매장으로 모였다.

"올해는 가격이 괜찮을까요?"

"글쎄. 작년보다는 나았으면 좋겠어요."

수매인이 담배를 하나하나 살펴보며 등급을 매겼다. 상품, 중품, 하품에 따라 가격이 달랐다.

"이씨 댁, 올해 담배 질이 참 좋네유. 상품이 많이 나왔어유. 값을 많이 받겠는걸…"

수매인의 말에 남편의 얼굴에 환한 웃음이 번졌다.

"수고한 보람이 있지요."

돈을 받아 들고 집으로 돌아오는 길, 남편과 나는 서로를 바라보며 미소 지었다. 힘들었지만 그만한 가치가 있었다.

효자 농사

"담배 농사가 정말 효자 농사지."

동네 사람들이 자주 하는 말이었다. 실제로 담배 농사는 다른 농사에 비해 소득이 좋았다. 힘은 들었지만 자식들 공부시키고, 생활을 꾸려가는 데 큰 도움이 되었다.

처음에는 모든 것을 수작업으로 했다. 새끼줄에 일일이 꿰고, 통나무로 불을 때고… 하지만 세월이 흐르면서 변화가 생겼다. 전기 건조실이 생겨났고, 담뱃잎을 손쉽게 끼워 주는 기계도 나왔다.

"아이구, 이제 좀 편해졌네요."

"그럼요. 예전 생각하면 이거는 일도 아니지요."

기계화 덕분에 일이 한결 수월해졌지만, 그래도 담배 농사는 여전히 고된 일이었다.

지금 생각해 보면 참으로 긴 세월이었다. 15년 동안 담배 농사를 지었다. 그 시간 동안 아이들은 자라서 학교를 다녔고, 우리 부부는 늙어 갔다. 손은 거칠어졌고, 허리는 굽었지만, 마음만큼은 늘 당당했다.

"자식들을 위해서라면 뭐든 할 수 있었지."

남편이 종종 하던 말이었다. 맞았다. 우리는 자식들의 공부를 가르치기 위해, 더 나은 삶을 주기 위해 그 힘든 일을 해냈던 것이다.

잊고 싶은 기억

그런데 가끔 담배 농사를 지으면서 떠올리고 싶지 않은 기억이 스멀스멀 올라오곤 했다. 어린 시절 새어머니가 봉담배를 피우시려고 나를 불러 불을 붙여오라고 하셨던 일. 그때 사용했던 것도 바로 이 담뱃잎이었다.

밭에서 담배를 만지고 있으면 문득 그때 그 시절이 떠올랐다. 서럽고 외로웠던 어린 시절, 따뜻한 손길 하나 없이 자라야 했던 그 시간들.

"왜 그래? 무슨 생각하는 거야?"

남편이 멍하니 서 있는 나를 보며 물었다.

"아니야. 아무것도 아니야."

나는 고개를 저으며 다시 일손을 놀렸다. 과거는 과거일 뿐이었다. 지금 내 앞에는 사랑하는 아이들이 있고, 우리가 함께 일구는 미래가 있었다.

담뱃잎을 만지는 손길이 조금 더 단단해졌다. 그래, 이건 그때 그 담배가 아니다. 이건 우리 가족의 희망이고, 아이들의 미래다. 그렇게 스스로를 다독이며 다시 일에 집중했다.

15년의 의미

15년이라는 긴 세월 동안 담배 농사를 지으며 우리는 많은 것을 배웠다. 인내를 배웠고, 끈기를 배웠고, 무엇보다 가족의 소중함을 배웠다.

힘들 때마다 서로를 의지하고, 기쁠 때는 함께 웃었다. 동네 사람들과 품앗이를 하며 공동체의 정을 나누었고, 서로 돕는 삶의 가치를 깨달았다.

담배 농사는 단순히 돈을 버는 수단이 아니었다. 그것은 우리 가족이 함께 이루어 낸 삶의 역사였고, 땀과 눈물로 일군 희망의 기록이었다.

지금도 담배 냄새를 맡으면 그 시절이 떠오른다. 끈적거리는 손, 까맣게 변한 손톱, 밤새 지킨 건조실의 불빛, 그리고 함께 일하던 사람들의 웃음소리. 힘들었지만 그리운 그 시절이.

또 다른 땅이 생기다

묻힐 땅이 없다

또다시 땅이 생겼다. 이번에는 밭 200평이었다. 하지만 이 땅이 생기게 된 사연은 조금 씁쓸했다.

남편은 술을 마시는 날이면 어김없이 같은 이야기를 꺼냈다. 마치 노래를 부르듯이, 수인이와 며느리에게 반복해서 말했다.

"수인아… 아버지가 죽으면 묻힐 땅이 없다. 땅이 없어…"

"아버지, 그런 말씀 마세요. 아직 건강하시잖아요."

"아니여, 아니야. 사람이 언제 죽을지 아나? 죽을 땅은 있어야 하는데…"

술이 거나하게 취한 날이면 더욱 그랬다. 며느리에게도 같은 말을 되풀이했다.

"며느리야, 나는 죽어도 묻힐 땅이 하나 없다."

며느리는 조용히 술상을 물렸다.

부끄러운 마음과 씁쓸함

나는 그 모습을 볼 때마다 마음이 편치 않았다.

'저 사람도 참… 자식한테 그런 걸 어떻게 당당하게 요구할 수가 있나…' 더군다나 며느리한테까지 면목이 없었다.

사실 생각해 보면 부끄러운 일이 아닌가. 본인이 평생 일해서 매장할 땅 한 뼘 미리 마련하지 못했으면서, 자식에게 해 달라고 손을 벌리는 것이 이치에 맞지 않았다.

"여보, 그런 말 좀 하지 마세요. 창피하잖아요."

"뭐가 창피해? 자식이 부모 땅 하나 마련해 주는 게 당연한 거 아니오?"

"그래도 그렇지… 우리가 미리 준비를 했어야죠."

"돈이 어디 있었소? 먹고 살기도 바빴는데."

남편의 말도 틀린 것은 아니었다. 평생 가난하게 살면서 오늘 먹을 쌀 걱정, 내일 갚을 빚 걱정에 정신없이 살아왔으니까. 그래도 자식 앞에서 술김에라도 그런 말을 반복하는 것이 나는 마음이 편치 않았다.

새로운 밭, 그리고 복잡한 심정

그런데 수인이와 며느리는 묵묵히 아버지의 말을 새겨들었던 모양이었다.

어느 날, 수인이가 전화를 걸어 왔다.

"엄마, 집 가까이에 있는 산 밑에 밭이 하나 나왔대요. 위치도 괜찮고 나중에 선산으로 쓰기 좋을 것 같아요."

"그래? 그런데 돈이 얼마나 하는데?"

"좀 비싸긴 한데요… 2천만 원 좀 넘는대요."

"뭐? 그렇게나 비싸?"

"산이랑 붙어있는 땅이라 묘지 터로 안성맞춤이라 다들 원하더라고요. 그래서 웃돈을 더 줘야 할 것 같아요."

수인이는 결국 그 밭을 샀다. 며느리와 상의해서 돈을 마련하고, 2천만 원이 넘는 큰돈을 들여 200평의 밭을 사 주었다.

"엄마, 아빠, 밭 샀어요. 이제 아버지 묻힐 땅이 없다고 걱정 안 하셔도 돼요."

"그래? 고맙다, 고마워…"

남편의 목소리가 떨렸다. 술 취한 날 흥얼거리듯 했던 말을 자식이 이렇게 현실로 만들어 주다니.

"아니에요. 그동안 고생하셨는데 아버님 소원이잖아요. 마침 적금 타는 것이 있어서 아버님 소원 들어드리려구요." 며느리가 웃으며 말했지만, 나는 그 마음이 얼마나 예쁜지 알았다. 젊은 부부가 2천만 원이 넘는 돈을 쉽게 쓸 수 있었겠는가.

밭을 보러 갔다. 산과 붙어있는 경사진 땅이었다. 햇볕이 잘 들고, 흙도 좋았다. 밭농사를 지어도 좋겠지만, 언젠가는 이곳이 우리의 마지막 안식처가 될 것이었다.

"여보, 좋은 땅이네요."

"그러게 말이오. 수인이가 잘 골랐구만."

"이제 논도 있고 밭도 있고… 우리도 제법 땅 있는 사람이 됐네요."

어떻든 기분은 좋았다. 5마지기 논에 이어 200평의 밭까지 생겼으니 말이다.

효도의 의미

하지만 이 땅의 의미는 남다른 것이었다. 단순히 농사를 짓기 위한 땅이 아니라, 우리 부부가 죽으면 묻힐 수 있도록 자식이 효도 차원에서 미리 준비해 준 땅이었다.

"엄마, 이 땅은 절대 팔면 안 돼요. 나중에 아버지, 어머니 모실 곳이니까요."

"알았다, 알았어. 고맙다."

나는 며느리의 손을 꼭 잡았다. 평생 가난하게 살면서 자식들에게 물려줄 것도 없는 우리를 위해, 마지막 안식처까지 마련해 주다니.

"며느리야, 정말 고맙구나. 네가 있어서 우리가 편하게 늙어가는 것 같다."

"어머님, 무슨 말씀을요. 저희가 해야 할 일을 한 거예요. 그동안 고생 많이 하셨잖아요."

며느리의 눈가가 촉촉해졌다. 나도 눈물이 핑 돌았다.

남편도 이제는 술을 마셔도 묻힐 땅이 없다는 노래를 부르지 않았다. 대신 이렇게 말했다.

"며느리야, 아버지가 정말 고맙다. 정말 고마워."

"아버님, 건강하게 오래오래 사세요. 그 땅은 한참 후에나 쓰는 거예요."

우리는 웃었다. 하지만 그 웃음 속에는 삶의 무상함과 자식에
대한 감사함이 함께 섞여 있었다.

고향에서의 또 다른 시작,
변해 가는 삶

다시 시작된 나무하는 일상

유치리, 남편이 태어나고 자란 고향으로 다시 돌아왔지만, 삶은 여전히 녹록지 않았다. 농촌이었기에 남편은 매일같이 땔감을 해야 했다.

"여보, 나무 다 떨어졌어요. 오늘 또 하러 가야겠어요."

"알았소, 알았어. 산에 다녀올 테니 점심 좀 싸 주시오."

아침이면 남편은 지게를 지고 산으로 향했다. 도끼와 톱을 들고, 산길을 오르는 남편의 뒷모습은 언제나 묵묵했다. 부엌도 여전히 불을 때서 밥을 해야 했다.

"엄마, 나무 좀 더 넣어 주세요!"

"알았다, 알았어."

부엌 한쪽에는 항상 나무가 산더미처럼 쌓여 있었다. 나무를 적당한 크기로 꺾어서 아궁이에 넣고 불을 지폈다. 처음엔 연기가 피어오르다가 이내 활활 타오르는 불꽃이 보였다.

"후우… 역시 불 지피는 것도 기술이야."

불을 때고 나면 밥이 익는 구수한 냄새가 부엌 가득 퍼졌다. 불을 다 때고 난 후 남은 숯불은 화로에 담았다.

"자, 이 불로 국을 끓이면 되겠네."

화로에 냄비를 올려놓고 국을 끓였다. 된장국이든 미역국이든, 숯불에 은근히 끓인 국은 현재의 가스불과는 또 다른 맛이 있었다. 예의촌 산골에서 살 때나 이곳 유치리로 와서나, 나무를 때서 밥을 하는 방식은 똑같았다.

소여물 끓이는 사랑방 가마솥

밥을 하는 것만이 아니었다. 소도 키웠기 때문에 여물도 끓여 주어야 했다.

"여보, 가마솥에 물 좀 더 넣어야겠네."

사랑방에 있는 큰 가마솥에 물을 붓고, 여물감을 넣었다. 그리고 다시 나무를 때서 끓였다.

"보글보글…"

뜨거운 김이 모락모락 피어오르면 소여물이 다 익은 것이었다.

"애들아, 여물 다 됐다! 소 밥 주러 가자!"

아이들과 함께 뜨거운 여물을 식혀서 소에게 먹였다. 소는 김이 나는 따뜻한 여물을 맛있게 먹었다.

"음메~~"

"그래, 그래. 맛있지? 많이 먹어."

이렇게 하루에도 몇 번씩 불을 지피고 나무를 때야 했다. 그러다 보니 나무는 늘 부족했다.

겨울, 남편의 주된 일

겨울이 되면 나무를 하는 것이 남편의 주된 일이었다.

"이번 겨울은 더욱 추울 것 같은데 나무를 더 많이 해 둬야겠소."

"그래요. 넉넉하게 준비해 두는 게 좋죠."

남편은 새벽부터 일어나 산으로 갔다. 눈이 쌓인 산길을 헤치고 올라가 나무를 베었다. 톱으로 나무를 자르는 소리가 산골짜기에 울려 퍼졌다.

"끼이익… 끼이익…"

베어 낸 나무는 적당한 길이로 잘라서 등거지를 만들었다. 등거지는 나무 기둥을 묶어서 만든 나무 다발이었다.

"휴, 이제 패야지."

집으로 가져온 등거지는 도끼로 쪼개서 장작을 만들었다.

"탁! 탁! 탁!"

도끼질 소리가 마당에 울렸다. 장작이 쪼개질 때마다 나무 향기가 은은하게 퍼졌다.

"여보, 힘들면 좀 쉬었다 해요."

"괜찮소. 이거 다 해 놔야 마음이 편하오."

남편은 땀을 뻘뻘 흘리면서도 쉬지 않고 장작을 팼다. 그렇게 만든 장작은 마당 한쪽에 산더미처럼 쌓아 놓았다.

"이 정도면 이번 겨울은 걱정 없겠네."

높이 쌓인 장작더미를 보면 마음이 든든했다.

지게와 리어카, 그리고 10년의 세월

나무를 운반하는 것은 지게와 리어카를 사용했다.

"여보, 오늘은 지게로 할 거예요, 리어카로 할 거예요?"

"길이 험하니까 지게로 지고 올 거요."

남편은 지게에 나무를 가득 싣고 산을 내려왔다. 지게 위에 높이 쌓인 나무는 금방이라도 무너질 것 같았다.

"조심해요! 천천히 와요!"

"알았어!"

경사진 산길을 지게를 지고 내려오는 것은 보기만 해도 아찔했다. 하지만 남편은 이미 익숙한 듯 능숙하게 걸어 내려왔다.

길이 좋은 곳에서 나무를 하는 날은 리어카를 끌고 갔다.

"끼익… 끼익…"

리어카 바퀴가 흙길을 구르는 소리가 났다. 지게보다는 많이 실을 수 있었지만, 그만큼 끌고 오는 것도 힘들었다.

"여보, 제가 뒤에서 밀어 줄게요!"

"아니오, 괜찮소. 당신은 들어가 있으시오."

이렇게 나무를 하는 일은 고향으로 와서도 10년 이상을 계속했다. 봄, 여름, 가을, 겨울… 계절이 바뀌어도 나무는 계속 필요했고, 남편은 묵묵히 산을 오르내렸다.

그래도 조금씩 나아지는 생활

하지만 예전에 비하면 살기가 좀 나아지긴 했다.

"여보, 그래도 이제는 물 길으러 냇가 안 가도 되잖아요."

"그것도 그렇구만."

마중물을 활용하여 물을 끌어올리는 작두펌프도 있었기에 생활하기는 더 편해 지었다.

"펌프질~ 펌프질~"

작두펌프 손잡이를 위아래로 움직이면 땅속에서 시원한 물이 콸콸 솟아올랐다.

"아, 시원해라!"

더는 냇가까지 물동이를 이고 가지 않아도 되었다. 빨래도 집에서 할 수 있었다. 추운 겨울날 냇가에서 얼음장 같은 물에 손을 담그며 빨래하던 고생을 생각하면 천국이었다.

집에는 냉장고도 생겼다.

"어머니, 반찬 냉장고에 넣어 두었어요!"

"그래, 고맙다."

여름에 음식이 쉽게 상하지 않으니 얼마나 좋은지 몰랐다.

TV도 있었다.

"여보, 뉴스 시작했어요. 들어오세요!"

"알았어!"

저녁이면 온 가족이 TV 앞에 둘러앉아 뉴스도 보고 드라마도 보았다.

전화기도 집에 생겼다.

"따르릉! 따르릉!"

"여보세요?"

"엄마, 나 은옥이야. 잘 지내시죠?"

멀리 떨어진 딸과도 목소리를 들을 수 있다니! 예전 같으면 상상도 못 할 일이었다.

"그래, 그래. 우리 잘 있다. 너도 건강히 잘 지내거라."

전화를 끊고 나면 마음이 한결 따뜻해졌다.

1991년, 드디어 입식 부엌으로

살림이 조금씩 나아지던 어느 날, 큰 변화가 찾아왔다. 수인이가 결혼을 하던 1991년 무렵이었다.

"여보, 부엌을 고치는 것이 좋겠어요. 다른 집들도 입식으로 많이 고치고 있으니…"

"부엌을? 뭐가 불편해서?"

"입식으로 바꾸어야지요. 앞으로 수인이가 결혼을 하게 되면 이런 부엌이 챙피하기도 하고 정말로 재래식 부엌은 너무나도 힘이 많이 드니까요."

"그래도 돈이 많이 들 텐데…"

"돈이 많이 들어도 해야 돼요. 며느리를 얻으려면 말이에요."

남편도 어쩔 수 없다고 느꼈는지, 아니면 며느리를 볼 수 있다라는 생각을 하게 되어서인지 부엌을 입식으로 바꾸는 것에 동의를 했다. 드디어 입식 공사가 시작되었다.

"탕탕탕! 드드드득!"

며칠간 시끄러운 소리가 났다. 그리고 마침내…

새로 단장한 부엌에 들어서니 눈이 휘둥그레졌다. 허리를 굽히지 않아도 되었다. 다만 싱크대를 사용하는 것은 아니었다. 또한 도시처럼 가스를 사용하는 것은 아니었다.

"이제 나무 안 때도 되는 거네?"

"네, 엄마. 이제 전기밥솥으로 밥도 하고 곤로로 반찬을 하면 돼요."

"아이고, 세상에… 이렇게 편할 수가…"

처음 곤로에 불을 켰다. 심지에 성냥으로 불을 지피면 되었다.

"치이익~"

빠알간 불꽃이 일정하게 타올랐다. 나무를 때느라 연기에 눈물 흘리고, 불을 지피느라 애쓰던 그 고생이 사라졌다.

"여보, 이제 당신도 나무 덜 해도 되겠네요."

"그러게 말이오. 참 편해졌구만."

남편도 흐뭇한 표정을 지었다. 그렇게 힘들었던 나무를 때는 번거로움이 사라지니 정말 좋았다. 또한 밥솥을 사서 밥을 하니 정말로 편하고 편하였다.

그래도 모든 것이 단번에 바뀌지는 않았다.

"엄마, 소여물은 어떻게 해요?"

"그건 여전히 나무로 끓여야지. 다른 방법은 없으니까."

사랑방의 큰 가마솥에서 소여물을 끓이는 일은 그 이후에도 한참 동안 계속되었다.

"탁탁탁!"

남편은 여전히 장작을 패고, 나는 여전히 가마솥에 불을 지폈다.

"보글보글…"

하지만 적어도 매 끼니 나무를 때지 않아도 되니, 그것만으로도 큰 축복이었다.

지게를 지고 산을 오르던 남편의 뒷모습, 펌프질하며 물을 길어 올리던 모습, 그리고 마침내 입식 부엌에서 처음 요리하던 날의 설렘…

조금씩, 아주 조금씩 우리의 삶은 나아지고 있었다. 여전히 고된 노동이 남아 있었지만, 우리는 감사하며 살았다. 어제보다 나은 오늘을, 오늘보다 나을 내일을 꿈꾸며.

새집, 새 희망,
그리고 손녀 가영이

첫 손녀, 가영이를 맞이하다

입식 부엌으로 바뀌고 얼마 지나지 않아, 우리 집에 새로운 식구가 생겼다. 수인이가 결혼을 하고 첫 아이를 낳은 것이다.

"엄마, 딸입니다! 딸!"

"그래? 우리 손녀가 태어났구나!"

전화를 받는 순간, 가슴이 벅차올랐다. 내 첫 손녀. 수인이의 첫딸.

"이름은 가영이라고 지었어요."

"가영이… 참 예쁜 이름이구나."

며칠 후, 수인이 부부가 우리를 찾아왔다.

"엄마, 저희가 정선에서 근무하게 됐어요."

"정선? 그렇게 멀리?"

"네… 그래서 그러는데, 가영이를 엄마가 좀 키워 주실 수 있으세요?"

수인이와 며느리의 얼굴에 미안함과 걱정이 가득했다.

“물론이지! 우리 손녀, 할머니가 키워야지!”

“정말요? 엄마, 너무 감사해요. 저희가 주말마다 올게요.”

“그래, 걱정하지 마라. 할머니가 잘 키울게.”

그렇게 가영이는 우리 손에 맡겨졌다.

가영이는 정말 천사 같은 아이였다.

“가영아, 우유 먹을 시간이야~”

“아~ 아~”

우유를 주면 꼴깍꼴깍 잘도 먹었다. 밤에도 울지 않고 잘 잤다.

“여보, 이 애는 정말 순하네요. 키우기가 하나도 안 힘들어요.”

“그러게 말이오. 복 받은 아이로구만.”

가영이는 하루가 다르게 무럭무럭 자랐다. 조금씩 기어다니고, 걸음마를 시작하고, 옹알이를 하기 시작했다.

“할미… 할비…”

“그래, 우리 가영이. 할머니 여기 있다!”

가영이를 키우는 일은 힘들기보다는 즐거웠다. 손녀의 웃는 얼굴을 보면 세상 근심이 다 사라졌다.

시동 장터의 특별한 추억

주말이 되면 수인이 부부가 찾아왔다.

“엄마! 가영이 잘 있었어요?”

“그럼, 우리 가영이 얼마나 잘 있었는지 모른다.”

토요일 저녁에 와서 일요일 오후에 다시 정선으로 돌아가는 것이 일상이 되었다. 짧은 만남이었지만, 그 시간만큼은 온 가족이 함께였다.

　평일에는 나와 가영이, 둘만의 시간이었다. 어느 날, 시동 장터에 재미있는 소식이 들렸다.

　"여보, 오늘 시동 장터에 서커스단이 온대요!"

　"그래? 그럼 가영이 데리고 구경이나 가 보오."

　"그래야겠어요!"

　나는 가영이를 업고 시동 장터로 향했다. 장터는 사람들로 북적였다.

　"어이~ 어이~ 모여 보세요! 신기한 구경거리가 가득해요!"

　서커스단 사람들이 요란하게 호객을 했다. 무대에서는 음악이 흘러나오고, 곡예사들이 재주를 부렸다.

　그런데 신기한 일이 벌어졌다.

　"딴따따단~ 딴따따단~"

　음악이 나오자마자 내 등에 업힌 가영이가 내려달라고 몸짓을 해서 바닥에 내려주었더니 음악에 맞춰 몸을 움직이기 시작했다.

　"어머, 가영아! 춤추니?"

　"까르르르~"

　가영이는 신이 나서 팔을 휘저으며 리듬을 탔다. 주변 사람들이 하나둘씩 가영이를 바라보기 시작했다.

　"저기 저 아기 좀 봐! 춤을 기가 막히게 추네!"

　"어머, 정말이네! 박자도 딱딱 맞추는 것 좀 봐!"

　사람들이 가영이 주변으로 모여들었다. 무대 위의 공연보다 내 손주 가영이에게 시선이 쏠렸다.

　그러자 서커스단 대표가 무대에서 내려와 우리 쪽으로 왔다.

“할머니!” “네?”

“아이고, 할머니. 이 아기가 춤을 너무 잘 쳐서 우리 장사가 안 되겠어요!”

“아이고, 미안합니다.”

“농담이에요, 농담! 하하하! 그래도 앞으로는 우리 공연할 때 아기 좀 안 데려오시면 안 될까요? 다들 아기만 보고 우리 공연은 안 보니 말이죠!”

사람들이 와하하 웃었다. 나도 덩달아 웃었다.

“까르르르~”

가영이도 신이 나서 웃었다. 그날 이후로 가영이는 시동 장터의 작은 스타가 되었다.

생애의 깜짝 선물

어느 날, 수인이가 진지한 표정으로 말했다.

“엄마, 아버지! 저희가 결정한 게 있어요.”

“뭔데?”

“저희가 적금을 들어 둔 게 있는데요, 적금을 타게 되어 그 돈으로 집을 새로 지어드리려고요. 누나도 도와준다고 했어요. 그러니 걱정 말아요.”

“뭐? 집을?”

“네. 이 집이 너무 낡았잖아요. 조립식으로 멋진 집을 지어드릴 게요.”

나는 깜짝 놀라 며느리를 바라봤다. 며느리도 환하게 웃으며 고개를 끄덕였다.

"어머님, 저도 찬성이에요. 이렇게 추운 집에서는 안 되지요. 화장실도 밖에 있어 힘들잖아요."

"아니, 그래도… 돈이 얼마나 드는데…"

"괜찮아요. 저희가 할게요. 엄마가 가영이도 키워 주시고, 그동안 얼마나 고생하셨는데요."

눈물이 핑 돌았다.

"고맙다… 정말 고맙다…"

새집 짓기, 그리고 행랑채 생활

얼마 후, 공사가 시작되었다.

"엄마, 공사하는 동안 행랑채에서 지내셔야 할 것 같아요."

"그래, 괜찮다. 우리는 어디서든 살 수 있어."

남편과 나, 그리고 가영이는 행랑채로 거처를 옮겼다. 좁았지만 셋이서 지내기엔 충분했다.

"쿵쿵쿵! 탕탕탕!"

밖에서는 매일 공사 소리가 요란했다. 기존에 살던 집을 모두 허물었다.

"여보, 우리가 살던 집이 다 사라지네요."

"그래도 새집이 생기잖소. 좋은 일이오."

기초 공사가 시작되었다. 땅을 파고, 콘크리트를 붓고, 골조를 세웠다.

"가영아, 우리 새집 짓는 거야. 예쁜 집이 생길 거야."

"집~ 집~"

가영이도 신기한 듯 공사장을 바라봤다.

두 달이 채 지나지 않아 놀라운 일이 벌어졌다. 30평짜리 멋진 조립식 집이 완성된 것이다.

"어머님, 아버님! 다 됐어요! 들어가 보세요!"

며느리가 환하게 웃으며 우리를 안내했다.

문을 열고 들어서는 순간, 입이 떡 벌어졌다.

"어머… 어머나…"

말이 나오지 않았다. 꿈을 꾸는 것 같았다.

"어머님, 여기가 거실이에요. 넓죠?"

거실은 정말 넓었다. 거실 천장에는 멋진 조명이 달려 있었다.

"와… 이게 우리 집이란 말이냐…"

"주방도 보세요!"

주방으로 안내를 받았다. 싱크대가 있고, 그 위에 수도꼭지가 있었다.

"어머님, 이거 틀어 보세요."

"이, 이렇게?"

수전을 틀자 물이 콸콸 쏟아져 나왔다.

"어머나! 물이 나와!"

"따뜻한 물도 나와요. 이쪽으로 돌리면요."

"정말? 어머, 따뜻해!"

이제는 밖으로 물을 길으러 가지 않아도 되는 것이었다. 신세계였다.

따뜻한 집, 편안한 집

"그리고 보일러가 기름보일러라 방이 항상 따뜻해요."

방으로 들어가 보니 정말 따뜻했다. 예전 집처럼 외풍도 없었다.

"여보, 이제 겨울에 추워서 떨 일이 없겠어요."

"그러게 말이오. 이렇게 좋을 수가…"

방도 세 개나 되었다.

"이 방은 어머님, 아버님 방이고요, 그리고 이 방은 자식들이 올 때 쓰면 되는 방이에요."

거실도 따로 있고, 주방도 따로 있었다.

"그리고 화장실 좀 보세요!"

화장실 문을 열자 더욱 놀라운 광경이 펼쳐졌다.

"세탁기가 있어요! 이제 손빨래 안 하셔도 돼요."

"세탁기가… 우리 집에?"

"그리고 이게 양변기예요. 앉아서 쓰시면 돼요."

좌변기를 처음 봤다.

"이, 이렇게 앉아서?"

"네. 편하실 거예요."

하지만 솔직히 처음에는 익숙하지 않았다. 평생을 재래식 화장실을 쓰다가 갑자기 이런 걸 쓰려니 어색했다.

"여보, 난 아직도 재래식이 편해요."

"나도 그렇소. 적응이 필요할 것 같소."

처음 몇 달은 마당 한쪽에 남아 있던 재래식 화장실을 사용하기도 했다. 하지만 시간이 지나면서 조금씩 익숙해졌다.

"어? 이것도 나쁘지 않네…"

석 달쯤 지나자 이제는 좌변기가 더 편하게 느껴졌다.

고마움의 눈물

그날 밤, 새집에서 보내는 첫날 밤이었다.

"여보…" "왜 그러시오?"

"우리가 이런 집에서 살게 될 줄 알았어요?"

"글쎄 말이오…"

따뜻한 방에 누워 천장을 바라봤다. 눈물이 흘러내렸다.

"수인이와 며느리가 정말 고마워요. 큰딸 은옥이도 고맙고. 이런 집을 지어 주다니…"

"그러게 말이오. 돈이 얼마나 들었겠소."

수인이를 공부시키기를 정말 잘했다는 생각이 들었다. 그래서 며느리도 초등학교 교사를 맞이하게 되었고, 이렇게 우리가 호강을 하게 된 것이다.

"여보, 교육을 시키기를 참 잘했어요."

"당신 고집대로 된 거요. 내가 반대했는데도."

"그래도 결국 잘됐잖아요." 우리는 서로 바라보며 행복한 미소를 지었다.

30년을 넘긴 우리 집

그렇게 들어간 조립식 집에서 우리는 지금까지 살고 있다.

세월이 흘러 30년이 넘는 시간이 지났다. 가영이는 어느새 어른이 되었고, 난 백발이 성성한 노인이 되었다.

"할머니, 이 집 정말 오래 사셨네요."

"그럼, 30년이 넘었지. 네가 아기였을 때 이 집을 지었단다. 사진을 보여 줄게"

"와… 제가 아기였을 때요?"

"그래. 네가 할머니 등에 업혀서 공연을 가면 내려서 춤을 췄었지."

"하하하! 그 이야기 또 하시네요."

집은 세월의 흔적이 묻어 있지만, 여전히 튼튼하고 따뜻하다. 가끔 거실에 앉아 창밖을 바라본다. 이 집에서 보낸 30년의 세월이 파노라마처럼 스쳐 지나간다.

가영이를 키우던 시절, 손주들이 놀러 왔던 시절, 명절마다 온 가족이 모이던 시절…

"여보, 우리 참 좋은 집에서 살았어요."

"그러게 말이오. 복 받았소, 복 받았어."

수인이와 며느리, 그리고 큰딸 은옥이가 함께해서 지어 준 이 집. 그것은 단순한 집이 아니라, 자식의 효심과 사랑이 가득 담긴 보금자리였다.

지금도 이 집에서 우리는 행복하게 살고 있다. 앞으로도 이 집에서 여생을 보낼 것이다.

고마운 우리 집. 사랑하는 우리 집.

기름보일러에서 나무보일러로

조립식 집에 처음 입주했을 때, 우리 집은 기름보일러를 사용했다. 하얀 연기를 뿜어내며 덜컹거리는 소리를 내던 그 보일러는 제법 따뜻한 온기를 내 주었지만, 문제는 기름값이었다. 겨울철이면 기름을 채우러 가는 일이 잦아졌고, 기름값이 올라서 지출이 늘어날 때마다 한숨이 나왔다.

"여보, 이러다간 기름값에 허리가 휠 것 같아요. 나무보일러로 바꾸는 게 어때요?"

남편도 고개를 끄덕였다. 나무보일러로 바꾸면 비용을 아낄 수 있다는 이웃들의 말을 들은 터였다. 그렇게 우리는 나무보일러를 설치했다. 처음에는 정말 괜찮은 선택이라고 생각했다. 산에서 구해 온 통나무를 쪼개어 쌓아 두고, 아궁이에 불을 지피면 집안이 금세 따뜻해졌다. 기름값 걱정은 덜었으니 마음도 한결 가벼웠다.

하지만 나무보일러의 진짜 문제는 곧 드러났다. 통나무는 생각보다 빨리 타 버렸고, 밤에도 두세 번은 나가서 나무를 넣어줘야 했다. 불이 꺼지면 방이 금세 차가워졌고, 새벽녘이면 이불 속에서도 추위가 느껴질 정도였다.

"여보, 나무 좀 넣고 와요."

한겨울 밤, 나는 남편을 깨웠다. 하지만 돌아오는 대답은 늘 비슷했다.

"음… 당신이 좀 다녀와…"

뒤척이며 다시 잠드는 남편을 보며, 나는 한숨을 삼키고 두꺼운 옷을 걸쳤다. 밤 11시, 새벽 2시, 그리고 동이 트기 전 새벽 5시. 하루에도 몇 번씩 캄캄한 밤에 보일러실로 나가야 했다.

손전등을 들고 밖으로 나서면 차가운 공기가 얼굴을 때렸다. 입김이 하얗게 피어올랐고, 손은 금세 시려왔다. 쌓아 둔 통나무 더미에서 적당한 크기의 나무를 골라 들고, 보일러실 문을 열면 거의 꺼져 가는 불씨가 보였다. 아궁이 문을 열고 통나무를 밀어 넣으면, 재가 날리며 불씨가 되살아났다. 그 과정을 지켜보며 손을 호호 불다가, 불이 제대로 붙은 것을 확인하고 나서야 다시 집으로 돌아올 수 있었다.

"이게 정말 절약하는 거 맞나…"

이불 속으로 들어가며 중얼거렸지만, 잠은 이미 달아난 뒤였다. 몸은 추위에 얼었다가 따뜻해지기를 반복했고, 다음 날 아침이면 어김없이 피곤함이 몰려왔다. 5년이라는 시간이 그렇게 흘러갔다.

마침내 찾아온 평온한 밤

"이제 심야전기보일러로 바꿔야겠어요."

더 이상 참을 수 없었다. 비용을 계산해 보니 심야전기보일러도 충분히 경제적이었다. 무엇보다 밤마다 밖에 나가지 않아도 된다는 것, 그것이 가장 큰 이유였다.

보일러를 교체한 첫날 밤, 나는 이불을 덮고 누워 시계를 바라보았다. 밤 11시가 지나고, 새벽 2시가 되었지만 나는 그저 따뜻한 방에서 편안히 잠들어 있을 수 있었다. 밤에 일어나 추운 밖으로 나가지 않아도 되는 것, 그것이 얼마나 큰 행복인지 그때 절실히 깨달았다.

"이렇게 편할 수가…"

전기요금 고지서를 받아보니 예상보다 적게 나왔다. 심야시간대의 저렴한 전기를 이용하니 나무보일러 때의 고생을 생각하면 천국이나 다름없었다. 남편도 만족스러워했다. 자기가 밤에 나가지 않아도 되니 좋다는 말은 하지 않았지만.

세월이 흘러 지금은 30년이 넘었다. 심야전기보일러는 여전히 우리 집을 따뜻하게 해 주고 있다. 요즘은 전기요금이 많이 올라 예전만큼 경제적이지는 않다는 게 아쉽긴 하지만, 그래도 추운 겨울밤에 밖으로 나가지 않아도 된다는 것만으로도 충분히 감사하다.

가끔 겨울밤, 따뜻한 방에 누워 창밖의 눈을 바라보다가 문득 생각한다. 그때 그 추운 밤들, 손전등을 들고 보일러실을 오가던 나날들. 힘들었지만, 그 시간들도 내 삶의 일부였다. 그리고 30년이 넘도록 큰 문제없이 우리 가족을 품어 준 이 조립식 집에게, 나는 오늘도 조용히 고마움을 전한다.

피보다 진한 인연:
새로운 동생을 만나다

산비탈 땅에서 시작된 만남

25년 전, 부동산 바람이 거세게 불던 시절이었다. 우리 동네 산과 붙어 있는 밭임에도 서울 사람들이 여러 땅을 샀다. 투자 목적이었을 것이다. 그중 한 부부가 자신들이 산 땅을 관리하겠다며 가끔씩 내려오기 시작했다.

처음에는 그저 스쳐 지나가는 사이였다. 그런데 남편이 밭에서 일하는 모습을 보더니, 그 부부가 다가와 물었다.

"저기, 죄송한데요. 저희도 텃밭 좀 가꿔 볼까 하는데, 뭘 어떻게 시작해야 할지 모르겠어서요."

남편은 흔쾌히 도와주었다. 흙을 어떻게 갈아엎어야 하는지, 언제 씨를 뿌려야 하는지, 모종은 어떻게 심는지 하나하나 알려 주었다. 그렇게 몇 번 오가다 보니 자연스럽게 얼굴을 익히게 되었다.

그러다 보니 친해졌고, 남편은 점심을 해서 먹도록 하자고 했다. 그래서 된장찌개에 밥 그리고 반찬 몇 개를 차려 주었다. 소박한 시골 밥상이었지만, 그 부부는 정말 맛있게 먹었다. 특히 그 여자분이 환하게 웃으며 말했다.

"정말 맛있어요. 언니라고 불러도 되죠?"

"언니라니, 난 동생이 없는데 너무 좋네요. 그럼 앞으로 언니라고 불러요."

그렇게 그 사람은 내 동생이 되었다.

끈끈해지는 정

그 이후로 동생 부부가 내려올 때면 자연스럽게 점심을 해 주게 되었다. 함께 밥을 먹으며 서울 이야기도 듣고, 우리 동네 이야기도 해 주고, 때론 농사 이야기를 하다가 웃음꽃을 피우기도 했다.

동생은 정말 붙임성이 좋았다. 말투도 부드럽고, 사람을 편하게 해 주는 재주가 있었다.

동생이 갈 때면 나는 친동생에게 빈손으로 보낼 수 없듯이 항상 무언가를 챙겨 주었다. 동생은 내 남편이 죽은 제삿날에는 잊지 않고 전화해서

"언니, 오늘 형부 제삿날이지요?"

떡은 제가 했으니 하지 마세요. 하며 서울에서 직접 운전을 하고 따끈한 떡을 내려놓고 부랴부랴 또 서울로 올라간다. 친동생도 그렇게 못할 텐데. 너무 고맙다.

또 명절이나 생일 등 특별한 날에는 잊지 않고

"언니, 내일이 언니 생일이잖아. 맛있는 거 사 먹으라고 통장에 조금 넣었어요."

하기에 시간 날 때 통장을 찍어 보면 30만 원이 입금되어 있었다.

또한 밤이 되면 꼭 전화를 해서 안부를 묻는다. 아프지 않는지, 밥은 잘 먹었는지, 시골에서 혼자 생활하는 내가 때로 전화를 받지 않으면 무슨 일이 생긴 건 아닌지 걱정하며 아들이나 며느리한테 전화로 확인하기도 한다.

세월이 흘러도 우리의 관계는 변하지 않았다. 아니, 오히려 더 깊어졌다. 동생을 생각하면 가슴이 뭉클하다.

진짜 가족, 함께 늙어 가는 우리

가끔 생각한다. 만약 그때 그 부부가 우리 동네에 땅을 사지 않았더라면? 만약 내가 가끔 점심을 차려 주지 않았더라면? 이 소중한 인연은 맺어지지 않았을 것이다.

피 한 방울 섞이지 않았지만, 이 동생은 내 진짜 동생이다. 아니, 어쩌면 친동생보다 더 끈끈한 사이일지도 모른다. 25년이라는 세월 동안 한결같은 마음으로 나를 챙겨 주는 이 사람.

나도 동생을 위해 할 수 있는 것을 다 해 준다. 김치를 담그면 제일 맛있는 것으로 골라 보내고, 농산물이 나면 가장 싱싱한 것으로 챙긴다. 사랑을 담아서 말이다.

그런데 요즘은 마음이 무겁다. 얼마 전 동생에게서 전화가 왔다.

"언니, 요즘 병원 다니고 있어요."

"뭐? 어디가 아픈데?"

"나이가 드니까 이것저것 다 안 좋네요. 괜찮아요, 언니. 근데

…”

동생의 목소리가 잠시 멈췄다가 이어졌다.

“언니, 제가 운전면허증 반납했어요.”

“어머, 왜?”

“나이가 들어서 운전하기가 힘들어졌어요. 시력도 안 좋아지고… 그래서 반납하라고 하더라고요. 언니 보러 가고 싶은데 이제 마음대로 못 가요. 너무 답답해요.”

전화기 너머로 동생의 한숨이 들렸다.

“운전을 못 하니까 여간 성가신 게 한두 가지가 아니에요. 장도 보러 가려면 누구 차 얻어 타고 가야 하고… 언니 생각나서 내려가고 싶어도 버스 타고 가자니 환승도 여러 번 해야 하고 해서 내려가지도 못하고. 그게 제일 속상해요, 언니.”

내 가슴이 먹먹해졌다.

“동생아, 괜찮아. 전화로라도 자주 하면 되지. 건강이 먼저야.”

“언니, 제가 예전처럼 자주 못 내려가서 미안해요.”

“무슨 소리야. 평생 얼마나 많이 왔다 갔다 했는데. 이제는 동생도 쉬어야지.”

그렇게 말은 했지만, 사실 나도 안타까웠다. 나 역시 요즘 몸이 예전 같지 않아 동생을 예전만큼 잘 챙겨 주지 못하고 있었다. 김장도 예전처럼 많이 못 하고, 농사일도 손이 잘 안 가니까 보내줄 것도 줄어들었다.

“언니, 언니도 아프다며? 그게 제일 걱정이에요.”

“응, 나도 병원 다니고 있어. 근데 괜찮아. 주기적으로 수혈을 하면서 버티고 있어.”

“언니, 우리 둘 다 이제 늙었나 봐요.”

전화기 너머로 동생이 쓸쓸하게 웃었다. 나도 따라 웃었다.

“그러게. 세월이 이렇게 빨리 가는 줄 몰랐네.”

요즘은 전화로 자주 안부를 묻는다. 서로의 병원 진료 일정도 확인하고, 약은 잘 먹고 있는지도 챙긴다. 예전처럼 자주 보지는 못하지만, 마음만큼은 늘 함께 있다.

앞으로 얼마나 더 함께할 수 있을지 모르겠다. 하지만 이 인연만큼은 끝까지 소중히 지켜 가고 싶다. 내 생에 가장 큰 선물 중 하나가 바로 이 동생이니까. 함께 늙어 가는 것도, 함께 아픈 것도, 이렇게 서로를 걱정하며 살아가는 것도, 모두가 진짜 가족이기에 가능한 일이다.

45년 만의 재회:
엄마의 흔적을 찾아서

잊힌 기억들

다섯 살의 나는 엄마를 잃었다. 산후풍이라는 병명 뒤에 가려진 엄마의 마지막 모습은, 어린 나이 탓에 희미한 잔상으로만 남아 있다. 엄마의 따뜻한 손길, 엄마의 부드러운 목소리, 엄마의 온기… 그 모든 것이 시간 속에 흐릿하게 번져 갔다.

몇 년 후, 아버지는 새어머니를 집으로 들이셨다. 그날부터 내 삶은 완전히 달라졌다.

"네가 뭔데 이 집에서 밥을 먹어!"

새어머니의 날 선 말들은 어린 나를 매일 찔러 댔다. 때로는 말보다 더 아픈 것들이 있었다. 이유 없는 구타, 차별, 학대… 지금도 그때를 떠올리면 가슴이 먹먹해진다. 어떻게 자신이 낳지 않았다는 이유만으로 한 아이를 그토록 구박할 수 있었을까? 나는 그저 엄마를 잃은, 사랑이 필요한 아이였을 뿐인데…

아버지는 새어머니 눈치를 보느라 바쁘셨다. 예전에 엄마와 함께했던 시간들, 엄마의 가족들, 그 모든 것이 금기처럼 여겨졌다. 아버지는 더 이상 엄마 이야기를 꺼내지 않으셨고, 외가 친척들에 대해서도 일체 말씀하지 않으셨다. 나를 외가에 데려가는 일도 없었다.

어린 나는 그렇게 엄마의 존재를 서서히 잊어 갔다. 아니, 잊어야만 했다. 엄마를 그리워하면 새어머니의 매질이 더 심해졌고, 엄마를 기억하면 가슴만 아팠으니까.

그렇게 나는 자랐다. 외할머니가 계신지, 외삼촌이 있는지, 이모가 몇 명인지, 그들이 어디에 사는지… 아무것도 모른 채. 마치 엄마가 애초에 이 세상에 뿌리를 내리지 못한 채 홀로 있다가 떠나신 것처럼, 나는 외가라는 존재 자체를 모르고 성장했다.

고아처럼 살았던 긴 세월, 그리고 운명의 실마리

세월은 그렇게 흘러갔다. 나는 자랐고, 시집을 갔고, 또 힘든 생활을 이어 갔다. 새어머니 밑에서 배운 것이라곤 견디는 것뿐이었으니까. 하지만 아무리 견뎌도 채워지지 않는 것이 있었다. 마음속 깊은 곳의 허전함이었다.

명절이 되면 그 허전함은 더욱 커졌다. 남들은 차례를 지내고 외가에 들러 이모와 외삼촌들을 만났다. 아이들은 외사촌들과 뛰어놀고, 어른들은 돌아가며 안부를 물었다. 그런 풍경을 볼 때마다 나는 생각했다.

'나는 혼자다.' '나는 의지할 곳이 없다.' '나는 사실상 고아나 다름없다.'

친정이라고는 아버지와 새어머니뿐이었고, 그나마도 마음 편히 갈 수 있는 곳이 아니었다. 엄마 쪽 친척? 그런 건 애초에 없는 줄 알았다. 아니, 있다고 해도 나와는 상관없는 사람들이라고 여겼다. 30년 넘게 한 번도 만난 적 없고, 연락조차 없었으니까.

그렇게 나는 마음속으로 스스로를 고아라고 규정하며 살았다. 누군가에게 기대지 못하는 삶, 의지할 핏줄이 없는 삶, 뿌리 없이 떠도는 듯한 삶. 그것이 내가 아는 유일한 삶의 방식이었다.

아버지마저 일흔의 나이에 암으로 돌아가셨다. 병상에서도 아버지는 엄마 이야기를, 엄마 가족 이야기를 꺼내지 않으셨다. 어쩌면 새어머니에 대한 미안함이었을까, 아니면 오랜 세월 잊고 지낸 것을 이제 와서 다시 들춰내기가 어색했던 걸까. 결국 아버지는 아무 말씀도 남기지 않으신 채 눈을 감으셨다.

아버지가 돌아가신 후, 나는 더욱 홀로 남겨진 것 같았다. 세상에 나를 기억해 줄 사람, 나의 어린 시절을 알아줄 사람이 사라진 것 같았다. 오빠도 마찬가지였다. 오빠도 외가 존재를 모르는 채 살아야 했다.

엄마 친가 친척의 소식

내가 쉰 줄에 접어들었을 무렵, 오랜만에 병화 조카와 함께 봉평에 있는 엄마 산소에 벌초를 하러 갔다. 한 해에 한 번, 벌초를 할 때만 엄마를 만날 수 있었다. 풀을 베고, 묘비를 닦고, 절을 올리는 것이 엄마와 나를 이어 주는 유일한 연결고리였다.

벌초를 마치고 산을 내려오는데, 마을 어귀에서 고향 어른 한 분을 만났다. 나이 지긋한 그분은 우리를 물끄러미 바라보시더니 갑자기 물으셨다.

"혹시… 자네가 누구 딸인가?" "네, 저는…"

내가 아버지 이름을 말씀드리자, 그분의 얼굴이 환해졌다.

"아, 그 집 딸이구만! 그래, 그래… 자네 어머니를 닮았어. 어렴풋이 그 모습이 보이네."

그 말에 가슴이 철렁했다. 엄마를 닮았다니. 나는 엄마 얼굴도 제대로 기억하지 못하는데, 이 어른은 내 얼굴에서 엄마를 보신다는 것이었다.

"어머니… 그러니까 자네 외가 쪽은 잘 지내시나?"

그 질문에 나는 아무 말도 할 수 없었다. 외가? 나에게 외가가 있다는 것을?

내 당황스러운 표정을 보신 어른은 깜짝 놀라셨다.

"아니, 자네가 외가를 모르나? 자네 어머니가 9남매였는데… 큰이모님은 내면에 계시다가 홍천으로 가셨고…"

그 순간, 세상이 멈춘 것 같았다. 9남매? 엄마가 9남매 중 한 분이셨다고?

어른은 계속 말씀하셨다. 나는 그저 넋을 잃고 들을 뿐이었다.

"큰이모님은 안타깝게도 돌아가셨지만, 둔내에 외삼촌과 막내 이모가 계시네. 내면에도, 파주에도 계시고…"

나는 그제야 입을 열었다. 떨리는 목소리로.

"저는… 저는 그분들을 한 번도 만난 적이 없습니다. 엄마가 돌아가신 후로… 아버지께서도 말씀을 안 하셔서…"

어른의 얼굴에 안타까운 표정이 스쳤다.

"그렇구만… 그래도 이제라도 알았으니 다행일세. 둔내에 가보게. 외삼촌과 막내 이모가 자네를 기다리고 계실 게야.”

그렇게 해서 알게 되었다. 40년 넘게, 아니 45년? 닫혀 있던 문을 열 수 있는 열쇠를…

나중에 알게 된 사실이지만, 엄마는 홍천 내면 창촌2리 대한동 길이 친정이고 9남매 중 한 분이셨다.

우리 엄마는 9남매 중 둘째!

나에게는 그렇게 많은 이모와 외삼촌이 있었던 것이다. 40년 넘게, 아니 45년이 넘도록 그 사실을 모른 채 살아왔다는 게 믿기지 않았다.

나는 고아가 아니었다. 나에게는 가족이 있었다. 외할머니의 자식들, 엄마의 형제자매들, 그분들이 모두 살아 계셨다. 그런데 나는 그 사실을 몰랐다. 아무도 나에게 말해 주지 않았고, 나도 물어볼 생각조차 하지 못했다.

봉평을 떠나는 내 발걸음은 이상하게 가벼웠다. 동시에 가슴은 두근거렸다. 기쁨과 설렘과 두려움과 죄책감이 한꺼번에 밀려왔다.

‘이제 만나러 가야 한다.’

‘30년 넘게 모른 척 살았는데, 이제 와서 나타나도 될까?’

‘그분들이 나를 받아 주실까?’ ‘엄마는 나를 원망하지 않으실까?’

온갖 생각이 머릿속을 스쳤지만, 나는 알았다. 이건 내가 반드시 해야 할 일이라는 것을. 45년 동안, 아니 평생 동안 내 마음을 짓눌렀던 고독과 외로움의 정체를 이제야 알게 된 것이다. 나는 가족이 없어서가 아니라, 가족을 몰랐기 때문에 외로웠던 것이다.

떨림, 그리고 눈물의 재회

둔내로 향하는 길, 내 가슴은 터질 듯 요동쳤다.

'과연 그분들이 나를 받아 주실까?'

'30년이나 모르고 살았는데, 이제 와서 나타나면 어떻게 생각하실까?'

'혹시 나를 외면하시는 건 아닐까?'

온갖 걱정과 두려움이 밀려왔다. 하지만 발걸음은 멈출 수 없었다. 이건 내 운명이었다. 엄마의 흔적을, 엄마의 가족을, 나의 뿌리를 찾아가는 여정이었다.

외삼촌을 만났다. 작은이모를 만났다. 그 순간, 나는 울고 말았다.

"아이고, 우리 조카… 이제야 왔구나…"

외삼촌의 목소리도 떨리고 있었다. 막내 이모는 나를 끌어안으며 한참을 우셨다.

"네가… 네가 언니를 닮았구나… 똑 닮았어…"

나는 엄마 얼굴을 제대로 기억하지 못한다. 그런데 이모들과 삼촌들은 내 얼굴에서 엄마를 보신다고 했다.

막내 이모를 만났을 때, 이모는 내게 엄마 이야기를 들려주셨다. 엄마는 3남 6녀 중 둘째였다고 했다. 코가 오똑하고 얼굴이 기다랗게 예쁘셨으며, 키도 컸다고 하셨다. 이모의 말을 듣는 순간, 희미했던 엄마의 모습이 조금씩 선명해지는 것 같았다.

그리고 이모는 조심스럽게 그날의 이야기를 꺼내셨다.

"산후풍으로… 언니가 돌아가셨을 때 말이다…"

이모의 목소리가 떨렸다. 외할머니와 함께 봉평으로 갔던 그날, 이모는 평생 잊을 수 없는 광경을 목격했다고 했다.

"너희 집을 들어가는데… 언니는 거적으로 대문 들어가기 전 왼쪽 밭 가장자리에 덮여 있었어. 그렇게… 그렇게 놓여 있었단다."

이모의 눈에 눈물이 고였다.

"어머니께서 그 모습을 보고 얼마나 우셨는지 몰라. 그런데 그때 뻐꾸기 소리가 났어. 어머니가 그 소리를 듣고 말씀하셨지. '왜 소리를 내느냐, 난 마음이 아픈데…' 하시면서…"

나는 아무 말도 할 수 없었다. 외할머니의 절규가, 엄마의 마지막 모습이 눈앞에 그려지는 것만 같았다.

"그때 네가 다섯 살이었지. 어린 게 얼마나 불쌍했는지 몰라. 그동안 그렇게 혼자… 외가 존재도 모르고 살았으니…"

막내 이모는 눈시울을 글썽이며 내 손을 꼭 잡으셨다.

그날, 나는 엄마의 죽음을 처음으로 온전히 마주했다. 그리고 나를 그토록 그리워했던 외가 식구들의 사랑도 함께 느꼈다. 엄마는 돌아가셨지만, 엄마를 기억하는 사람들이 있었다. 나를 기다려 준 사람들이 있었다.

그 말을 듣는 순간, 마치 엄마가 내 안에 살아 계신 것 같았다. 엄마는 돌아가시지 않았다. 엄마는 나를 통해, 그리고 나를 사랑하는 이 모든 분들을 통해 여전히 숨 쉬고 계셨다.

비로소 찾은 나의 자리

그날 이후, 나는 알게 되었다.

내면에도 이모가 계시고, 파주에도 이모가 계시며, 봉평에는 또 다른 외삼촌이 계신다는 것을. 홍천에는 큰이모의 아들, 나의 사촌 오빠가 있다는 것을. 그래서 그 이후 수인이와 함께 그분을 찾아가기도 했다.

그분들 한 분 한 분이 내게는 너무나도 소중했다. 핏줄이라는 단어가 이토록 따뜻할 수 있다는 걸 난생처음 알았다. 나는 고아가 아니었다. 나는 혼자가 아니었다. 나에게는 이렇게 많은 가족이 있었다.

가끔 전화를 드렸다. 수인이가 나를 데리고 둔내나 내면으로 외삼촌과 이모를 뵈러 가기도 했다. 그럴 때마다 나는 웃었다. 진심으로 행복했다.

새어머니 밑에서 구박받으며 자랐던 나, 힘든 시집살이를 했던 나, 늘 외롭고 쓸쓸했던 나… 그 모든 나에게 비로소 빛이 찾아온 것 같았다. 외가 친척들과의 만남은 내게 새로운 삶의 활력을 불어넣었다.

시간은 흐르고

세월은 참 빠르다. 내면 창촌에 계시던 8번째 이모마저 작년에 돌아가셨다.

이제는 그분들 대부분이 돌아가시고, 둔내에 94세의 작은 이

모만 살고 계신다. 나는 다짐한다.

'자주 연락드리자. 자주 찾아뵙자.'

작은이모를 뵐 때마다, 나는 엄마를 만나는 것 같다. 이모의 주름진 손을 잡으면, 마치 엄마가 내 손을 잡아 주시는 것 같다. 이모의 목소리를 들으면, 어렴풋이 엄마의 목소리가 들리는 것 같다.

'엄마, 미안해요. 30년이나 늦었어요.'

하지만 엄마, 이제는 알아요. 엄마가 얼마나 큰 가족 속에서 사랑받으며 자라셨는지. 엄마가 얼마나 따뜻한 사람이셨는지. 그리고 엄마가 나를 통해 여전히 이 세상에 살아 계신다는 것을…

나는 이제 더 이상 고아가 아니다. 나는 9남매의 딸이며, 많은 이모와 삼촌의 조카이고, 엄마를 닮은 딸이다.

그 사실을 아는 것만으로도, 나는 이제 행복하다.

이모들은 말씀하신다. "네가 언니를 많이 닮았다"고. 나는 엄마 모습을 잘 기억하지 못하지만, 거울을 볼 때면 이제는 생각한다. 이 얼굴 어딘가에 엄마가 있다고. 이 미소 속에 엄마가 살아 계신다고. 그리고 엄마도 지금 어딘가에서 미소 짓고 계실 거라고…

엄마의 흔적! 마지막 벌초

그 이후로 나는 몇 번 더 병화 조카와 함께 벌초를 다녀왔다. 매년 가을이면 어김없이 찾아가는 그 산길은 이제 낯설지 않았다. 병화는 묵묵히 앞장서서 길을 열어 주었고, 나는 그의 뒤를 따라 엄마가 잠든 곳으로 향했다. 풀을 베고, 주변을 정리하고, 절을 올리는 그 시간들은 30년을 건너뛰어 비로소 엄마와 나누는 대화 같았다.

하지만 세월은 누구도 비껴가지 않았다. 병화도 어느새 나이가 들어 몸이 예전 같지 않았다. 몇 년 전부터는 아프다는 소식을 자주 들었고, 더 이상 함께 산길을 오르기가 어려워졌다. 그래서 나는 아들 수인이에게 그 길을 물려주기로 했다.

"수인아, 올해는 네가 할머니 산소 벌초 좀 해 줄 수 있겠니?"

수인이는 흔쾌히 고개를 끄덕였다. 나는 그동안 익혀 둔 길을 자세히 알려 주었다. 그 이후 몇 년 후 다시 벌초를 하러 갔다. 그런데 그사이 산에 여러 가지 건물이 들어서인지 찾기가 어려웠다. 그런데 수인이가 핸드폰으로 찾아보더니 인더숲이라는 리조트를 기준으로 하면 찾기 쉽다고, 그 뒤편 산등성이로 올라가면 된다고 말해 주었다.

인더숲은 유명한 아이돌 가수 BTS가 뮤직비디오 찍었던 곳이라서 찾기 쉽다고 했다. 그 산 중턱의 하얀 성처럼 보이는 리조트가 전 세계적으로 유명한 아이돌 그룹 방탄소년단이 뮤직비디오를 촬영한 장소였다니 놀라웠다. 엄마는 세월이 흐른 지금 그런 유명한 곳 근처에 계셨던 것이다. 왠지 모르게 가슴이 뭉클했다. 엄마도 그 화려한 풍경을 보며 조용히 웃고 계실 것만 같았다.

수인이는 인더숲 뒤편으로 올라가 무사히 엄마의 산소를 찾았다. 벌초를 마치고 돌아온 아들의 얼굴에는 뿌듯함과 함께 묘한 감회가 서려 있었다. 이제 다음 세대가 엄마를 기억하고 찾아뵙게 된 것이다. 그것만으로도 마음이 따뜻해졌다.

작년 가을, 나는 마지막으로 엄마의 산소를 찾기로 결심했다. 내가 내 몸을 안다. 몸이 무거워지기 때문이다. 이번에는 맏딸 은옥이와 아들 수인이와 며느리, 그리고 막내 수형이까지 함께였다. 온 가족이 함께 엄마를 뵙는 것은 처음이자 마지막이 될 것 같았다.

"오늘은… 엄마 산소에 마지막으로 가는 거예요."

차 안에서 나는 조용히 말했다. 은옥이는 내 손을 꽉 잡아 주었고, 아이들은 아무 말 없이 고개를 끄덕였다.

산길은 예전보다 훨씬 더 험해져 있었다. 풀과 나무가 무성하게 우거져 길인지 숲인지 구분이 안 될 정도였다. 진입하는 것조차 쉽지 않았다. 나는 숨을 헐떡이며 한 걸음 한 걸음 올라갔다. 나이가 든 탓인지, 아니면 마지막이라는 생각 때문인지, 발걸음이 유난히 무겁게 느껴졌다.

"엄마, 괜찮으세요?"

은옥이가 내 팔을 잡아 주었다. 며느리도 다른 쪽에서 나를 부축했다. 우리 가족은 그렇게 서로를 의지하며 천천히 산을 올랐다.

드디어 엄마의 산소 앞에 섰다. 80년 전, 어린 나이에 엄마를 잃고 평생을 그리워하며 살아온 내가, 이제는 한 가족의 가장이 되어 자식들과 함께 엄마 앞에 서 있었다. 세월의 무게가 가슴을 짓눌렀다.

우리는 정성껏 풀을 베고 주변을 깨끗이 정리했다. 은옥이도 옆에서 함께 손을 움직였다. 평생 한 번도 만나 보지 못한 외할머니였지만, 은옥이는 마치 오래전부터 알고 지낸 사람처럼 정성스럽게 산소를 가꾸었다.

모든 준비를 마치고, 우리 가족은 엄마 앞에 나란히 섰다. 절을 올리기 전, 나는 엄마께 말씀드렸다.

"엄마… 오늘이 마지막일 것 같네요. 이제 제가 나이도 들고, 이 길도 너무 험해져서 더 이상 찾아뵙기가 어려울 것 같아요. 하지만 엄마, 제 마음속에는 항상 엄마가 계실 거예요. 그리고 이 아이들도 엄마를 기억할 거예요."

목이 메어 더 이상 말을 잇지 못했다. 나는 깊이 절을 올렸다. 은옥이도, 수인이도, 며느리도, 수형이도 차례로 절을 올렸다.

"외할머니, 건강하게 계세요. 손자 은옥이와 수인이가 왔습니다.""외할머니, 수형이도 인사드려요."

아이들의 목소리가 산자락에 울려 퍼졌다. 나는 눈물을 삼키며 엄마의 산소를 바라보았다. 이별은 언제나 아프다. 비록 80년 전에 이미 이별했지만, 오늘의 이별은 또 다른 의미로 가슴을 저며 왔다.

"사진 찍어 두자." 은옥이가 조용히 말했다. 그래, 사진이라도 남겨 두면 언제든 엄마를 떠올릴 수 있을 것이다. 수인이가 카메라를 꺼내 산소의 모습을 여러 각도에서 찍었다. 주변 풍경도, 비석도, 우리 가족이 함께 선 모습도 모두 담았다.

마지막으로 한 번 더 엄마의 산소를 둘러보았다. 햇살이 나무 사이로 비쳐 들어와 산소를 부드럽게 감싸고 있었다. 바람이 불어와 풀잎들이 살랑거렸다. 엄마가 "잘 가라, 고생했다" 하고 말씀하시는 것만 같았다.

"그럼… 안녕히 계세요, 엄마."

우리는 천천히 산을 내려왔다. 한 걸음 한 걸음 내디딜 때마다 뒤를 돌아보았다. 엄마가 계신 곳이 점점 멀어져 갔다. 하지만 이상하게도 마음은 편안했다. 아이들이 찍어 둔 사진이 있으니, 언제든 엄마의 모습을 떠올릴 수 있을 것이다.

집으로 돌아온 후, 나는 수인이가 찍은 사진들을 천천히 살펴보았다. 고요한 산중턱, 정갈하게 정리된 산소, 그 앞에 선 우리 가족의 모습. 사진 속에는 80년의 세월이, 그리움이, 그리고 사랑이 담겨 있었다.

무엇보다 감사한 것은 엄마의 산소를 찾는 과정에서 외가 쪽 핏줄들을 다시 만나게 되었다는 것이다. 45년 동안 잃어버렸던 가족들과 다시 연결될 수 있었던 것은 모두 엄마 덕분이었다. 엄마가 저세상에서도 우리를 이어 주신 것이다.

병화 조카, 그리고 다른 친척들과 다시 만나 옛이야기를 나누고, 가족의 역사를 함께 기억할 수 있게 된 것. 그것은 엄마가 내게 주신 마지막 선물이었다.

이제 나는 사진을 볼 때마다 엄마를 떠올릴 것이다. 그리고 아이들에게 할머니 이야기를 들려줄 것이다. 비록 직접 뵙지는 못했지만, 사랑이 깊으셨던 분, 자식들을 끝까지 지켜보신 분, 그리고 우리 가족을 이어 주신 분이라고.

"엄마, 다시 한번 보고 싶어요. 그리고… 정말 감사해요."

"엄마, 편안하게 잘 지내세요. 저도 이제 마음 편히, 엄마가 주신 사랑을 기억하며 살아갈게요."

창밖으로 가을바람이 불어왔다. 나뭇잎들이 바람에 흔들리는 모습이 마치 엄마가 손을 흔들며 인사하는 것 같았다. 나는 미소를 지으며 창문을 열었다.

바람이 부드럽게 얼굴을 스쳤다. 엄마의 체온 같았다.

병마와 함께한 세월,
그리고 남편과의 이별

58세, 위암이라는 청천벽력

남편은 오랫동안 술과 담배를 입에 달고 살았다. 술을 마시면 곧바로 잠드는 것이 아니라 술이 깰 때까지 주정을 부리곤 했다. 담배는 더 심했다. 하루에 몇 갑씩 피워 댔다.

"여보, 담배 좀 줄여요. 몸 상해요."

"괜찮아, 괜찮아."

그렇게 말하던 남편이 58세가 되던 해, 갑자기 가슴을 계속 쓸어내렸다.

"왜 그래요? 어디 아파요?"

"속이 갑갑해. 뭔가 답답한 게…"

손으로 가슴팍을 계속 문지르는 남편을 보며 걱정이 되었다. 동네 한의원에 갔더니 약 3제면 괜찮아질 거라고 했다. 그런데 약을 먹어도 증상이 나아지지 않았다.

"이상한데… 큰 병원 가서 검사 한번 받아 봐요."

홍천 아산병원 가서 위내시경을 했다. 검사를 마친 의사가 심각한 표정으로 말했다.

"큰 병원으로 가셔야겠습니다."

가슴이 철렁 내려앉았다. 원주 기독교병원에 가니 진단이 나왔다. 위암 초기였다.

자식들은 즉시 수술을 하라고 했다. 특히 며느리가 강하게 주장했다.

"아버님, 수술하셔야 해요. 사람마다 상황이 다르니 의사 선생님이 수술을 권하면 수술해야 합니다."

하지만 우리는 처음에 반대했다.

"칼을 몸에 대는 건데… 그럼 죽는 거 아냐?"

"약으로 말리면 되지 않겠어?"

시골 사람들 생각이 그랬다. 수술은 곧 죽음이라고 여겼다. 하지만 자식들의 간곡한 설득에 결국 수술을 하기로 했다.

그때가 손녀 가영이가 돌 되던 무렵이었다. 나는 기저귀 가방을 들고 가영이를 업고 병원을 왔다 갔다 했다. 복도를 오가며 가영이를 달래고, 수술실 밖에서 기다리고, 병실을 지키는 동안에도 가영이는 내 등에 업혀 있었다.

그러다 남편이 수술을 받고 본격적인 병간호가 필요해지자, 어쩔 수 없이 가영이를 부산에 사는 금옥이네로 보냈다. 석 달 정도였다. 가영이를 떠나보내던 날, 아이의 작은 손을 잡으며 눈물이 났다.

다행히 수술은 잘 되었다. 조기 위암이라 항암치료는 하지 않아도 됐다. 병원에 입원해 있다가 집으로 와서 요양을 했다.

"며느리 말 들은 게 잘한 일이었어요."

남편도 고개를 끄덕였다. 며느리의 강한 주장이 아니었다면 수술을 미루다가 큰일 날 뻔했다.

1년에 한 번씩 병원을 찾아 검사를 받았다. 다행히 재발은 없었다. 남편의 건강이 회복된 것이다.

당뇨와 폐, 그리고 오토바이

한참 후, 수형이가 결혼할 무렵이었다. 아마도 2008년 정도였다. 이번에는 내가 입원을 하게 됐다. 발 무좀약을 오래 먹다 보니 간에 이상이 생긴 것이다. 한 달 정도 입원해서 고름을 빼는 치료를 받아야 했다.

그 사이 남편은 집에 혼자 있으면서 제대로 챙겨 먹지도 않고, 술만 마시고 담배만 피워 댔다. 내가 퇴원할 즈음, 남편은 폐에 이상이 생겼다.

"당신, 뭐 이렇게 됐어요!"

원주 기독교병원에 입원해서 2주 동안 치료를 받았다. 폐에 염증이 생겨 몸에 구멍을 뚫어 호스를 끼워 고름을 빼내는 치료였다.

남편은 당뇨가 심해서 인슐린을 맞고 있었다. 그런데도 자기 몸을 보호하지 않고 혹사한 대가였다.

"당신 인슐린은 내가 놔 줄게요."

매일 아침저녁으로 인슐린을 놓아 줬다. 1년쯤 지나니 너무 화가 났다.

"이제부터 당신이 직접 맞아요. 내가 왜 매일 이걸 해 줘야 해요?”

어쩔 수 없이 남편은 스스로 인슐린을 맞기 시작했다.

그리고 70이 넘어서는 사륜 오토바이를 타고 싶다고 노래를 불렀다.

“사륜 오토바이 하나만 사 줘. 바람 좀 쐬고 다니게.”

“안 돼요. 위험해요.”

“괜찮아, 사륜은 안전하다니까.”

결국 어쩔 수 없이 사 주었다. 사륜이니까 넘어지지는 않겠지 싶었다.

그런데 어느 날, 술을 마시고 오토바이를 타고 가다가 넘어졌다. 왼쪽 쇄골이 부러졌다. 병원에서 쇠를 박는 수술을 했다.

“이제 정신 좀 차려요!”

그런데 1년쯤 지나니, 또다시 술을 마시고 오토바이를 타고 가다가 전복됐다. 이번에는 오른쪽 쇄골이었다. 119가 출동했다. 창피했다. 동네 사람들이 다 알게 됐다.

“또 수술해야 합니다.”

의사의 말을 들으며 나는 결심했다. 이 오토바이가 남편의 생명을 앗아 갈 것 같았다.

남편이 입원해 있는 동안, 나는 남편에게 말하지 않고 오토바이를 팔아 버렸다.

퇴원한 남편은 아이가 장난감을 찾듯 오토바이를 찾아 헤맸다.

“내 오토바이 어디 갔어? 어디 숨겼어?”

“팔았어요.”

“뭐? 팔았다고? 거짓말이지?”

믿지 못하고 여기저기 찾아다녔다. 창고도 뒤지고, 이웃집도 물어보고. 찾다가 찾다가 결국 없으니 체념했다.

마지막 밤의 살갑던 순간

남편이 77세가 되던 해, 1월 초였다. 남편은 나이가 들면서 약해져서 움직임이 좋지 못했다. 그래서 아침이면 항상 내가 먼저 일어나 밖으로 나가 소여물, 즉 쇠죽을 주고 외양간의 소똥을 치고 들어오는 것이 일상이었다. 방에 들어오면 남편은 TV 앞에 앉아 인슐린을 맞고 있거나, 벽에 기대어 TV를 보고 있었다.

그런데 그날 밤, 남편의 행동이 이상했다. 평상시와 달리 베란다에 나갔다 왔다를 반복했다.

"왜 그래요? 자야죠."

"잠이 안 와서…"

TV를 보며 나는 베개를 베고 누워 있었다. 그런데 남편이 내 옆으로 왔다.

"당신 옆에 누워서 베개를 같이 베었으면 해."

"네?"

평생을 나에게 따뜻한 말을 거의 하지 않았던 남편이었다. 이상한 모습이었다.

"베개 줄 테니 누워요."

나는 베개를 주고 자리를 비켜 주었다. 그런데 남편이 슬그머니 일어나서 내 어깨를 주물러 주는 것이 아닌가?

"어머, 왜 그래요?"

처음이었다. 이렇게 살갑게 다가와 어깨를 주물러 주는 것이
말이다. 전혀 이렇게 살갑게 해 준 적이 없었다.

"왜 그러냐고요?"

"한번 그러고 싶어서…"

"수인이가 교장 되면 동네 사람들한테 돼지 한 마리 잡아서 동
네잔치를 하고 싶은데 그럴 돈이 있나?"

"그 정도 돈은 있어요. 교장만 되면 돼지 잡을게요. 학교 다닐
때 돈이 없어 매번 돈을 꾸러 다녔는데 동네 사람들이 돈을 꾸어
준 덕분에 공부를 할 수 있었고, 교사, 교감이 되었으니 교장이 되
면 동네잔치를 해야지요."

"그래야지. 암 그래야지."

하며 고개를 끄덕였다. 그러면서 내 손을 꼭 잡았다. 남편의 손
길이 낯설면서도 따뜻했다. 잠시 후 남편은 안방으로 들어가 잠을
잤다.

갑작스러운 이별

다음 날 아침, 늘 하던 대로 쇠죽을 주고 소똥을 치고 방에 들
어왔다. 그런데 이상했다. 평소 같으면 TV 앞에 앉아 있을 남편
이 보이지 않았다.

"아니 오늘은 인슐린 안 맞아요?"

하고 방문을 여니 남편이 옆으로 쓰러져 있었다. 순간 이상한
생각이 들었다. 뛰어 들어가 흔들어 보니 온몸이 뻣뻣하고 의식
이 없었다. 떨리는 손으로 119에 전화를 했다. 119가 와서 홍천

아산병원으로 이송했다. 의사는 큰 병원으로 가라고 했다.

원주 기독교병원에서 진단이 나왔다. 뇌경색이었다. 크게 왔다고 했다.

"1주일 안에 깨어나면 연명치료를 해야 하고, 그렇지 않으면…" 의사는 말을 흐렸다. 마음을 준비하라는 뜻이었다.

청천벽력 같은 말이었다. 같이 한평생 살면서 미운 짓도 했던 남편이지만, 혼자가 될 거라는 생각에 마음이 내려앉았다.

어젯밤 일이 떠올랐다. 베란다를 오가던 모습, 같이 베자던 말, 어깨를 주물러 주던 손길, 따뜻한 말, 마치 작별 인사를 하듯…

의사 말대로 1주일이 되지 않아 남편은 이 세상 사람이 아니게 되었다.

수인이와 며느리가 미리 사 놓은 밭이 있었다. 양지바른 곳에 묘지를 만들어 매장을 하고 떼도 입혔다. 수인이가 준비해 놓은 상석과 사각 묘지석으로 묘지를 잘 꾸며 주었다. 동네 사람들이 상여를 정성껏 꾸며 마지막 가는 길을 배웅해 주었다.

"죽으면 묻힐 땅이 없다"고 노래 부르던 남편의 모습이 떠올랐다. 지금 남편은 집과 가까운 곳, 수인이네가 사 놓은 땅에 편히 잠들어 있다.

혼자 남은 13년

남편이 죽은 이후 나는 13년 동안 혼자 시골집에서 생활했다. 동네 이웃분들과 교류하며 도움을 받으며 농사를 지으며 살아왔다.

때론 혼자 생활하면서 외로움 때문인지, 그렇게 싫어하던 술도 가끔 마셨다. 취하기도 했다. 컴컴한 밤이면 혼자 방에 남아 있는 것이 견디기 힘들 때도 있었다.

"이러나 저러나 남편이 함께했을 때가 좋았지…"

미운 짓도 많이 했고, 배려도 없었고, 주정도 부렸던 남편이었지만, 함께했던 그 시간들이 그리웠다.

그러면서도 한편으로는 아쉬움이 밀려왔다. 당신이 조금만 더 살았더라면 자식들이 이렇게 잘되는 모습을 볼 수 있었을 텐데. 수인이가 교장이 되어 동네잔치를 하며 큰소리로 자랑할 수 있었을 텐데. 교장실에도, 교육장실에도, 원장실에도 함께 가서 기념사진을 찍을 수 있었을 것을. 며느리도 교장이 되었다는 걸 알았더라면 얼마나 좋아했을까.

중학교도 보내지 못했지만 은옥이가 스스로 공부하여 대학을 졸업하는 날, 막내라고 그렇게도 걱정하던 수형이가 수인e&c 회사를 차려 대표가 된 사무실을 방문하던 날, 남편이 곁에 없다는 게 서운했다. 남편의 빈자리가 느껴졌다.

"여보, 우리 애들이 이렇게 잘 컸어요. 알고는 있겠지요?"

혼잣말처럼 중얼거리며 술잔을 기울였다.

가끔 자식들이 와서 그나마 외로움을 덜어 주었다. 손주들이 뛰어노는 소리에 집안이 환해지는 날이면, 남편이 살아 있었다면 얼마나 좋아했을까 생각했다.

지금도 가끔 남편 산소에 올라간다. 잡초를 뽑고, 상석을 닦으며 중얼거린다.

"여보, 잘 있어요? 나는 이렇게 잘 살고 있어요. 애들도 잘 생활하고 있어요."

바람이 불면 남편이 대답하는 것 같다. 그렇게 우리는 떨어져 있지만, 여전히 함께 살아가고 있었다.

엄마의 마음!
아이들에게 해 주었던 음식 이야기

하나. 콩나물 반찬은
우리 가족의 하모니

콩나물시루, 산골 부엌의 보물단지

산골 예의촌에서 아이들을 키우던 시절, 가장 큰 고민은 반찬거리였다. 장을 보러 나가기도 쉽지 않았고, 신선한 채소를 구하기란 더욱 어려웠다. 그때 우리 가족의 밥상을 풍성하게 만들어 준 것이 바로 콩나물이었다. 부엌 한쪽에 자리 잡은 콩나물시루는 단순한 조리 도구를 넘어, 아이들에게는 생명의 신비를, 나에게는 삶의 지혜를 가르쳐 주는 소중한 존재였다.

우리 집 부엌 한쪽에 자리 잡은 콩나물시루는 산골 생활의 중요한 일부였다. 커다란 고무 다라이 위에 Y자형 나무 받침대를 얹고, 그 위에 시루를 조심스레 올려놓았다. 시루 바닥에는 물이 잘 빠지면서도 콩이 흘러내리지 않도록 깨끗한 천을 깔아 주었다.

물에 불린 콩나물 콩을 시루에 넣고 나면, 그때부터 나의 하루 일과에는 중요한 임무가 추가되었다. 바로 콩나물에게 물 주기였다. 때로는 은옥이가 커서 담당을 하기도 했다. 하루에 서너 차례, 콩이 놀랄 정도로 흠뻑 물을 주는 것이 비결이었다. 차가운 우물물이 콩을 적시며 시루를 타고 아래 고무 다라이로 쏴아- 하고 흘러내리는 소리는, 왠지 모르게 마음을 평화롭기까지 했다.

처음 이틀 정도는 아무 변화가 없는 것처럼 보였다. 하지만 사흘째가 되면 딱딱했던 콩에서 하얀 싹이 톡톡 터져 나오기 시작했다. 아이들은 시루를 들여다보며 "엄마, 콩나물 싹 났어요!"라며 신기해했다. 며칠이 지나면 하얀 줄기가 쑥쑥 자라났는데, 깜깜한 환경에서 물만 먹고 자라나는 콩나물을 보며 "콩나물 자라듯 한다"는 옛말이 실감 났다.

신기한 것은 같은 날 심은 콩이어도 자라는 속도가 제각각이라는 점이었다. 어떤 콩나물은 쑥쑥 자라 금방 먹을 만큼 길어졌고, 어떤 것은 천천히 자라났다. 그래서 위쪽에 먼저 자란 콩나물부터 쏙쏙 뽑아 반찬을 하였다. 다 뽑지 않고 남겨 두면 또 아래에서 자라 올라왔으니, 마치 마르지 않는 반찬 샘과 같았다.

한 번 시루를 설치해 놓으면 꽤나 오랫동안 우리 가족의 밥상을 책임져 주었다. 위에서부터 자란 것을 골라 뽑고, 그 자리에 다시 콩을 보충해 주면 되었다. 갓 뽑아 올린 콩나물은 시장에서 사 먹는 것과는 비교할 수 없는 고소함과 신선함이 있었다. 그 맛은 아마도 정성과 산골의 맑은 공기가 더해져서였을 것이다.

콩나물, 밥상의 주인공이 되다

이 소중한 콩나물은 산골의 밥상에서 요긴한 식재료였다. 비타민과 식이섬유가 풍부하여 영양적으로도 듬뿍했으니, 아이들을 키우는 엄마로서 이보다 더 좋을 순 없었다. 봄, 여름, 가을, 겨울 할 것 없이 연중 내내 신선한 콩나물을 얻을 수 있었으니, 특히 겨울철 김장김치 말고는 변변한 채소가 없을 때 콩나물은 우리 가족에게 소중한 영양 공급원이 되었다.

가장 자주 해 먹은 것은 콩나물국이었다. 쌀뜨물에 콩나물을 넣고 끓이다가 된장을 풀고 마늘을 넣으면, 구수하고 시원한 국이 되었다. 특별한 재료 없이도 맑고 시원하게 끓여 내면 아이들이 후루룩 한 그릇을 금세 비웠다. "엄마, 콩나물국 국물 좀 더 주세요!" 하는 소리를 들으면 마음이 뿌듯했다.

밥 지을 때 콩나물을 수북이 얹어 짓는 콩나물밥도 별미였다. 다 익으면 쓱쓱 비벼서 양념간장에 비벼 먹는 콩나물밥은 그 자체가 영양 만점 별미였다. 콩나물의 아삭한 식감과 밥의 구수한 맛이 어우러져 반찬이 없어도 충분한 한 끼 식사가 되었다.

아이들이 가장 좋아한 것은 콩나물 볶음이었다. 갓 뽑은 콩나물을 냄비에 참기름을 두르고 화로에 볶다가 간장, 다진 마늘, 깨소금을 넣으면 고소하고 감칠맛 나는 반찬이 완성되었다. 때로는 살짝 데쳐 소금과 참기름만으로 무쳐 내기도 했다. 아삭아삭한 식감이 살아 있어 이 반찬을 밥 위에 올려 주면 아이들은 환한 미소를 지었다.

자신들이 자라는 과정을 직접 본 콩나물이었기에 아이들은 더 애착을 가졌다. 가끔 콩나물 뽑는 일을 맡기면 신이 나서 시루로 달려가 조심조심 큰 콩나물을 골라 뽑아 왔다. "오늘은 너희가 저녁 반찬을 준비해 볼래?" 하면 아이들은 기특하게도 자신이 직접 수확한 콩나물을 들고 왔고, 그렇게 만든 반찬은 더욱 맛있게 느껴졌을 것이다.

　계절을 가릴 것 없이 일 년 내내 키워 먹을 수 있었던 콩나물 덕분에, 산골 예의촌에서의 밥상은 늘 웃음과 정이 넘쳤다. 아이들이 맛있게 먹는 모습을 볼 때마다, 시루에 물을 주던 작은 수고로움은 큰 기쁨으로 되돌아왔다. 부엌 한쪽에 놓인 시루에서 자라나는 하얀 콩나물들은 산골 살림의 어려움 속에서도 아이들에게 영양 많은 밥상을 차려 주고 싶었던 한 어미의 마음이 담긴 작은 기적이었다. "엄마, 콩나물 반찬 또 해 주세요!" 하던 아이들의 맑은 목소리가 아직도 귓가에 들리는 듯하다.

둘. 찐빵은
우리 가족의 간식

밀가루 반죽에 담긴 사랑

산골 예의촌에서 아이들을 키우던 시절, 변변한 과자나 간식이 없었던 아이들에게 가끔씩 특별한 간식을 만들어 주곤 했다. 바로 찐빵이었다. 지금이야 안흥찐빵이 전국적으로 유명하지만, 그때 내가 아이들에게 해 주었던 방법도 크게 다르지 않았다.

찐빵 만들기는 이른 아침부터 시작되었다. 밀가루에 소다를 넣고 물을 조금씩 부어 가며 반죽을 하였다. 반죽이 한 덩어리가 되면 따뜻한 아랫목에 놓아 두었다. 시간이 지나면 반죽이 서서히 부풀어 올랐다. 이것이 바로 발효 과정이었다. 초기에는 직접 밀을 심어 빻았던 거무칙칙한 밀가루로 빵을 만들었다. 그 밀가루는 색깔은 어두웠지만 고소한 맛이 일품이었다.

세월이 흐른 후 미국산 밀가루가 수입되기 시작했다. 처음 그 하얀 색의 밀가루를 보았을 때는 정말 놀라웠다. 우리가 써온 밀가루와는 전혀 다른 새하얀 색이었다. 미국 밀가루가 들어온 이후로는 더 이상 밀을 심지 않게 되었다. 하지만 그 거무칙칙한 우리 밀가루로 만든 찐빵의 구수한 맛은 지금도 잊을 수가 없다.

부풀어 오른 반죽은 다시 한번 손으로 치대야 했다. 거품을 빼기 위해서였다. 반죽을 치대다 보면 말랑말랑하고 부드러운 느낌이 손에 전해졌다. 이 과정이 찐빵의 맛을 좌우하는 중요한 단계였다.

팥소 만들기와 소중한 절구

찐빵의 속을 채울 팥소를 만드는 일도 중요했다. 팥은 직접 농사지은 것을 사용했다. 팥을 깨끗이 씻어 솥에 넣고 물을 부어 삶았다. 팥이 푹 익으면 소형 절구에 넣고 빻았다. 그 절구는 특별한 물건이었다. 지금부터 60년 전에 강낭콩 한 되를 주고 산 절구였는데, 지금도 소중히 간직하고 있다. 참으로 오랫동안 우리 가족과 함께했던 도구였다. 골동품이나 다름없었다.

절구에 익은 팥을 넣고 쿵쿵 빻다 보면 팥이 으깨지면서 고운 팥소가 되었다. 이 팥소에 설탕을 조금 넣으면 달콤한 맛이 더해졌다. 물론 설탕이나 뉴슈가가 귀했던 시절에는 그냥 팥만으로도 충분했다. 팥 자체의 고소하고 구수한 맛이 아이들에게는 최고의 간식이었으니까.

손바닥 위에 말랑말랑해진 반죽을 올려놓고 가운데를 살짝 눌러 우묵하게 만들었다. 그 위에 팥소를 한 숟가락 얹고 반죽의 가장자리를 모아 오므렸다. 입구를 꼭 봉하고 둥글게 모양을 잡으면 찐빵 하나가 완성되었다. 이렇게 하나하나 정성스럽게 만들어 나갔다.

시간이 없을 때는 조금 다른 방법을 쓰기도 했다. 반죽만 한 다음 강낭콩이나 삶은 팥을 그대로 섞어 속성으로 빵을 만들었다. 팥소를 따로 만들 필요 없이 반죽에 팥 알갱이가 박혀 있는 형태였다. 비록 모양은 덜 예뻤지만 아이들은 이것도 무척 좋아했다.

김이 모락모락 나는 행복

찐빵을 찌는 과정도 하나의 예술이었다. 평평한 솥 안에 대나무로 엮은 바구니 같은 것을 엎어 놓았다. 그 위에 깨끗한 천을 깔고 만들어 둔 찐빵들을 하나씩 올려놓았다. 찐빵끼리 너무 붙지 않도록 간격을 두는 것도 잊지 않았다.

솥뚜껑을 덮고 아궁이에 나무를 넣어 불을 지폈다. 장작이 타면서 솥 아래로 열기가 올라왔다. 물이 끓으면서 김이 올라가고, 그 김이 찐빵을 익혀 주었다. 부엌에는 고소한 밀가루 냄새와 구수한 팥 냄새가 가득 퍼졌다.

"엄마, 빵 다 됐어요?"

아이들은 부엌문 앞에서 기웃거리며 물었다. 고소한 냄새를 맡고 참지 못하고 달려온 것이었다.

"조금만 더 기다려. 금방 다 쪄질 거야."

아이들의 기대에 찬 눈빛을 보면 더욱 정성을 다해 불을 조절했다.

어느 정도 시간이 지나 뚜껑을 열면 김이 모락모락 피어올랐다. 하얗게 부풀어 오른 찐빵들이 바구니 위에 탐스럽게 놓여 있었다. 하나를 집어 들면 따끈따끈하고 폭신폭신한 감촉이 손에 전해졌다.

"자, 뜨거우니까 조심해서 먹어."

갓 찐 빵을 아이들에게 나누어 주면 아이들은 호호 불어 가며 한 입 베어 물었다.

"맛있어요!"

"엄마, 하나 더 주세요!"

찐빵을 먹는 아이들의 얼굴에는 환한 미소가 가득했다.

별다른 과자나 간식이 없었던 시절이었기에 찐빵은 아이들에게 최고의 간식이었다. 연중 내내 아이들이 원하거나 먹을 것이 없으면 항상 찐빵을 만들어 주었다. 밀가루 반죽을 치대고, 팥소를 만들고, 하나하나 정성스럽게 빚어 찌는 그 모든 과정이 비록 손이 많이 갔지만, 아이들의 행복한 얼굴을 보면 그 수고로움은 아무것도 아니었다.

지금도 찐빵을 볼 때면 그때 그 시절이 떠오른다. 강낭콩 한 되로 바꾼 절구로 팥을 빻던 일, 아궁이에 불을 지피며 찐빵이 익기를 기다리던 일, 그리고

"엄마, 빵 또 해 주세요!"

하던 아이들의 목소리. 그 모든 것이 산골 예의촌에서의 소중한 추억으로 가슴속에 남아 있다.

셋. 칼국수는 우리 가족의 보양식

보릿고개를 넘기던 구원의 음식

산골 예의촌에서 아이들을 키우던 시절, 봄이 되어 보릿고개가 찾아오면 집집마다 식량이 부족해졌다. 옥수수도, 보리쌀도 바닥을 드러낼 때면 나는 밀가루로 칼국수를 만들어 가족을 먹였다. 칼국수는 우리 가족에게 가장 자주 만들어 주었던 음식이었다. 물론 연중 내내 만들기도 했지만, 특히 보릿고개 시절에는 칼국수가 우리 가족의 주식이나 다름없었다.

칼국수를 만들기 위해서는 먼저 반죽부터 시작해야 했다. 찐빵을 만들 때처럼 처음에는 직접 기른 밀을 빻은 거무칙칙한 밀가루를 사용했다. 그 밀가루에 물을 조금씩 넣어 가며 반죽을 하였다. 힘을 주어 치대고 또 치대다 보면 반죽이 한 덩어리가 되었다. 반죽을 만든 후에는 어느 정도 숙성시켜야 했다. 젖은 천으로 덮어 따뜻한 곳에 놓아 두면 반죽이 부드러워지고 쫄깃함이 생겼다. 그때는 당연히 냉장고는 없었다.

홍두깨로 밀어 내는 정성

반죽이 잘 숙성되면 본격적인 칼국수 만드는 작업이 시작되었다. 대청마루에 국수 안반을 놓고 그 위에 반죽을 올렸다. 국수 안반(案盤)은 단단하고 무늬가 곱고 위생적인 느티나무로 만든 것이었다. 또한 홍두깨는 물푸레나무로 만들었는데 이 나무는 매우 단단하여 국수를 만드는 데 안성맞춤이었다. 조상들부터 내려오던 방식 그대로였다.

홍두깨를 들고 반죽 위에 올려놓았다. 양손으로 홍두깨를 잡고 천천히 누르고 또 눌렀다. 앞으로 밀고 뒤로 당기고, 다시 누르고 비비다 보면 처음에는 작던 반죽이 점점 넓어지기 시작했다. 힘을 주어 밀다 보면 원형으로 반대기가 커졌다. 가끔 홍두깨에 반죽이 붙으면 밀가루를 살짝 발라 가며 계속 밀었다. 이 작업이 쉽지 않았다. 팔에 힘이 들어가고 땀이 흘렀다. 하지만 가족들의 얼굴을 떠올리며 계속 밀어 나갔다.

이 안반과 홍두깨는 특별한 물건이었다. 내가 분가할 때 시아버지께서 직접 만들어 주신 것이었다. 그때부터 지금까지 65년이나 사용했다. 지금도 보관하고 있는데, 세월의 흔적으로 벌레가 갉아 먹어 작은 구멍이 많이 나 있다. 그래도 버릴 수가 없다. 이 홍두깨에는 우리 가족의 역사가 담겨 있으니까.

반대기를 마루에서 밀 때면 가끔 우리 집 수탉이 다가왔다. 구경하다가 반대기를 쪼아 먹곤 했다. 하루는 너무 방해가 되어 부채로 쫓으려다 실수로 세게 쳤는데, 수탉이 봉당으로 떨어져 죽고 말았다. 수탉에게는 너무나도 미안했다. 그날의 일은 지금도 마음 한구석에 남아 있다. 물론 옛날에는 닭을 삶아 먹었으므로 남편의 보양식을 하게 되기는 하였지만…

반대기가 충분히 커지면 이제 국수를 썰 차례였다. 둥그런 반대기를 차곡차곡 포개고 또 포갰다. 여러 겹으로 포갠 반대기를 칼로 조심스럽게 썰어 내렸다. 얇고 고르게 썰어야 국수가 예쁘게 나왔다. 칼질을 하다 보면 리듬이 생겼다. 톡톡톡, 규칙적인 칼 소리가 마당에 울려 퍼졌다.

가족이 사랑한 칼국수 한 그릇

국수를 다 썰고 나면 반대기 끝에 자투리가 남았다. 이것을 꼬레기라고 불렀는데, 아이들은 이 꼬레기를 서로 달라고 아우성이었다. 왜냐하면 화로에 이 꼬레기를 넣어 구워 먹으면 바삭바삭하고 고소해서 별미였기 때문이었다. "엄마, 나 줘!" "나도!" 아이들이 손을 내밀며 꼬레기를 달라고 하면 공평하게 나누어 주었다.

칼국수 국물을 만드는 방법은 여러 가지였다. 수인이가 멸치를 잘 먹지 않아서 주로 된장을 풀어 국물을 만들었다. 때로는 맹물에 소금간만 한 담백한 국물을 만들기도 했다. 감자를 썰어 넣고 파를 듬뿍 넣어 끓이다가 국물이 끓어오르면 칼국수를 넣었다. 국수가 익을 때까지 적당히 끓이면 구수하고 담백한 칼국수가 완성되었다.

여름에는 특별한 칼국수를 만들었다. 호박잎을 깨끗이 씻어 국수 반대기와 함께 포갠 다음 칼로 썰었다. 호박잎이 국수 사이사이에 박혀 있는 호박 칼국수가 되었다. 이것은 정말 별미였다. 호박잎의 향긋함과 국수의 쫄깃함이 어우러져 여름철 입맛을 돋워 주었다.

"자, 뜨거울 때 먹어." 칼국수를 그릇에 담아 가족들 앞에 놓으면 모두 후루룩 소리를 내며 맛있게 먹었다. 우리 가족은 내가 해 주는 칼국수를 매우 맛있게 먹었다. 아이들은 물론이고 남편도 칼국수를 매우 좋아했다.

사실 칼국수는 아이들보다 남편이 해 달라고 조르는 일이 더 많았다.

"여보, 오늘 칼국수 해 줄 수 있소?"

남편의 부탁이 있으면 나는 힘들어도 안 해 준 적이 없었다. 반죽을 만들고, 홍두깨로 밀고, 칼로 썰고, 끓이는 모든 과정이 힘들었지만 거절하지 않았다. 그것은 아마도 아버지께서 "남편을 존중하라"고 하셨던 말씀 때문이었던 것 같다.

보릿고개를 넘기기 위해 만들기 시작했던 칼국수는 어느새 우리 가족의 보양식이 되었다. 홍두깨를 밀며 흘린 땀, 칼로 국수를 썰던 손길, 그리고 칼국수를 맛있게 먹던 가족들의 모습. 그 모든 것이 산골 예의촌에서의 소중한 기억으로 남아 있다. 지금도 65년 된 홍두깨를 볼 때면 그때 그 시절의 정겨운 풍경이 눈앞에 펼쳐진다.

넷. 범벅은
우리 가족의 별미

보릿고개를 넘기던 지혜로운 음식

산골 예의촌에서 아이들을 키우던 시절, 봄이 되면 보릿고개가 찾아왔다. 식구는 많았지만 먹을 식량은 늘 부족했다. 보리를 수확하기 전, 가장 힘든 그 시기에 우리 집 식탁을 책임졌던 것이 바로 감자 범벅이었다. 하지가 되면 감자를 캤기 때문에 감자와 밀가루를 섞어 만드는 범벅은 이 시기에 꼭 필요한 음식이었다.

범벅의 주재료는 밀가루였다. 여기에 감자와 강낭콩이 더해졌다. 감자를 매일 쪄서 먹는 것도 한계가 있었다. 아이들도 질렸고, 나 역시 새로운 방법을 찾아야 했다. 그래서 생각해 낸 것이 어렸을 때 먹어 보았던 밀가루와 감자를 섞어 만드는 범벅이었다. 밀가루와 감자의 콜라보, 그것이 바로 범벅이었다.

옛날 우리가 먹던 감자는 지금과 달랐다. 돼지감자라는 종자였는데 새파란 색이었고 눈이 많아서 껍질을 까기가 정말 힘들었다. 작고 울퉁불퉁해서 숟가락으로 긁어 껍질을 벗겨야 했다. 아이들도 가끔 깎아 주기도 했지만 손이 많이 가는 작업이었다. 세월이 흐른 후에야 지금과 같은 하얀 감자 씨앗으로 재배하게 되었다. 그때는 껍질 까는 일이 한결 수월해졌다.

범벅 만들기, 손맛이 담긴 과정

범벅을 만들기 위해서는 준비 과정이 중요했다. 먼저 밀가루를 물에 묽게 풀어놓았다. 수제비를 만드는 방식과 비슷했지만 더 묽게 풀어야 했다. 너무 되직하면 감자와 잘 섞이지 않았고, 너무 묽으면 맛이 없었다. 적당한 농도를 맞추는 것이 중요했다. 이것은 오랜 경험으로 터득한 기술이었다.

감자는 깨끗이 씻어 껍질을 벗겨 준비했다. 크기가 제각각이었기 때문에 큰 것은 반으로 잘랐다. 강낭콩도 하루 전날 물에 불려 두었다. 불린 강낭콩은 부드러워져서 범벅에 넣었을 때 훨씬 맛있었다.

이제 본격적으로 범벅을 만들 차례였다. 평지 솥에 감자를 넣고 물을 부었다. 아궁이에 장작을 넣고 불을 지폈다. 감자가 끓기 시작하면 어느 정도 지난 후 젓가락으로 찔러 보았다. 젓가락이 쑥 들어가면 감자가 충분히 익은 것이기 때문이었다.

감자가 다 익으면 물을 조심스럽게 퍼냈다. 너무 많이 퍼내면 안 되고 적당히 남겨 두어야 했다. 그 위에 미리 풀어 둔 밀가루를 천천히 부었다. 밀가루 물이 감자 사이사이로 스며들게 했다. 그 위에 불린 강낭콩도 올려놓았다. 강낭콩의 고소한 맛이 범벅의 맛을 한층 더해 주었다.

다시 아궁이에 나무를 넣어 불을 더 땠다. 김이 모락모락 올라오고 밀가루가 익을 때까지 기다렸다. 평지 솥 안에서는 감자와 밀가루, 강낭콩이 김에 익어 가고 있었다. 부엌에는 구수한 냄새가 가득 퍼졌다.

노개 솥에 담긴 애환

범벅을 만들던 평지 솥에는 특별한 사연이 있었다. 어느 해 가을, 영옥이를 업고 횡성장까지 걸어갔던 일이 생각난다. 콩을 팔아 노개 솥을 사려고 했다. 우리 살던 집에서 횡성까지는 4-5시간이나 걸렸다. 버스도 없었던 시절이라 고개를 넘고 바닥이 울퉁불퉁한 흙길인 신작로를 따라 계속 걸어야 했다. 그날도 이른 아침부터 길을 나섰다. 등에는 영옥이를 업고, 손에는 콩 자루를 머리에 이고 한 걸음 한 걸음 걸었다. 고개를 넘을 때는 숨이 차올랐고, 영옥이는 등에서 잠이 들었다가 깨어나기를 반복했다. 횡성장에 도착해서 콩을 팔고 그 돈으로 노개 솥을 샀다. 평평한 그 솥은 무거웠지만, 우리 가족을 위한 것이라 생각하니 힘이 났다. 돌아오는 길은 더 힘들었다. 머리에는 솥을 이고, 등에는 영옥이를 업고 걸었다.

해가 저물어 어두워지기 시작했다. 고개 하나를 남겨 두고 더 이상 갈 수가 없었다. 다행히 길가에 있는 한 집에서 하룻밤 묵어 갈 수 있도록 허락해 주었다. 낯선 집에서 영옥이를 안고 잠을 청했다. 다음날 아침 일찍 다시 길을 나서 집에 도착했다. 그렇게 어렵게 장만한 노개 솥으로 범벅을 만들고, 찐빵을 찌고, 칼국수를 끓였다. 그 솥은 우리 가족의 밥상을 책임지는 소중한 도구였다. 하지만 세월이 흐르고 흘러 결국 구멍이 나고 말았다. 너무 오래 사용해서 바닥이 닳아 버린 것이었다. 어쩔 수 없이 버려야 했을 때는 마음이 아팠다. 그 솥과 함께했던 세월, 그 솥으로 만들었던 음식들, 그리고 영옥이를 업고 머리에 솥을 이고 걸었던 그날의 기억이 모두 떠올랐다.

별미가 된 추억의 맛

충분히 익었다고 판단되면 솥뚜껑을 열었다. 뜨거운 김이 왈칵 올라왔다. 주걱을 들고 밀가루와 감자를 으깨어 섞었다. 힘을 주어 으깨고 섞고, 다시 으깨고 섞었다. 감자가 으깨지면서 밀가루와 하나가 되었다. 강낭콩도 여기저기 박혀 있었다.

범벅의 맛을 좌우하는 것은 뉴슈가였다. 뉴슈가를 넣어야 범벅에 맛이 났다. 뉴슈가를 적당히 넣고 다시 한번 섞어 주었다. 이제 범벅이 완성되었다.

"자, 범벅 다 됐다!" 그릇에 범벅을 퍼 담아 아이들 앞에 놓았다. 아이들은 숟가락으로 한 입 떠서 호호 불어 먹었다. "맛있어요!" 아이들의 얼굴에 환한 미소가 번졌다. 먹을 것이 넉넉지 않았던 시절, 범벅은 우리 가족에게 든든한 한 끼였다.

범벅은 단순해 보였지만 영양도 풍부했다. 감자의 탄수화물, 밀가루의 영양, 강낭콩의 단백질이 한데 어우러졌다. 한 그릇만 먹어도 배가 든든하고 힘이 났다. 보릿고개를 넘기는 데 범벅만 한 음식이 없었다.

세월이 흘러 먹을 것이 풍족해진 지금, 아이들은 이따금씩 말

한다.

"엄마, 옛날에 해 주시던 범벅 먹고 싶어요."

배고픈 시절을 넘기기 위해 만들었던 음식이 이제는 별미 음식으로 기억되고 있는 것이다. 어려웠던 시절의 음식이 그리운 추억의 맛으로 변한 것이다.

범벅을 만든 지도 벌써 20년은 된 것 같다. 이제는 굳이 범벅을 만들 이유가 없어졌다. 하지만 가끔은 생각한다. 한 번쯤 다시 만들어서 아이들과 함께 먹으면 좋겠다고. 그 옛날 산골 예의촌에서의 추억을 되살리고, 어려웠지만 정겨웠던 그 시절의 맛을 다시 느껴 보고 싶다.

평지 솥에 감자를 넣고, 밀가루를 풀어 붓고, 강낭콩을 얹던 그 시간들. 주걱으로 으깨고 섞으며 가족을 위해 정성을 다했던 그 순간들. 범벅 한 그릇에는 산골 예의촌에서 아이들을 키우며 겪었던 어려움과, 그 어려움을 이겨 낸 우리 가족의 사랑이 고스란히 담겨 있다.

다섯. 두부는
우리 가족의 영양 창고

어깨너머로 배운 두부 만들기

산골 예의촌에 살던 시절, 두부는 우리 집에서 가장 자주 만들어 먹던 음식이었다. 시골 지역에서는 어느 집이나 아낙네들이 두부를 만들어 먹었다. 나도 어려서 어른들이 하던 것을 어깨너머로 보고 배웠던 것을 시집와서 직접 하게 되었다. 특히 예의촌에 살 때 두부를 가장 많이 만들었다. 남편이 두부를 너무 좋아했기 때문이었다.

"여보, 오늘 두부 좀 만들어 줄 수 있소?"

남편은 자주 두부를 만들어 달라고 했다. 나는 불평불만도 없이 늘 해 주었다. 다행히 아이들도 두부를 좋아했다. 아이들이 "엄마, 두부 또 해 주세요!" 하며 좋아하는 모습을 보면 힘든 줄도 몰랐다. 집 안에 수도가 없어 집 근처에 있는 샘물에서 물을 떠 와야 했어도 힘든 줄 모르게 두부를 만들었다. 시장이 멀어 식재료를 직접 사 올 수 없는 산골에 살았기에, 두부와 같이 직접 만들어 먹지 않으면 반찬을 다양하게 하거나 영양을 제대로 챙길

수 없는 환경이었다. 그래서 두부는 우리 가족에게 소중한 단백질 공급원이자 다양한 요리의 재료가 되었다.

맷돌 돌리며 만드는 두부는 직접 수확한 콩으로 만들었다. 우선 콩을 함지에 담아 물을 넉넉히 붓고 한나절 정도 불렸다. 콩이 충분히 불어 통통해지면 이제 맷돌로 갈 차례였다. 맷돌은 곡식을 갈거나 할 때 꼭 필요한 도구였다. 맷돌의 위짝을 돌리면서 구멍에 불린 콩을 조금씩 넣었다. 맷돌은 무거웠지만 리듬을 타며 돌리다 보면 어느새 콩이 하얗게 갈렸다. 너무 되직하면 물을 조금씩 넣어 주었다. 맷돌 사이로 콩이 갈려 나오는 모습을 보면 신기하기도 했다. 때로는 은옥이와 아이들이 함께 맷돌을 돌리기도 했다. "엄마, 제가 돌려 볼게요!" 아이들이 신이 나서 맷돌을 돌렸다. 힘이 부족해서 천천히 돌아갔지만, 아이들은 자신이 두부 만드는 일에 참여한다는 것이 자랑스러운 듯했다. 함께 맷돌을 돌리며 이야기를 나누던 그 시간들이 지금 생각하면 참으로 정겹다. 다 간 콩은 가마솥에 넣고 아궁이에 장작을 넣어 불을 지폈다. 콩물이 끓기 시작하면 고소한 냄새가 부엌 가득 퍼졌다. 주걱으로 저어 가며 눌어붙지 않도록 조심했다. 콩물이 보글보글 끓어오르면 불을 줄이고 조금 더 끓였다. 끓인 콩물은 물이 잘 빠지는 천 자루에 넣고 짰다. 이 과정이 힘들었다. 뜨거운 콩물을 천 자루로 짜내야 했기에 조심스러웠다. 천 자루에 끓인 콩물을 넣고 힘껏 짜면 하얀 콩물이 다라이로 흘러내렸다. 천 자루에는 비지가 남았다. 이 비지도 버리지 않고 양념을 해서 볶으면 훌륭한 반찬이 되었다.

간수로 피어나는 하얀 기적

따뜻한 콩물이 다라이에 담기면 이제 중요한 과정이 남았다. 바로 간수를 넣는 일이었다. 간수는 주로 전통적인 방식으로 만들었다. 소금 자루를 받쳐 놓으면 소금이 녹으면서 소금물이 생겼는데, 이 물을 간수로 사용했다. 때로는 간수를 사다 놓은 고체를 사용하기도 했다. 나중에 들은 이야기로는 초당두부는 바닷물을 간수로 사용한다고 했다. 간수를 콩물에 천천히 부었다. 너무 급하게 부으면 안 되고 조금씩 국자로 저어 가며 부어야 했다. 간수가 들어가면 마법처럼 콩물이 응고되기 시작했다. 뽀얗던 콩물에서 건더기가 생기고 맑은 물이 분리되었다. 이 순간이 늘 신기했다.

이 상태에서 건더기를 조심스럽게 떠내면 그것이 바로 순두부였다. 따뜻한 순두부에 간장을 넣고 간을 해서 먹으면 그 맛이 일품이었다. 부드럽고 고소한 순두부는 그 자체로 훌륭한 요리였다. 가끔 아이들에게 갓 만든 순두부를 먼저 떠서 주곤 했다. "엄마, 이거 정말 맛있어요!" 아이들이 후후 불어 가며 먹는 모습을 보면 흐뭇했다.

순두부를 어느 정도 떠내고 나면 이제 단단한 두부를 만들 차례였다. 삼베천을 깔고 그 위에 건더기를 조심스럽게 쌓았다. 천으로 덮은 다음 그 위에 맷돌이나 무거운 돌을 올려놓았다. 무게로 눌러 물기를 빼는 것이었다. 한참을 기다리면 물이 빠지면서 딱딱한 두부가 되었다. 지금은 공장에서 누르는 세기를 연하게 하여 연두부 등을 만들기도 한다.

다양한 두부 요리의 세계

다 완성된 두부는 칼로 적당한 크기로 잘랐다. 냉장고가 없던 시절이라 함지 그릇에 물을 넣고 시원한 곳에 보관했다. 때로는 샘물에 담가 놓기도 했다. 차가운 샘물에 담긴 두부는 오래 보관할 수 있었고 맛도 더 좋았다. 두부를 활용한 요리는 참으로 많았다. 가장 간단한 것은 갓 만든 촌두부를 된장이나 간장에 찍어 먹는 것이었다. 두부 본연의 고소한 맛을 즐기는 방법이었다. 파를 송송 썰어 간장에 넣고 두부를 찍어 먹으면 그것만으로도 훌륭한 반찬이 되었다. 김치와 파를 넣고 끓인 김치찌개에 두부를 넣으면 한 끼 식사가 되었다. 얼큰하고 개운한 김치찌개에 부드러운 두부가 들어가면 아이들도 밥을 잘 먹었다. 파와 양파로 만든 두부찌개도 맛있었다.

두부조림도 자주 만들었다. 두부를 적당한 크기로 썰어 팬에 들기름을 두르고 화롯불 위에 놓고 노릇노릇하게 구웠다. 간장 양념을 만들어 부어 조리면 윤기가 흐르는 두부조림이 완성되었다. 들기름에 구운 두부는 겉은 바삭하고 속은 부드러워 아이들이 특히 좋아했다. 별미는 산초 알갱이를 얹고 구운 두부구이였다. 산에서 직접 딴 산초 알갱이를 두부 위에 올려놓고 구우면 알싸하고 향긋한 맛이 일품이었다. 남편이 특히 좋아하던 요리였다. 조금 여유가 있을 때는 두부장아찌도 만들었다. 두부를 얇게 썰어 말린 다음 간장 양념에 재워 두면 오래 보관하면서 먹을 수 있었다. 쫄깃한 식감에 간장 맛이 배어 있어 밥반찬으로 제격이었다.

지금은 두부를 직접 만들지 않는다. 가게에서 사다 먹으면 되니까. 하지만 그때 가족들을 위해 만들었던 두부를 생각하면, 아마도 나는 두부 만들기 전문가였을 것이다. 콩을 불리고, 맷돌로 갈고, 끓이고, 간수를 넣고, 눌러서 두부를 만들던 그 모든 과정이 이제는 추억이 되었다. 맷돌을 돌리며 아이들과 함께하던 시간, 간수를 넣어 콩물이 응고되는 신기한 순간, 그리고 갓 만든 두부를 맛있게 먹던 가족들의 행복한 얼굴. 산골 예의촌에서 만들었던 그 두부에는 가족을 위한 사랑과 정성이 가득 담겨 있었다.

여섯. 콩탕은
우리 집의 보양식

두부와 닮은, 그러나 다른 맛

산골 예의촌에서 가족을 위해 자주 해 먹었던 음식 중에 콩탕이 있었다. 콩탕은 만드는 방법이 두부와 비슷하면서도 다른 음식이었다. 두부처럼 고소하면서도 시래기의 구수함이 더해져 독특한 맛을 냈다. 특히 추운 겨울날 뜨끈한 콩탕 한 그릇이면 온몸이 따뜻해지고 기운이 났다.

콩탕을 만드는 과정은 처음에는 두부 만들기와 같았다. 먼저 콩을 다라이에 담아 물을 넉넉히 붓고 한나절 정도 불렸다. 콩이 통통하게 불어 오르면 준비가 된 것이었다. 불린 콩은 맷돌로 갈았다. 맷돌의 위짝을 돌리면서 구멍에 콩을 조금씩 넣으면 하얗게 콩이 갈렸다. 물을 적당히 넣어 가며 농도를 맞추는 것이 중요했다. 여기까지는 두부를 만들 때와 똑같은 과정이었다.

하지만 이제부터가 달랐다. 두부는 끓인 콩물을 천에 짜서 비지를 걸러 내지만, 콩탕은 비지를 걸러 내지 않았다. 콩을 통째로 갈아 만들기 때문에 더 고소하고 영양도 풍부했다.

시래기와 콩의 만남 .

먼저 솥 밑바닥에 시래기를 깔았다. 시래기는 미리 삶아서 부드럽게 만들어 놓은 것을 사용했다. 시래기를 깔아 놓는 이유는 콩물이 눌어붙지 않게 하기 위해서였다. 시래기가 솥 바닥을 보호해 주었고, 동시에 시래기의 구수한 맛도 콩탕에 배어들었다.

시래기 위에 갈아 놓은 콩을 조심스럽게 부었다. 뽀얀 콩물이 시래기를 덮었다. 그 위에 물을 적당히 더 부었다. 너무 되직하면 콩탕이 질기고, 너무 묽으면 맛이 없었다. 적당한 농도를 맞추는 것은 오랜 경험으로 터득한 기술이었다.

아궁이에 장작을 넣고 불을 지폈다. 처음에는 은근하게 불을 땠다. 천천히 익혀야 콩물이 눌어붙지 않고 고소한 맛이 제대로 났다. 주걱으로 가끔씩 저어 주며 상태를 확인했다. 부엌에는 콩 끓는 냄새가 가득 퍼졌다.

어느 정도 시간이 지나면 불을 세게 해서 버글버글 끓였다. 콩물이 보글보글 끓어오르면서 걸쭉해지기 시작했다. 이때가 중요했다. 계속 저어 가며 눌어붙지 않게 해야 했다. 콩탕이 익어 가면서 색깔도 조금씩 변했다. 하얗던 색이 은은한 크림색으로 변하면 다 된 것이었다.

아버지의 가르침과 남편을 위한 정성

콩탕은 남편이 특히 좋아하는 음식이었다. "여보, 오늘 콩탕 좀 끓여 줄 수 있소?" 남편이 콩탕을 해 달라고 하면 나는 무조건

해 주었다. 힘들어도, 바빠도 마다하지 않았다.

그것은 아버지의 가르침 때문이었다. 시집가기 전, 아버지께서 나를 따로 불러 앉히셨다. "얘야, 결혼하면 여자는 남편이 하자는 대로 해야 잘 살게 되는 것이다." 아버지는 신신당부하셨다. 나는 그것이 아내로서 마땅히 지켜야 할 도리라고 생각했다. 그래서 남편이 해 달라고 하는 것은 무엇이든 해 주려고 노력했다.

콩을 불리고, 맷돌로 갈고, 시래기를 깔고, 은근하게 끓이는 모든 과정이 결코 쉬운 일은 아니었다. 하지만 남편이 콩탕을 맛있게 먹는 모습을 보면 그 수고로움이 보람으로 바뀌었다. "여보, 이 콩탕 정말 맛있소." 남편의 한마디에 힘이 났다.

아이들도 콩탕을 좋아했다. 뜨끈한 콩탕에 밥을 말아 먹으면 한 그릇을 금세 비웠다. 시래기의 구수함과 콩의 고소함이 어우러진 콩탕은 영양도 풍부했다. 추운 겨울날 콩탕 한 그릇이면 온 가족이 따뜻해졌다.

지금도 전통 시장에 가면 콩탕을 사 먹곤 한다. 시장 한쪽에 앉아 김이 모락모락 나는 콩탕을 떠먹으면, 그때 그 시절이 떠오른다. 산골 예의촌의 부엌에서 맷돌을 돌리던 일, 아궁이에 불을 지피며 콩탕을 끓이던 일, 그리고 가족들이 콩탕을 맛있게 먹던 모습…

시장 콩탕은 분명 맛있다. 하지만 내가 직접 만들던 그 콩탕의 맛과는 다르다. 내가 만들던 콩탕에는 가족을 향한 사랑이 담겨 있었다. 맷돌을 돌리며 흘린 땀, 불을 지피며 들인 정성, 그리고 남편과 아이들을 위한 마음. 그 모든 것이 콩탕 한 그릇에 녹아들어 있었다.

아버지께서 가르쳐 주신 대로, 나는 남편이 원하는 것을 해 주며 살았다. 그것이 옳은 길이라고 믿었다. 지금 돌이켜보면 때로는 힘들기도 했지만, 그렇게 가족을 위해 정성을 다했던 시간들이 모두 소중한 추억이 되었다.

콩탕 한 그릇을 떠먹을 때마다, 산골 예의촌에서의 그 시절이 그립다. 비록 넉넉하지는 않았지만, 가족이 함께 모여 따뜻한 콩탕을 나눠 먹던 그 정겨운 시간들. 그것이 바로 진정한 행복이었음을 이제는 안다.

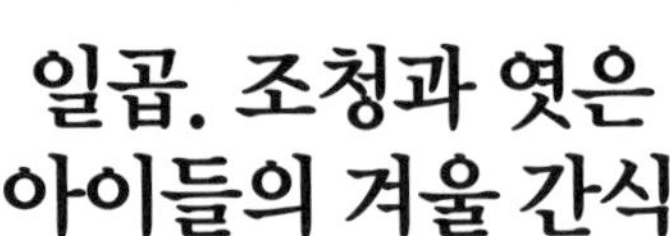

일곱. 조청과 엿은
아이들의 겨울 간식

간식이 없던 시절, 엄마의 손맛

옛날에는 아이들이 간식으로 먹을 수 있는 것이 별로 없었다. 시장도 멀고 가게도 너무나 멀었기 때문이었다. 지금처럼 과자나 사탕을 쉽게 살 수 없었던 시절, 겨울이면 나는 아이들을 위해 특별한 간식을 만들어 주었다. 바로 엿과 조청이었다.

엿과 조청은 순전히 자식들을 위한 음식이었다. 아이들이 겨울에 먹을 간식이 없는 것이 안타까워 시작한 일이었다. 옥수수로 만든 엿과 조청은 아이들에게 최고의 선물이었다. "엄마, 오늘 엿 만들어요?" 아이들이 물으면 나는 고개를 끄덕이며 준비를 시작했다.

엿을 고는 날은 온 가족에게 특별한 날이었다. 아침 일찍부터 저녁 늦게까지 이어지는 긴 작업이었지만, 아이들의 행복한 얼굴을 생각하면 힘든 줄 몰랐다. 하루 종일 불을 지피고 끓이고, 또 끓이는 과정을 거쳐야 했다. 하지만 그 수고로움 끝에 만들어진 엿과 조청은 그 무엇과도 바꿀 수 없는 보물이었다.

하루 종일 끓이는 인내의 시간

엿을 만드는 날은 아침 일찍 시작해야 했다. 엿의 주재료는 옥수수였다. 직접 수확한 옥수수를 물에 충분히 불렸다. 불린 옥수수는 맷돌로 갈았다. 맷돌을 돌리며 옥수수를 가는 일은 힘들었지만, 아이들을 위한 일이라 생각하니 힘이 났다.

간 옥수수에 엿기름을 넣었다. 엿기름을 넣어 삭히면 멀겋게 변했다. 이것이 바로 엿의 재료가 되는 것이었다. 엿기름의 효소가 옥수수의 녹말을 분해해서 단맛을 만들어 내는 신비로운 과정이었다.

삭힌 옥수수 물을 솥에 붓고 끓이기 시작했다. 아궁이에 장작을 넣고 불을 지폈다. 천 자루에 넣어 걸러서 말간 물만 남겼다. 이 말간 물을 계속 하루 종일 끓여야 했다. 불을 지피고, 또 지피고, 끊임없이 나무를 넣어야 했다.

시간이 지나면서 솥 안의 액체는 점차 줄어들었다. 하얗고 묽던 액체가 조금씩 걸쭉해지기 시작했다. 주걱으로 저어 가며 눌어붙지 않게 조심했다. 이 과정을 소홀히 하면 밑바닥이 타 버렸다. 그러면 모든 수고가 물거품이 되었다.

오전부터 시작한 작업은 오후로, 다시 저녁으로 이어졌다. 부엌에는 달콤한 냄새가 가득했다. 아이들은 부엌문 앞을 서성이며 "엄마, 엿 다 됐어요?" 하고 물었다. "조금만 더 기다려. 거의 다 됐어." 아이들의 기대에 찬 눈빛을 보며 나는 더욱 정성을 다했다.

조청과 엿, 두 가지 보물

저녁 무렵이 되면 솥 안의 액체는 많이 졸아들게 되었다. 말갛던 것이 끓이고 끓이다 보니 색깔도 변하고 농도도 걸쭉해졌다. 주걱으로 떠서 흘려 보았다. 주르륵 흘러내리면 조청이 될 때였다. 이것을 조심스럽게 퍼서 그릇에 담았다. 윤기가 흐르는 조청은 그 자체로 아름다웠다.

조청은 주로 겨울에 화롯불에 가래떡을 구운 다음 찍어 먹는 데 사용했다. 구운 가래떡에 조청을 발라 먹으면 그 맛이 정말 일품이었다. 바삭한 가래떡과 달콤한 조청의 조화는 최고의 간식이었다. 반찬을 만들 때도 조청을 사용했다. 조청으로 양념을 하면 윤기도 나고 맛도 좋았다. 옥수수 강정을 만들 때도 조청이 꼭 필요했다.

조청을 떠낸 후에는 남은 것을 더 끓였다. 계속 저어 가며 더 졸였다. 주걱으로 들어 올렸을 때 뚝뚝 떨어지면 엿이 될 준비가 된 것이었다. 이것을 쟁반 위에 조심스럽게 부었다. 뜨거운 엿이 쟁반 위로 퍼졌다.

식히는 동안 아이들은 쟁반 주위를 지키며 기다렸다. 엿이 서서히 식으면서 단단해지기 시작했다. 완전히 식으면 본격적으로 엿을 만들 차례였다. 바짝 말린 다음 쭉쭉 잘랐다. 아이들이 먹기 좋은 크기로 잘라 주었다. 때로는 아이들과 함께 엿을 자르기도 했다.

"엄마, 제가 잘라 볼게요!" 아이들이 신이 나서 엿을 자르는 모습이 귀여웠다.

겨울날의 달콤한 행복

다 만든 엿은 시원한 광이 있는 곳 항아리에 담아 보관했다. 아이들은 겨울 내내 이 엿을 먹으며 행복해했다. "엄마, 엿 하나만 주세요!" 아이들이 엿을 달라고 하면 항아리에서 하나씩 꺼내 주었다. 엿을 입에 넣고 오물오물 씹는 아이들의 얼굴에는 환한 미소가 번졌다.

특히 추운 겨울날, 화롯불 앞에 둘러앉아 가래떡을 구워 먹는 시간은 정말 행복했다. 가래떡을 화롯불에 올려놓으면 부풀어 오르며 노릇노릇하게 익었다. 잘 구워진 가래떡에 조청을 듬뿍 발라 먹으면 그것이 바로 천국이었다. "엄마, 이거 정말 맛있어요!" 아이들의 행복한 목소리가 집 안 가득 울려 퍼졌다.

이웃집 아이들이 놀러 오면 엿을 나눠 주기도 했다. "이거 우리 엄마가 만든 거야." 아이들이 자랑스럽게 말하는 모습을 보면 마음이 뿌듯했다. 엿과 조청은 단순한 간식이 아니라 우리 가족과 이웃을 이어 주는 따뜻한 매개체였다.

하루 종일 불을 지피고 끓여서 만든 엿과 조청. 그 안에는 자식들을 향한 어미의 사랑이 가득 담겨 있었다. 아침부터 저녁까지 솥 앞을 지키며 끓이고 저어 가며 만든 그 정성이, 아이들의 행복한 미소로 돌아왔다.

지금은 가게에서 쉽게 사 먹을 수 있는 엿과 조청이지만, 그때 내가 만들었던 것과는 다르다. 내가 만든 엿과 조청에는 산골 예의촌의 추운 겨울날, 간식 하나 없는 아이들을 위해 하루 종일 불

을 지피며 정성을 다했던 한 어미의 마음이 녹아 있었다. 그것은
그 어떤 것으로도 대신할 수 없는, 사랑의 맛이었다.

여덟. 조청으로 만든
옥고시와 콩엿

아이들을 위한 엄마의 마음

예전 예의촌에 살 때는 정말 아이들이 먹을 것이 별로 없었다. 마을 구멍가게에 가 봐야 사탕 몇 개가 전부였고, 그마저도 돈이 아까워 함부로 사 줄 수 없던 시절이었다. 아이들이 학교에서 돌아와 배고프다고 하면 밥 한 그릇 더 주는 것 외에는 달리 줄 게 없었다. 다른 집 아이들도 마찬가지였지만, 그래도 내 아이들만큼은 뭔가 특별한 간식을 먹었으면 하는 게 엄마 마음이었다.

그래서 겨울이 오기 전이면 나는 조청을 준비했다. 조청은 옥수수나 보리로 만든 천연 엿으로, 설탕보다 훨씬 구하기 쉬웠고 몸에도 좋았다. 이 조청만 있으면 아이들에게 두 가지 특별한 간식을 만들어 줄 수 있었다. 바로 옥고시와 콩엿이었다.

지금 생각하면 참 소박한 과자들이었다. 요즘 아이들에게 만들어 준다면 고개도 돌리지 않을 것이다. 편의점에 가면 온갖 화려한 과자들이 즐비하고, 초콜릿과 젤리, 아이스크림이 넘쳐나는 세상 아닌가. 하지만 그때 우리 아이들에게 옥고시와 콩엿은 세상에서 가장 맛있는 간식이었다.

옥고시 만들기: 쌀강정과 조청의 만남

옥고시를 만들 때가 되면 나는 먼저 쌀을 준비했다. 좋은 쌀을 골라서 깨끗이 씻어 말린 다음 시장에 가서 튀겨 오곤 했다. 쌀을 튀기면 하얗게 부풀어 오르는데, 이것을 쌀강정이라고 불렀다. 바삭바삭하고 고소한 냄새가 나는 이 쌀강정은 그 자체로도 맛있었지만, 여기에 조청을 넣으면 정말 근사한 과자가 되었다.

큰 대야에 쌀강정을 담고 조청을 부어 재빨리 버무렸다. 조청이 골고루 묻도록 나무 주걱으로 섞고 또 섞었다. 너무 오래 버무리면 조청이 식어서 굳어 버리기 때문에 손놀림이 빨라야 했다. 조청의 양도 중요했다. 너무 적으면 쌀강정이 뭉쳐지지 않고, 너무 많으면 지나치게 달고 질척해졌다.

버무린 쌀강정을 형틀에 넣어 모양을 만드는 과정은 정성이 필요했다. 먼저 마룻바닥에 깨끗한 종이나 천을 깔았다. 그 위에 남편이 직접 만든 나무 사각 틀을 올려놓고, 버무린 쌀강정을 꾹꾹 눌러 담았다. 그리고 방망이로 위를 평평하게 밀어 표면을 고르게 만들었다. 이때 힘을 고르게 주어야 나중에 자를 때 두께가 일정했다.

다 만든 옥고시는 아랫목에 종이를 깔고 놓아 두었다. 온돌의 은은한 열기가 하루 정도 지나면 옥고시를 바짝 마르게 해 주었다. 마른 옥고시는 드디어 반짝반짝 윤이 나는 예쁜 과자로 탄생이 되었다. 지금으로 치면 제사 때 사용하는 과즐이라고 할 수 있을 것이다.

조청과 쌀강정이 조화를 이룬 이 과자는 정말 맛있었다. 바삭바삭 씹히는 쌀강정의 식감과 은은하게 단 조청의 맛이 어우러져 아이들은 한 조각, 두 조각 손이 가는 대로 먹어 댔다. 한 번 만들 때 많이 해 두었기 때문에 겨울 내내 아이들의 간식으로 인기 만점이었다. 항아리에 담아 두면 아이들이 학교 갔다 와서 제일 먼저 찾는 게 바로 이 옥고시였다. 떨어지면 또 만들어 주었다.

콩엿과 옥수수 강정: 겨울날의 추억

콩엿은 옥고시보다 만들기가 조금 더 쉬웠다. 먼저 좋은 콩을 골라서 깨끗이 씻은 다음, 큰 솥에서 노릇노릇하게 볶았다. 콩이 튀는 소리와 함께 고소한 냄새가 온 집안에 퍼지면, 아이들은 벌써 무슨 간식이 나올지 알고 부엌 주변을 맴돌곤 했다.

잘 볶은 콩에 따뜻한 조청을 붓고 재빨리 버무렸다. 손에 참기름을 살짝 발라서 뜨거운 것도 개의치 않고 동그랗게 빚어냈다. 손바닥으로 콩과 조청을 뭉쳐 공 모양으로 만들면, 조청이 식으면서 단단하게 굳었다. 이렇게 만든 콩엿은 고소한 맛이 일품이었다. 아이들은 콩엿을 입에 물고 오래오래 빨아먹으며 즐거워했다.

겨울이 되면 또 다른 별미가 있었다. 바로 옥수수 강정이었다. 가을에 수확한 옥수수를 잘 말려 두었다가 시장에 가서 뻥튀기를 해 오곤 했다. 하얗게 부풀어 오른 옥수수 강정은 그 자체로도 바삭바삭해서 맛있었고, 여기에 조청을 섞어 옥고시처럼 만들기도 했다.

가끔은 뻥튀기 아저씨가 직접 동네를 돌아다니며 와 주기도 했다. 그러면 우리 집 아이들뿐만 아니라 동네 아이들이 모두 모여들었다. 아저씨가 시커먼 철통을 풍차로 돌돌 돌리며 불 위에서 달구는 모습을 아이들은 눈을 반짝이며 지켜봤다. 철통 안의 압력이 높아지면서 "쉬익-" 하는 소리가 점점 커지다가, 마침내 "뻥!" 하고 터지는 순간이 오면 아이들은 환호성을 질렀다. 하얀 김이 모락모락 피어오르며 부풀어 오른 옥수수나 쌀이 쏟아져 나오면, 아이들은 신기해하며 서로 먼저 맛보겠다고 아우성이었다.

옛날에는 이렇게 내가 엄마로서 직접 만들어 주지 않으면 먹을 간식이 없었던 시절이었다. 손이 많이 가고 힘든 일이었지만, 아이들이 맛있게 먹는 모습을 보면 그 모든 수고가 보람으로 바뀌었다. 입가에 조청을 묻히고 행복하게 웃는 아이들의 얼굴, 친구들과 나눠 먹으며 즐거워하던 그 순수한 시간들. 지금 생각해도 가슴이 따뜻해지는 추억이다.

요즘 아이들은 이런 소박한 과자를 알까? 아마 모를 것이다. 하지만 나에게는, 그리고 내 아이들에게는 그 겨울날의 옥고시와 콩엿이 세상 어떤 고급 과자보다 귀하고 맛있는 것이었다. 그것은 단지 간식이 아니라, 엄마의 사랑이 담긴 마음이었으니까…

아홉. 옥수수로 만든
올챙이국수와 칡떡

옥수수가 익어 가는 7월

하지가 지나고 감자를 다 캐고 나면, 7월 초가 되어서야 옥수수가 익기 시작했다. 산골 예의촌은 평지보다 기온이 낮아서 모든 것이 늦었다. 남들은 한여름을 맞이할 때 우리는 이제야 초여름 농사를 마무리하는 형편이었다.

옥수수가 익어 갈 무렵이면 나는 밭에 자주 나가 알이 얼마나 찼는지 확인하곤 했다. 옥수수 껍질을 살짝 벗겨 속을 들여다보면, 하얗게 영글어 가는 알갱이들이 반짝거렸다. 손톱으로 살짝 눌러 보면 우유 같은 즙이 나오는 때가 가장 맛있을 때였다. 너무 늦으면 알이 딱딱해져서 먹기가 힘들었다.

옥수수를 수확하면 먼저 솥에 쪄서 먹었다. 큰 솥 가득 옥수수를 넣고 푹 쪄내면 온 집안에 고소한 냄새가 퍼졌다. 아이들은 뜨거운 옥수수를 후후 불어 가며 허겁지겁 먹어 댔다. 옥수수가 많이 나오는 계절에는 밥 대신 쪄낸 옥수수로 끼니를 때우기도 했다. 쌀이 귀한 시절이었으니, 옥수수로 배를 채울 수 있다는 것만으로도 감사한 일이었다.

하지만 단순히 쪄 먹기만 하면 아이들이 곧 질렸다. 그래서 나는 옥수수로 특별한 음식을 만들어 주곤 했다. 바로 올챙이국수와 칡떡이었다. 이 두 가지는 7월이 되어야만 먹을 수 있는 계절 음식이었고, 아이들이 손꼽아 기다리는 별미였다.

올챙이국수 만들기

올챙이국수를 만드는 일은 손이 많이 갔지만, 아이들이 좋아하니 기꺼이 했다. 먼저 말랑말랑한 옥수수를 골라서 칼로 알갱이를 떼어 냈다. 옥수수 속대에서 알을 분리하는 작업은 손놀림이 빨라야 했다. 너무 세게 누르면 알이 터지고, 너무 약하게 하면 알이 떨어지지 않았다.

알을 다 떼어 내면 맷돌에 갈았다. 맷돌을 돌리는 일은 힘이 늘었지만, 하얀 옥수수즙이 흘러나오는 모습을 보면 보람을 느꼈다. 맷돌을 천천히 돌리면서 물을 조금씩 부어 가며 곱게 갈아 냈다. 옥수수가 으깨지면서 뽀얀 즙과 알갱이가 섞여 나왔다.

간 옥수수를 깨끗한 베자루에 담아 짜는 과정이 중요했다. 자루를 대야 위에 올려놓고 주걱이나 손으로 힘껏 눌러 짰다. 옥수수의 찌꺼기는 자루 안에 남고, 말간 물만 대야로 떨어졌다. 이 물이 바로 올챙이국수의 원료였다. 짜고 남은 찌꺼기는 버리지 않고 닭이나 돼지 사료로 주었다. 산골에서는 버릴 것이 하나도 없었다.

말간 옥수수 물을 솥에 붓고 천천히 불을 지폈다. 나무 주걱으로 계속 저어 주어야 했다. 달라붙으면 타 버리기 때문에 한시도 한눈팔 수 없었다. 팔이 아프도록 저어 주다 보면 어느 순간 보글보글 끓어오르기 시작했다. 묽던 옥수수 물이 점점 걸쭉해지면서 묵을 쑬 때처럼 되었다.

적당히 걸쭉해지면 재빨리 올챙이국수 틀에 뜨거운 것을 부었다. 올챙이국수 틀은 구멍이 뚫린 납작한 도구였는데, 이것을 찬물을 받아 놓은 대야 위에 대고 누르면 구멍으로 옥수수 반죽이 올챙이처럼 길게 내려왔다. 뜨거운 국수 가닥이 찬물을 만나는 순간 약간 단단해지면서 모양이 잡혔다. 정말 올챙이처럼 노랗고 몽글몽글한 국수가 물속에 가라앉는 모습이 신기했다.

대야에 가득 모인 올챙이국수를 건져 내 물기를 빼고 그릇에 담았다. 간장에 고춧가루, 다진 파, 참기름을 넣어 양념장을 만들어 비벼 먹으면 그것이 바로 올챙이국수였다. 차갑고 미끈미끈한 국수가 목으로 넘어가는 느낌이 일품이었다. 옥수수의 고소한 맛과 시원한 식감이 어우러져 더운 여름날 최고의 별미였다.

은옥이와 금옥이, 수인이는 올챙이국수를 너무 좋아했다. 한 그릇을 뚝딱 비우고는 또 달라고 했다. 지금도 아이들은 이 올챙이국수를 잊지 못해서 전통시장에 가면 사 먹는다고 한다. 어렸을 적 엄마가 해 준 그 맛을 찾아서 말이다.

칡잎에 싸인 노란 칡떡의 추억

옥수수가 익을 무렵이면 칡떡도 만들어 주었다. 칡떡은 올챙이국수보다 만들기가 조금 더 수월했지만, 준비해야 할 것이 많았다.

먼저 올챙이국수를 만들 때처럼 옥수수를 맷돌에 갈았다. 하지만 물을 짜지 않고 간 것을 그대로 사용했다. 옥수수 알갱이가 으깨진 반죽 상태가 칡떡의 재료였다. 여기에 소금을 약간 넣어 간을 맞추었다.

칡잎을 구하러 산에 가는 것도 중요한 일과였다. 칡덩굴은 산기슭 어디에나 있었지만, 칡잎은 깨끗하고 크고 부드러운 것을 골라야 했다. 너무 늙은 잎은 질기고, 너무 어린 잎은 작아서 떡을 싸기 어려웠다. 손바닥만 한 크기의 싱싱한 칡잎을 따서 집으로 가져와 깨끗이 씻었다.

칡떡을 빚는 과정은 정성이 필요했다. 왼손에 칡잎을 올려놓고 그 위에 옥수수 간 것을 수저로 한 숟가락 떠서 놓았다. 그다음 가운데에 팥을 올렸다. 팥은 미리 삶아서 설탕을 넣어 달콤하게 만들어 둔 것이었다. 팥이 없을 때는 강낭콩을 사용하였다. 때론 그냥 옥수수 반죽만으로 만들기도 했지만, 팥이 들어가야 제맛이었다.

칡잎을 반으로 접어 떡을 감쌌다. 칡잎이 벌어지지 않도록 조심스럽게 접어야 했다. 잘 싼 칡떡들을 시루에 차곡차곡 담았다. 칡잎이 겹겹이 쌓인 모습이 꽤 예뻤다.

솥에 물을 붓고 시루를 올려 센 불로 쪘다. 김이 모락모락 올라오고 고소한 옥수수 냄새와 칡잎의 향긋한 향이 뒤섞여 집안 가득 퍼졌다. 아이들은 언제 다 익냐고 부엌문을 열어 보며 기다렸다.

30분쯤 지나 김이 무르익으면 불을 끄고 시루를 내렸다. 뜨거운 칡떡을 하나 꺼내 칡잎을 벗겨 내면, 그 안에서 노르스름하게 익은 떡이 모습을 드러냈다. 김이 모락모락 나는 칡떡을 호호 불어가며 한 입 베어 물면, 부드러운 옥수수 떡 속에서 달콤한 팥이

나왔다. 칡잎의 은은한 향기와 옥수수의 고소한 맛, 팥의 달콤함
이 어우러져 정말 맛있었다.

아이들은 칡떡을 너무 좋아해서 한 번에 서너 개씩 먹어 치웠
다. 수인이는 나중에 커서 이런 말을 했다.

"엄마, 칡떡을 요즘 해서 팔면 잘 팔릴 것 같아요. 이런 전통 음
식이 요즘 인기잖아요."

실제로 그럴지는 모르겠다. 나이 든 사람들은 추억의 음식이라
사 먹겠지만, 어린아이들은 그 맛을 느끼지 못할 수도 있을 것이
다. 화려한 빵과 케이크에 익숙한 요즘 아이들에게 소박한 칡떡
은 너무 평범해 보일지도 모른다.

하지만 나에게는, 그리고 우리 아이들에게는 올챙이국수와 칡
떡이 정말 소중한 음식이었다. 7월이 되어 옥수수가 익으면 만들
어 주었던 이 특별한 음식들. 땀 흘려 맷돌을 돌리고, 산에 가서
칡잎을 따고, 뜨거운 솥 앞을 지키며 만들었던 그 시간들. 맛있게
먹는 아이들의 웃는 얼굴을 보면서 느꼈던 행복. 그 모든 순간이
지금도 선명하게 기억 속에 남아 있다.

어쩌면 아이들이 기억하는 것은 음식의 맛보다 그 속에 담긴
엄마의 사랑인지도 모른다. 한여름 뜨거운 부엌에서 땀을 뻘뻘
흘리며 만들어 준 엄마의 정성, 그것이 올챙이국수와 칡떡을 더
욱 특별하게 만들었던 것이 아닐까. 그래서 지금도 아이들은 그
음식을 찾고, 그 맛을 그리워하는 것이리라.

열. 감자로 만든
특별한 간식

감자 가루를 만드는 긴 여정

하지 무렵이면 감자를 캤다. 감자는 우리에게 구황작물이었다. 쌀이 귀하고 보리도 넉넉지 않던 시절, 감자는 배를 채워 주는 고마운 식량이었다. 밭에서 호미로 땅을 파헤치면 크고 작은 감자들이 주렁주렁 달려 나왔다. 그 모습을 볼 때마다 마음이 든든했다.

캐낸 감자는 크기와 상태에 따라 골라냈다. 크고 실한 것은 따로 보관해 두었다. 이것들은 솥에 쪄서 식구들의 끼니로 먹거나 겨울까지 저장해 두고 먹을 감자였다. 문제는 작은 것, 썩은 것, 캘 때 호미 자국이 나서 상처가 난 것들이었다. 이런 감자들은 오래 보관할 수 없었다. 그냥 버리기에는 아까웠다. 그래서 나는 이 못난 감자들로 감자 가루를 만들었다.

큰 다라 통에 물을 가득 채우고 작고 상처 난 감자들을 넣었다. 감자를 씻을 겸 물에 담가 두는 것이었다. 며칠이 지나면 감자가 썩기 시작했다. 썩은 감자를 손으로 저어서 으깨고, 물을 갈아 주었다. 이 과정을 반복하다 보면 감자의 전분이 가라앉았다. 감자

알맹이는 다 썩어 흐물흐물해졌지만, 전분만은 하얗게 가라앉아 있었다.

이 작업은 손이 많이 갔고 시간도 오래 걸렸다. 물이 탁해지면 조심스럽게 웃물을 따라 내고 깨끗한 물을 다시 붓는 일을 수없이 반복해야 했다. 감자 썩는 냄새도 고약했지만, 그래도 참았다. 아이들에게 맛있는 간식을 만들어 주고 싶은 마음 하나로 버텼다.

마지막으로 물을 다 따라 내면 통 바닥에 하얀 전분이 남았다. 약간 굳어 있기도 했다. 이것을 퍼내서 햇볕에 널어 말렸다. 여름 뙤약볕에 며칠 말리면 하얀 감자 가루가 완성되었다. 이 감자 가루만 있으면 겨울 내내 아이들에게 특별한 간식을 만들어 줄 수 있었다.

갓 찐 감자떡의 맛

감자떡을 만드는 날이면 아이들은 일찍부터 들떠 있었다. 보관해 둔 감자 가루를 꺼내 큰 대야에 담고 물을 조금씩 부으며 반죽을 했다. 감자 가루는 밀가루와 달리 반죽하기가 까다로웠다. 물을 너무 많이 넣으면 질척해지고, 너무 적게 넣으면 뭉쳐지지 않았다. 손에 물을 묻혀 가며 조금씩 치대다 보면 어느 순간 매끈한 반죽이 되었다.

팥은 미리 삶아서 설탕을 넣어 달콤하게 만들어 두었다. 팥이 없을 때는 그냥 감자 반죽만으로 만들기도 했지만, 역시 팥이 들어가야 제맛이었다. 가끔은 팥 대신 꿀이나 조청을 소로 넣기도 했다.

반죽을 손으로 조금씩 떼어내 동그랗게 빚었다. 송편 만들 듯이 가운데를 오목하게 만들고 팥을 넣은 다음, 양쪽을 모아 반달 모양으로 빚었다. 감자 반죽은 쫀득쫀득해서 빚는 재미가 있었다. 아이들도 가끔 옆에서 따라 하며 작은 손으로 감자떡을 빚었다. 모양이 삐뚤빼뚤해도 아이들이 만든 떡은 더 예뻐 보였다.

빚어 놓은 감자떡을 시루에 차곡차곡 담아 솥에 올렸다. 물이 끓으면서 김이 오르기 시작하고, 시루 사이로 하얀 김이 피어올랐다. 감자떡이 익어 가는 동안 부엌에는 은은한 감자 냄새가 퍼졌다. 밀가루떡이나 쌀떡과는 다른, 구수하면서도 담백한 냄새였다.

20분쯤 지나 김이 무르익으면 불을 끄고 시루를 내렸다. 뜨거운 감자떡을 하나 꺼내 접시에 담았다. 하얗고 반질반질 윤이 나는 감자떡이 김을 모락모락 내뿜었다. 갓 찐 감자떡은 정말 맛있었다. 쫀득쫀득한 식감에 달콤한 팥이 어우러져 아이들은 후후 불어 가며 허겁지겁 먹었다.

"엄마, 하나만 더요!" 아이들은 한 개, 두 개 순식간에 먹어 치웠다. 따끈따끈할 때 먹는 감자떡은 세상에서 가장 맛있는 간식이었다. 하지만 감자떡은 조금만 식어도 굳어져서 맛이 덜했다. 그래서 갓 찐 것을 바로바로 먹어야 했다. 식으면 떡이 딱딱해져서 입에서 잘 씹히지도 않았다.

그래서 감자떡을 만드는 날은 온 가족이 따끈따끈한 것을 나눠 먹는 특별한 날이었다. 아이들이 맛있게 먹는 모습을 보면 내 마음도 흐뭇했다. 감자 가루 만드느라 고생했던 일들이 모두 보람으로 바뀌었다.

감자옹심이와 엄마의 마음

감자 가루로 만들 수 있는 것이 또 있었다. 바로 감자옹심이였다. 추운 겨울날이면 뜨끈한 국물이 생각났고, 그럴 때 감자옹심이만큼 좋은 것이 없었다.

감자 가루에 물을 넣어 반죽하는 것까지는 감자떡과 같았다. 하지만 소를 넣어 빚지 않고, 그냥 작은 덩어리로 떼어내 동그랗게 빚었다. 수제비보다는 작고 새알보다는 큰, 엄지손가락만 한 크기로 빚었다.

육수를 끓였다. 파나 다시마로 우린 육수에 감자옹심이를 넣고 끓였다. 감자 반죽이 끓는 물을 만나면서 점점 투명해지고 쫀득해졌다. 거기에 호박이나 감자, 양파 같은 채소를 넣고, 간장으로 간을 맞추었다.

감자옹심이가 둥둥 떠오르면 다 익은 것이었다. 그릇에 담아 파를 송송 썰어 올리면 김이 모락모락 나는 감자옹심이 국이 완성되었다. 뜨거운 국물에 쫀득한 감자옹심이를 한 입 베어 물면, 입안 가득 구수한 맛이 퍼졌다.

"엄마, 이거 진짜 맛있어요!" 아이들은 국물까지 다 마셨다. 감자옹심이는 배도 든든하게 채워 주고 몸도 따뜻하게 해 주었다. 추운 겨울날 학교에서 돌아온 아이들에게 감자옹심이 한 그릇을 내주면, 차가웠던 몸이 금방 녹아내렸다.

감자 가루를 만드는 과정은 분명 어려웠다. 물을 갈아 주고 또 갈아 주고, 햇볕에 말리고, 정성을 들여야 했다. 하지만 그렇게 만든 감자 가루로 아이들에게 감자떡과 감자옹심이를 만들어 줄 수 있었다. 맛있게 먹는 아이들의 모습을 보면 모든 수고로움이 사라졌다.

요즘은 마트에 가면 온갖 간식이 넘쳐난다. 과자, 빵, 떡, 뭐든지 돈만 내면 살 수 있다. 하지만 그때 우리에게는 직접 만들어 주는 것 말고는 방법이 없었다. 그리고 그 '직접 만든 것'에 엄마의 사랑이 듬뿍 담겨 있었다.

못난 감자로 시작해서 감자떡과 감자옹심이가 되기까지. 그 긴 여정 속에 엄마의 정성과 사랑이 있었다. 아이들은 그것을 알았을까? 아마 그때는 몰랐을 것이다. 그저 맛있는 간식, 따뜻한 음식으로만 기억했을 것이다.

하지만 지금은 알 것이다. 엄마가 얼마나 애썼는지, 얼마나 정성을 들였는지. 그리고 그 모든 것이 아이들을 향한 사랑이었다는 것을. 감자떡 한 조각, 감자옹심이 한 그릇에 담긴 엄마의 마음을. 그래서 지금도 아이들은 가끔 "엄마가 해 준 감자떡이 그립다"고 말하는 것이리라.

산골 예의촌에서의 그 시절, 넉넉하지 않았지만 사랑은 넘쳐났던 그때. 감자떡과 감자옹심이는 그 시절을 대표하는 음식이었고, 우리 가족의 소중한 추억이 되었다. 지금 생각해도 가슴이 따뜻해지는 기억이다.

복 많은 순자의 마지막 인사,
"너희가 나의 기적이었다"

여든다섯 삶의 무게

첫 번째 경고: 작년 여름

"올해 87세가 되었습니다."

호적에 적힌 나이를 말할 때면 늘 이상한 기분이 든다. 언니의 호적을 빌려 쓴 나이. 실제로는 85세. 2년이라는 시간의 간극이 내 삶 어딘가에 숨겨져 있다. 그 2년은 종이 위에만 존재하지 않는 시간이 되어 버렸지만, 내 몸은 정직하게 85년을 기억하고 있다.

작년 그날이었다. 왼쪽 가슴 밑이 쑤시기 시작했다. 처음엔 대수롭지 않게 여겼다. 나이 들면 여기저기 아픈 게 당연하다고 생각했으니까. 그런데 통증은 점점 심해졌다. 숨을 쉴 때마다 칼로 찌르는 것 같았다.

"엄마, 안 되겠어요. 병원 가야 해요."

수인이가 다급하게 말했다. 내가 얼굴을 찡그리며 가슴을 움켜쥐는 모습을 보다 못한 모양이었다.

홍천 아산병원 응급실로 갔다. 의사 선생님이 이것저것 검사를 하더니 말했다.

"여기서는 제대로 된 검사가 어렵습니다. 한림대병원이나 더 큰 병원으로 가 보세요."

그래서 부랴부랴 한림대병원으로 향했다. 그런데 접수 창구에서 돌아온 답은 기가 막혔다.

"죄송합니다만, 지금 전문의 사태로 의료진이 부족해서 환자를 받을 수가 없습니다."

"그럼 어떡하란 말입니까? 우리 어머니가 너무 아파하시는데요!"

수인이가 목소리를 높였다. 하지만 소용없었다. 결국 우리는 인성병원으로 발걸음을 돌렸다.

인성병원에서 진단명이 나왔다. 비장경색이란다.

"1주일 정도 입원 치료가 필요합니다."

의사 선생님의 말에 나는 고개를 끄덕였다. 그렇게 일주일을 병원에서 보내고 퇴원했다.

무거워지는 몸

퇴원 후부터였다. 몸이 무거워지기 시작했다. 처음엔 입원 생활로 체력이 떨어진 탓이라고 생각했다. 시간이 지나면 나아지겠지. 하지만 시간은 나를 배신했다.

올해 9월이 되자 상황은 더 악화되었다. 몸은 더욱 무거워졌고, 특히 힘이 없어졌다. 아침에 일어나는 것조차 버거웠다. 이불을 걷어 내는 팔에 힘이 들어가지 않았다.

그러던 어느 날 밤이었다.

"머리가… 머리가 확확 쑤신다…"

나는 침대에 누워 천장을 바라보며 중얼거렸다. 가슴은 답답하고, 머리가 확확 쑤시면 가슴도 꽝꽝 뛰기도 하였다. 머리는 마치 세탁기 안에 들어간 것처럼 빙글빙글 돌아가는 것 같았다. 잠을 이룰 수가 없었다. 한숨도, 단 1분도.

"엄마, 왜 그러세요? 괜찮으세요?"

새벽녘에 화장실을 가려다 비틀거리는 나를 본 수인이가 깜짝 놀라 달려왔다.

"잠을… 한숨도 못 잤다. 머리가 너무 확확거려서…"

서울행: 강남 베드로병원으로

"엄마, 서울 큰 병원 가봐야겠어요. 이거 심상치 않아요."

수인이는 다음날 아침 바로 서울 강남 베드로병원으로 예약을 잡았다.

MRI 검사실 앞에서 기다릴 때의 그 불안감이 아직도 생생하다. 커다란 기계 속으로 들어가 꼼짝 않고 누워 있는 동안, 나는 기도했다. '제발 아무 이상 없게 해 주세요.'

"검사 결과 뇌에는 특별한 이상이 없습니다."

의사 선생님의 말에 수인이는 안도의 한숨을 쉬었다. 하지만 나는 알고 있었다. 뭔가 잘못되고 있다는 것을.

집으로 돌아와 처방받은 약을 먹었다. 하지만 효과가 없었다. 머리는 여전히 확확거렸고, 가슴은 답답했으며, 밤은 고통스러운 불면의 시간이었다.

다시 인성병원으로

"엄마, 다시 인성병원 가요. 1년 전에 입원했던 그 병원이요. 추석 명절 전이라 인성병원이 좋을 것 같아요."

수인이의 목소리에는 절박함이 묻어났다.

입원 수속을 밟고 병실로 들어갔다. 창밖으로 보이는 풍경이 1년 전과 똑같았다. 하지만 내 몸 상태는 1년 전보다 훨씬 나빴다.

검사가 시작되었다. 혈액 검사, 소변 검사, 온갖 검사를…

사흘째 되던 날, 담당 의사 선생님이 병실로 들어왔다.

"검사 결과가 나왔습니다."

"네, 선생님."

"원인은 뇌가 아니었습니다. 빈혈입니다. 심각한 빈혈이에요."

"빈혈이요?"

"헤모글로빈 수치가 4.7입니다."

"그게… 많이 낮은 건가요?"

"여성의 정상 범위가 12 정도인데, 4.7이면 정말 위험한 수치입니다. 이 정도면 일상생활이 불가능한 수준이에요."

수인이가 옆에서 물었다.

"그럼 왜 머리가 확확거리고 그러셨던 건가요?"

"헤모글로빈 수치가 너무 낮으니까 온몸에 산소 공급이 제대로 안 되는 겁니다. 그러니 심장이 더 빨리 뛰어서 산소를 보내려고 하는 거죠. 그 과정에서 어지럼증과 두근거림, 답답함을 느끼시는 겁니다."

"그럼 어떻게 해야 하나요?"

“수혈이 필요합니다. 지금 바로 시작하겠습니다.”

붉은 생명줄

첫 번째 혈액 팩이 투여되기 시작했다. 천천히, 아주 천천히 붉은 액체가 투명한 관을 타고 내 몸속으로 들어왔다.

신기했다. 두 번째 팩이 끝날 무렵부터 몸에 변화가 느껴지기 시작했다. 머리의 혼란스러움이 조금씩 가라앉았다.

세 번째 팩을 맞을 때는 수인이에게 말할 수 있었다.

“수인아, 좀 나아지는 것 같다.”

“정말요, 엄마? 다행이다…”

수인이의 눈에 눈물이 고였다.

네 번째 팩까지 모두 받았을 때, 나는 마치 새 사람이 된 것 같았다. 머리는 맑아졌고, 가슴의 답답함도 사라졌다. 몇 달 만에 처음으로 깊은 잠을 잘 수 있었다.

“정말 신기한 일이네요.”

나는 담당 의사 선생님께 말했다.

“맞습니다. 하지만 어머님…”

선생님의 표정이 진지해졌다.

“수혈로 일시적으로 좋아지셨지만, 근본적인 원인을 찾아야 합니다. 강원대병원 혈액종양내과에 가 보세요. 정밀 검사를 받으셔야 합니다.”

사막이 된 골수

강원대병원 혈액종양내과. 처음 들어본 진료과 이름이었다. 마음이 무거웠다. 두렵기도 했다.

"골수 검사를 해야 합니다."

젊은 의사 선생님이 설명했다. 골수 검사라니. 뼛속을 검사한다는 게 무섭게 들렸다.

"아플까요?"

"국소마취를 하니까 견딜 만하실 겁니다."

검사는 생각보다 빨리 끝났다. 하지만 결과를 기다리는 시간은 무척 길게 느껴졌다.

일주일 후, 다시 병원을 찾았다.

"검사 결과 나왔습니다."

의사 선생님이 모니터 화면을 보며 말했다.

"어머님의 골수가… 사막화되었습니다."

"사막화요?"

"네. 쉽게 말씀드리면, 골수가 제 기능을 못 하고 있습니다. 정상적인 골수는 혈액을 만들어 내는데, 어머님의 골수는 섬유 조직으로 변해서 혈액을 제대로 생산하지 못하고 있어요."

"병명은 골수섬유증입니다. 희귀병이에요."

희귀병. 그 단어가 귓가에 맴돌았다.

"치료는 어떻게 하나요?"

"현재로서는 정기적인 수혈이 최선입니다. 4주마다 한 번씩 오셔서 수혈을 받으셔야 합니다."

점점 짧아지는 간격

정기적 수혈을 위해 4주를 기다려야 했다. 기다리는 첫 3주까지는 그럭저럭 견딜 만했다. 하지만 4주째 되던 날부터 다시 증상이 나타났다. 머리가 확확거리고, 가슴이 답답해지기 시작했다. 지난번과 비슷해졌다.

"엄마, 벌써요? 아직 일주일 남았는데…"

수인이가 걱정스러운 얼굴로 물었다.

"그러게… 이번엔 좀 빨리 오는 것 같구나."

병원에 전화를 걸어 상황을 설명했다. 의사 선생님은 바로 오라고 했다.

"역시 헤모글로빈 수치가 많이 떨어졌네요. 이번부터는 3주 간격으로 수혈하시죠."

"계속 간격이 짧아지는 건가요?"

"그럴 수도 있습니다. 병의 진행 상황에 따라 달라질 수 있어요."

남은 나의 건강 여행

지금은 3주마다 강원대병원을 찾는다. 수혈을 받는 날이면 수인이나 은옥이가 꼭 함께 간다. 가끔은 며느리도…

"엄마, 괜찮으세요?" "응, 괜찮다. 이제 익숙해졌어."

투명한 관을 통해 붉은 혈액이 내 몸으로 들어오는 것을 바라보며 생각한다. 앞으로 어떻게 될지는 모른다. 간격이 더 짧아질 수도 있고, 언젠가는 수혈로도 견디기 힘든 날이 올지도 모른다.

하지만 지금 이 순간, 수혈 덕분에 숨을 쉴 수 있고, 손주들 얼굴을 볼 수 있고, 자식들과 이야기를 나눌 수 있다.

누구나 태어나서 결국 저세상으로 떠나는 여행을 한다고들 하지 않나. 나도 그 여행의 끝자락에 서 있는 것 같다.

돌이켜보면, 나는 친정아버지의 말씀을 거역하지 않기 위해, 남편의 말을 전적으로 듣고 가정을 챙기며 살아왔다. 내 뜻보다는 가족을 위해, 내 목소리보다는 다른 이들의 말에 귀 기울이며 살아온 85년이었다.

후회는 없다. 다만 이제는, 남은 시간만큼은 조금 더 나를 위해 살고 싶다. 3주마다 수혈을 받으며, 건강한 날들을 하루하루 소중히 여기며, 행복하게 보내고 싶다.

병실 창문 너머로 저녁 해가 지고 있다. 오늘도 무사히 수혈을 마쳤다. 3주 후에 다시 이 자리에 앉을 것이다. 그것이 내 일상이 되었다.

"엄마, 집에 가요. 미역국 끓여놨어요." "그래, 가자."

은옥이의 부축을 받으며 일어선다. 다리에 힘이 있다. 머리도 맑다. 오늘도 나는 살아 있다. 그것만으로도 감사한 일이다.

여덟 가지 축복

세상에서 가장 부유한 여자

수혈을 받으러 갔을 때 병원 침대에 누워 천장을 바라보다가 문득 생각한다. 나는 참 행복한 사람이구나.

요즘 세상 이야기를 들어 보면 참 안타까운 일들이 많다. 부모가 아파도 찾아오지 않는 자식들, 형제 중 한두 명만 떠맡아 돌보다 지쳐가는 가족들. 병원 복도에서도 종종 본다. 혼자 누워 계신 어르신들, 간병인의 손길만 받으며 외로워하시는 분들…

"어머님, 가족분들 안 오세요?"

간호사가 옆 병상 할머니께 물으면, 그분은 그저 손을 내젓곤 하신다.

"바쁜가 봐… 바쁘지 뭐."

그 목소리에 담긴 쓸쓸함이 내 가슴을 아프게 한다.

하지만 나는 다르다. 나는 여덟 명의 자식이 있고, 그 여덟 명 모두가 각자의 방식으로 나를 보살펴 준다. 돈이 많아서 부자인 게 아니다. 자식들의 사랑이 있어서 나는 세상에서 가장 부유한 여자다.

큰딸 은옥이: 든든한 버팀목

"엄마, 오늘 병원 가는 날이죠? 제가 모셔다 드릴게요."

큰딸 은옥이의 목소리는 언제나 믿음직하다. 맏이라서 그런지, 아니면 타고난 성격인지, 은옥이는 늘 든든하다.

"은옥아, 네가 바쁠 텐데…"

"엄마, 뭐가 엄마보다 바쁘겠어요."

라고 말하며 전날밤에 와서 자고 아침에 서둘러 나를 병원으로 태우고 간다. 병원 가는 차 안에서 은옥이는 운전을 하면서도 자꾸만 나를 확인한다.

"엄마, 춥지 않으세요? 히터 더 틀까요?"

"아니, 괜찮아. 딱 좋다." 병원에서 수혈을 받는 네 시간 동안, 은옥이는 내 옆을 지킨다. 틈틈이 내게 물을 따라 주고, 베개를 고쳐 주고, 손을 잡아 준다.

수혈이 끝나고 집에 돌아오면, 은옥이는 부엌에서 뚝딱뚝딱 소리를 내며 음식을 만든다. 시금치나물, 콩나물무침, 북엇국, 생선조림, 소고기 무미역국… 든든한 반찬들이 냉장고를 채운다.

은옥이가 돌아간 후, 냉장고를 열 때마다 가슴이 따뜻해진다. 큰딸의 손길이 묻어 있는 반찬들. 이것이 사랑이구나.

은옥이를 생각하니 손주들이랑 증손주들이 생각난다. 은옥이는 딸 둘을 낳았고, 그 딸들은 아들, 딸 남매들을 낳았다. 은옥이는 나를 데리고 여행도 많이 다녔다. 어딘지 지금은 생각나지 않지만 케이블카를 타러 갔었다. 아마도 남부지방이었을 것이다. 케이블카에서 아래를 내려다보니 아래가 하얗고 무서웠다. 나도 모르게

"아이 무서워"하고 말하니

"뭐가 무서워요? 좋기만 한데."

하며 아주 작은 증손주가 했던 말이 생각난다. 나를 데리고 전국 여기저기를 다니며 여행을 시켜 준 은옥이, 손주, 증손주와의 추억을 떠올리니 오늘도 행복하다.

둘째 딸 금옥이: 멀리서 보내는 마음

금옥이는 부산에 산다. 멀다. 쉽게 올 수 없다. 그래서 금옥이는 늘 미안해한다.

"엄마, 저예요." "응, 금옥아."

"엄마, 요즘 어떠세요? 많이 안 좋으세요?"

"아니, 괜찮다. 걱정 마라."

"엄마, 제가 자주 못 가서 정말 죄송해요. 마음만 같아서는 매주 가고 싶은데…"

"무슨 소리야. 네가 멀고 바쁜 거 아는데. 전화만 해 줘도 고맙지. 너만 건강하면 난 괜찮아."

금옥이는 전화로 안부를 묻는다. 자주. 늘 미안한 마음을 담아서 말이다.

"엄마, 언니랑 동생들이 잘 챙겨 드리죠?"

"그럼, 다들 잘해 준다."

"다행이다. 엄마, 제가 멀리 있어도 항상 생각하고 있어요. 밥 잘 챙겨 드셔야 돼요."

"알아, 알아. 네 마음 다 알지."

어느 날, 택배가 온다. 부산에서.

"금인이가 보냈네." 금옥이 아들 금인이다.

금인이는 과일이나 과자, 빵 등 지역 특산물을 자주 보낸다. 손주가 엽엽히 챙겨 주는 것이 늘 고맙다. 금인이는 딸을 낳았다. 금옥이 얘기가 나오니 입가에 미소가 떠오른다. 금옥이 딸 수진이는 아이를 네 명이나 낳았다. 애기 같은 수진이가 아들 2명, 딸 2명을 낳아 예쁘게 키우는 모습을 보면 입가에 미소가 번지고 대견하다는 생각이 든다. 요즘처럼 아이를 안 낳는 세상에 나라에 큰일을 하고 있는 것이다.

장남 수인이: 변함없는 든든함

"어머니, 저희 이번 주에도 갈게요." 수인이는 장남이다. 그래서인지, 아니면 원래 그런 성격인지, 수인이는 늘 나를 챙긴다.

주말이 되면 며느리와 함께 온다. 거의 빠지지 않고.

"엄마, 요즘 좀 어떠세요?"

"응, 괜찮다."

수인이는 올 때마다 밭으로 가서 일을 한다. 잡초를 뽑고, 거름도 주고, 옥수수도 따고, 들깨도 심고 들깨를 도리깨로 털고. 들깨를 털고 나서 하는 말이

"농사 짓는 건 힘드네요. 이 힘든 걸 엄마는 평생을 하셨으니.

고생하셨어요."

수인이가 올 때 며느리도 같이 온다.

며느리는 부엌에서 음식을 만든다.

닭백숙, 물곰치국, 감자탕, 사골 곰탕 등을 부지런히 해서 그 날 그날 먹게 하고 냉동실에 넣어서 다음 날에도 먹게 한다.

"엄마, 다음 주에 병원 가시죠? 제가 모시고 갈게요."

"아니다, 은옥이가 데려다준다고 했어."

"그래요? 그럼 다음엔 제가 갈게요. 뭐 필요한 거 있으면 말씀하세요."

"너희가 오는 것만으로도 충분하다."

수인이는 딸만 둘 낳았다. 아들을 낳아 대를 이었으면 했었는데 그것이 사람 마음대로 될 수 없는 것이었다. 수인이의 딸인 가영이와 승현이는 내가 키워 줬다. 정말 신나게 키웠다. 그 손주들이 모두 시집을 가서 가영이는 아기를 낳았다. 엊그제 그 증손주가 왕할미집에 간다고 식당에 가서 밥도 안 먹고 울고 보채서 우리 집에 와서 점심을 먹기도 했다. 얼마나 귀여운지, 너무 사랑스럽다.

또한 승현이도 얼마전에 결혼을 해서 알콩달콩 신혼생활을 행복하게 하고 있다. 어렸을 때 잠자려고 할 때 우유병을 물리면 먹었던 승현이가 결혼을 해서 정말 보기가 좋았다.

셋째 딸 영옥이: 요리의 마법사

"엄마, 수요일에는 제가 내려갈게요."

영옥이는 서울에 산다. 서울에는 버스를 타고 주중에 꼭 내려

온다. 때로는 남편이 시간이 되면 사위 차를 타고 내려오기도 한다. 버스를 타고 올 때나 남편 차로 올 때나 영옥이 손에는 짐이 한가득이다. 물김치 거리, 갈치조림, 버섯볶음, 멸치볶음, 메추리알 조림, 산삼채 무침, 시금치나물 등등

어제는 짐이 유난히 많아 뭐가 이리 많냐고 했더니 메밀 부치기를 해 주려고 메밀쌀을 사서 불려 왔단다. 내가 어릴 적 자식들한테 해 주던 메밀 부치기를 딸인 영옥이가 하려고 재료를 단단히 준비해 왔다. 메밀을 갈아서 거를 체까지 가져왔다. 나는 젊었을 때 맷돌로 갈았던 메밀을 믹서기로 갈고 체로 걸러서 화로에 솥뚜껑을 놓고 들기름을 둘러서 부치기를 맛있게 했다. 너무 힘들지 않냐고 하니

"엄마, 재미있어. 엄마가 우리한테 이렇게 많이 해 줬잖아. 그리고 엄마가 있으니 하지. 엄마가 없으면 뭐 하러 하겠어."

작은 체구에 늘 바지런히 움직이는 영옥이라 살찔 틈이 없어 안쓰럽다. 늘 몸무게는 40kg 정도. 이런 영옥이가 늘 나를 위해 주중에 와서 음식을 정성껏 해 준다. 우리 영옥이도 결혼을 해서 아들, 딸 남매를 낳고, 사위도 듬직하다. 영옥이는 늘 부지런히 가족을 위해 음식을 정성껏 하는 모습이 대견하다. 어릴 때 돈이 없어 공부도 제대로 못 시킨 것이 늘 가슴에 걸려 아련한데 결혼해서 잘 사는 모습 보니 보기 좋다. 착하게 살면 복이 온다는 말이 생각날 정도로 영옥이는 늘 불평 없이 착하게 산다. 그런 영옥이가 정말 고맙다.

넷째 딸 수옥이: 건강 전도사와 택배 보내는 딸

"엄마, 병원에서 뭐라고 했어요?" 수옥이의 목소리가 전화기 너머로 들려왔다. 병원 다녀온 날이면 어김없이 걸려 오는 전화였다.

"그냥 빈혈이 좀 있다고 하더구나."

"빈혈? 헤모글로빈 수치가 얼마였어요?" 수옥이는 단순히 병명만 듣고 넘어가는 법이 없었다. 어려서부터 미술을 잘했지만, 간호사 자격증을 딴 이후로는 우리 집 건강 주치의를 자처하고 있다.

그리고 수옥이는 나에게 필요한 것을 수시로 택배로 보낸다. 각종 비타민제와 철분제, 영양제, 커튼 고리, 쓰레기봉투, 옷, 알밤, 굴 등

한번은 김장하기 전에 택배가 왔는데 굴이라고 했다. 그래서 택배기사님한테 나는 주문한 적이 없다고 말했다. 보낸 사람도 정확히 누구인지 써 있지 않았다. 그래서 잘못 배달된 거 같다고 하고 돌려보냈다. 돌려보낸 날 저녁에 수옥이한테 전화가 왔다.

"엄마, 굴 택배로 받으셨어요?"

"아니 온 것을 누가 보낸지 몰라서 네 이름도 없고 해서 돌려보냈지."

"아 미리 말씀드리지 못해서 그런 일이 생겼군요."

하며 죄송하다고 했다. 아니 내가 미안했다. 내가 신청하지 않은 택배는 당연히 수옥이가 보냈을 거라는 것을 짐작했어야 하는데 괜히 번거롭게 했다. 여러 사람을.

수옥이는 딸과 아들 두 명을 낳았다. 손주 두 명은 중국에서 수옥이랑 10년 넘게 살아서 중국어를 잘해서 취직도 잘 했다. 수옥

이 딸 규란이는 밤에 잘 자야 한다고 수면 보조제라는 영양제를 보내 주기도 했다. 수옥이랑 수옥이 딸이랑 나의 건강을 위해 열심히 챙긴다.

"수옥아, 그동안 고생 많았어. 그리고 고마워."

다섯째 딸 영희: 세심한 보살핌

"엄마, 이거 식사하시기 전에 드세요."

하며 손가락 같은 봉지에 들은 영양제를 놓고 가며 식사하기 전에 타 먹으란다. 그래서 영희가 챙겨 주는 영양제로 하루를 시작한다. 어떤 날은 깜빡하고 못 먹기도 하다가 요즘은 세끼 밥을 먹기 전에 열심히 따뜻한 물에 타서 먹는다.

영희도 서울에 살면서 늘 내 건강을 챙긴다.

"홍삼, 오메가3, 비타민… 이게 다 뭐야."

"근데 이게 다 비쌀 텐데…"

"엄마, 걱정 마세요. 제가 알아서 할게요. 엄마 건강이 제일 중요하잖아요."

영희는 이렇게 비싸고 전에 먹어 보지 못한 새로운 영양제를 먹게 하고 예쁜 모자, 신발을 사 온다. 너무 비싸 보여서, 너무 고급스러워서 때로는 부담이 되기도 하지만 그런 생각 말고 열심히 쓰고 다니고 신발은 열심히 신고 다니라고 한다. 인생 별거 없다고.

딸이 많은 덕분에 이렇게 챙기는 딸도 있고, 저렇게 챙기는 딸도 있고, 각자 관심 분야가 다르듯이 마음 쓰는 곳도 다르지만 다 나를 생각하는 마음이 느껴져 고맙다.

영희도 아들을 둘 낳아 잘 키웠다. 늘 착하게 자라 사춘기도 크게 겪지 않았던 아들들이 이젠 취직도 잘하고 자격증 같은 것도 열심히 따서 생활한다고 한다. 우리 영희도 늘 행복하고 좋은 일만 가득하길 바란다. 고맙다. 영희야~~

막내 딸 수화: 따뜻한 목소리

"엄마, 나야. 오늘 좀 어때요?" 수화의 전화는 거의 매일 아침 일찍 새벽에 온다. 막내여서 그런지, 수화는 유독 나를 더 걱정한다.

"응, 오늘은 좀 괜찮다."

"진짜? 머리 확확거리지 않아?"

"응, 오늘은 괜찮아. 너는 뭐 하니?"

"회사에 출근하고 있는데 엄마 생각나서 전화했어." 아침 출근길, 퇴근길 바쁜 와중에도 전화를 한다. 거의 거르지 않고 매일 수화의 목소리를 듣는 것만으로도 위로가 된다.

수화는 주중에는 열심히 회사를 다니고 토요일에는 우리 집에 온다. 일요일에는 시아버지를 챙겨드리러 가야 하기 때문에 나한테는 토요일밖에 시간을 낼 수가 없다. 주중에 회사 다니느라 힘드니 오지 말라고 해도 토요일이면 열심히 온다. 사위랑 같이

"엄마, 도가니탕 잘하는 집 있어. 나가서 드시고 오자."

하며 나를 태우고 터미널 근처 도가니탕을 맛있게 하는 집에 가면 한 그릇을 뚝딱 먹을 수 있다. 혼자 있으니 입맛이 없고 다른 고기는 질겨서 못 먹는데 도가니탕을 먹으면 술술 잘 넘어가고 기운이 나는 것 같다. 수화랑 사위 덕분에 원기가 생기는 기분이다.

도가니탕을 먹고 나올 때는 꼭 포장을 해서 집에서도 먹게 한다.

집에 도착하면 청소기를 돌리고 목욕탕 청소를 하고 옷장 정리를 하고 설거지를 하고 구석구석 수화 손이 안 가는 곳이 없다. 수화 손이 간 곳은 반듯하게 정리되고 깔끔하게 빛이 난다. 또 멀쩡한데도 이불이 낡았다며 새 이불을 사 오기도 하고 옷이 얇다며 옷 가게에 가서 예쁜 옷을 사 주기도 한다. 어떤 날은 머리 염색도 해 주며 신발까지, 머리끝부터 발끝까지 호사를 해 준다.

좋은 회사를 다니며 힘들게 번 돈을 엄마인 나를 위해서 아낌없이 쓴다. 얼마 전에는 은행을 사서 볶아 놓고 가면서

"엄마, 은행 볶아 놓았으니 하루에 5알씩 드세요. 하루에 한꺼번에 너무 많이 먹으면 안 되니까."

이렇게 자주 전화하고, 시간 내서 오고 필요 없는 것 같은데도 이것저것 사 주는 수화가 고마울 따름이다.

"엄마, 오래오래 건강하세요. 저 엄마 없으면 안 돼요."

전화를 하면서도 어떤 날에는 펑펑 운다. 나도 모르게 눈시울이 붉어진다. 가슴이 먹먹하다. 막내딸이 이렇게 잘 커서 나를 이렇게 많이 생각하는구나! 수화도 남편을 잘 만났다. 남편이 큰 회사의 임원이 되었다고 하는데 그 바쁜데도 토요일에 와서 나를 챙기고 일요일에 가서 아버지를 챙기는 사위도 고맙다. 수화는 딸 하나를 낳아 잘 키우고 있다. 수화 딸 은수는 공부도 열심히 한다. 은수가 집에 갈 때는 내 볼에 얼굴을 꼭 비비고 간다. 나를 꼭 안아 주고 간다. 나를 생각해 주는 따뜻한 수화와 사위 그리고 손녀 은수, 지금 이 시간이 후회 없도록 잘 보내렴.

막내아들 수형이: 바쁜 중에도

　막내아들 수형이는 8남매 중 막내이다. 며느리도 8자매 중 막내이다. 두 사람은 8로 인연이 맺어져 우리 가족이 되었다. 막내 며느리는 요즘 사람 같지 않게 너무 착하고 예쁘다. 나를 너무 살뜰히 잘 챙긴다.

　"어머니, 어머니."

　하면서. 막내아들 수형이는 사업을 하느라 바쁘다. 직원이 20명이 넘는다고 한다. 토목업계에서 따기 힘들다고 하는 기술사 자격증도 2개나 땄다. 특히 구조기술사는 전국에서 한 해에 몇 명만 선발한다고 하는데 말이다. 주말에는 박사 과정을 공부하느라 바쁜데도 틈을 내어 전화하고 틈을 내어 나를 보러 온다.

　"어머니, 아무리 바빠도 어머니 뵈러 와야죠." 며느리와 함께 온 수형이는 집안 이곳저곳을 살핀다.

　"어머니, 전등 좀 어두운데요? 새 걸로 바꿔 드릴게요."

　"아니다, 괜찮아."

　"어머니, 이거 고장 난 거 아니에요? 제가 고쳐 드릴게요."

　수형이는 이것저것 손본다. 고장 난 것, 불편한 것, 위험한 것들을 챙긴다.

　"어머니, 거실 등에 죽은 날파리가 많네요. 뜯어서 깨끗하게 할게요."

　하며 집 안 구석구석을 살피고 예초기나 마당에 필요한 큰 테이블 등 돈이 많이 들어가는 거에 돈을 아끼지 않는다. 수형이가 마당에 큰 테이블을 사 주기 전에는 우리 가족은 자식들이 오면 마당에 화로에 불을 피워 놓고 옹기종기 쭈그리고 앉아서 고기를 구워 먹었다. 그것을 본 막내아들 수형이가 사장님답게 택배로 10인용 크고 근사한 테이블을 주문해 주어서 이젠 자식들이 와도 쭈그리고 앉아서 고기를 먹지 않고 의자에 앉아서 폼 나게 먹는다. 이것을 보고 수형이 딸 해인이가 했던 말이 생각난다.

"테이블 하나로 삶의 질이 달라졌네요. 이렇게 편하게 앉아서 먹으니 고기 맛도 더 좋아요."

이렇게 생각 못 했던 물건을 사서 나를 위해 가족을 위해 과감하게 쓰는 막내아들 수형이다. 막내며느리는 돌아갈 때는 봉투를 살짝 손에 쥐어 준다.

"어머님, 맛있는 것도 사 드시고, 필요한 것도 사세요."

소소하게 챙겨 주는 막내아들과 며느리가 너무 고맙다. 막내 수형이도 딸을 하나 낳아서 그 딸, 즉 손녀가 해인이다. 해인이도 고등학생이다. 공부하느라 힘들 것이다. 우리 해인이도 공부 열심히 해서 남에게 도움이 되는 어른으로 성장하길 바란다.

여덟 개의 촛불

밤에 혼자 누워 생각한다. 여덟 명의 자식들.

은옥이의 든든함, 금옥이의 살뜰함, 수인이의 변함없는 보살핌, 영옥이의 요리, 수옥이의 건강지킴이, 영희의 건강식품 조달, 수화 사랑의 전화, 맥가이버 손 수형이.

각자가 다르다. 각자의 방식이 다르다. 하지만 그 마음만은 같다. 나를 사랑하는 마음.

"내가 이 아이들한테 뭘 해 줬다고…"

평생 고생만 시켰다. 가난했던 시절, 제대로 먹이지도 못했고, 좋은 옷도 사 주지 못했다.

그런데 이 아이들은 원망하지 않는다. 오히려 나를 보살핀다. 각자 할 수 있는 방식으로.

나는 마음이 부자다. 누군가 내게 묻는다.

"할머니, 힘드시겠어요. 골수섬유증이라니…"

"힘들지. 몸은 힘들어. 하지만 마음은 부자야."

"마음이 부자라니요?"

"여덟 명의 자식이 있는데, 여덟 명 모두가 날 챙겨 줘. 이게 부자가 아니면 뭐가 부자겠어?"

정말이다. 나는 마음이 부자다.

은행 통장에 돈이 많지 않아도, 큰 집에 살지 않아도, 나는 부자다. 자식들의 사랑이 있으니까.

복 많은 여자

"나는 복이 많은 여자인 것 같아." 수인이에게 말했더니 수인이가 웃었다.

"엄마가 복이 많으신 게 아니라, 엄마가 잘 키우셨으니까 저희가 이렇게 하는 거죠."

"아니다. 내가 뭘 잘했다고… 너희들이 알아서 다들 잘 커 준 거지."

하지만 생각해 보면, 나는 정말 복이 많다.

여덟 명의 자식을 낳았는데, 여덟 명 모두 건강하다. 여덟 명 모두 착하다. 여덟 명 모두 효자, 효녀다. 모두 결혼을 했다. 그리고 모두 자식들을 낳아 잘 살아가고 있다. 사위를 6명, 며느리도 2명이 생겼고, 손주들도 14명이며 증손주들도 10명이나 된다. 대가족이 되었다.

세상에 이런 행운이 어디 있나. 자식 하나 키우기도 힘든 세상에, 나는 여덟 명을 키웠고, 그 여덟 명 모두가 나를 사랑한다. 정말 내가 해 준 것도 별로 없는데…

"내가 너희한테 해 준 게 뭐가 있다고…" 자식들에게 말하면, 모두들 고개를 젓는다.

"엄마, 무슨 말씀을 그렇게 하세요."

"엄마, 저희한테 생명을 주셨잖아요."

"엄마, 저희를 키워 주셨잖아요."

하지만 나는 안다. 제대로 해 주지 못한 것들이 너무 많다는 것을.

배고플 때 배불리 먹이지 못했고, 추울 때 따뜻한 옷을 입히지 못했고, 아플 때 병원에 바로 데려가지 못했던 것들.

그런데도 이 아이들은 원망하지 않는다. 오히려 고맙다고 한다.

"엄마, 엄마가 있어서 저희가 있는 거예요." 그 말에 눈물이 난다.

어머니의 삶,
그리고 자녀들의 사랑

한 여인으로 살아온 길

내 인생을 되돌아보면, 한 여인으로 살아오면서 겪지 않아도 되었을 일들을 참으로 많이 겪었다. 여덟 명의 자식을 낳고 기르는 동안, 결혼 초기에 가난은 언제나 우리 가족의 그림자처럼 따라다녔다. 일부 아이들을 학교에 제대로 보내지 못했고, 배불리 먹이지 못한 날들이 얼마나 많았던가. 밤마다 잠들지 못하고 천장을 바라보며 눈물을 삼켰던 그 시절, 미안함과 자책감은 내 가슴을 짓눌렀다.

"엄마, 괜찮아요. 우리 다 같이 이겨 낼 수 있어요."

그럴 때면 큰딸 은옥이가 어린 나이에도 의젓하게 내 손을 잡아 주곤 했다. 그 작은 손의 온기가 아직도 생생하다.

서로를 지탱한 남매들

가난했지만 우리 자식들은 서로를 의지하며 살아갔다. 큰딸 은옥이와 작은딸 금옥이는 내가 가장 마음 아파하는 아이들이었다. 너무 가난해서 많이 가르치지 못했기 때문이다. 그러나 두 딸은 원망 한마디 없이 오히려 동생들을 돌보는 기둥이 되어 주었다.

은옥이는 동생들이 서울에서 직장을 잡고 독립하기까지, 자기 자식들도 있는데 마치 당연한 듯 동생들을 집에 데리고 있었다. 맏딸이라는 책임감으로 동생들을 위해 기꺼이 희생했다. 수인이를 대학에 보낼 때는 어려운 형편에도 4년 동안 꼬박꼬박 용돈을 지원해 주었다. 금옥이도 수인이의 교육을 위해 중학교 1년, 고등학교 3년 동안 밥을 해 주며 희생을 감수했다.

그렇게 누나들의 사랑을 받고 자란 수인이는 그 은혜를 잊지 않았다. 훗날 자신이 받은 것을 동생들에게 되돌려 주었다. 특히 막내 수형이의 대학 등록금을 책임지며 형으로서의 역할을 다했다. 그래서 수형이는 회사에 다니다가 독립하여 회사 대표로서 멋지게 생활하고 있다. 이렇듯 자식들이 서로를 돌보는 모습을 보며, 나는 가난했지만 사랑만은 풍족하게 물려준 것 같아 가슴이 뭉클했다.

끝없이 배우는 딸, 대견한 은옥이

나에게 있어 맏딸 은옥이는 너무나도 고마운 존재이다. 가난하여 국민학교를 졸업하고 중학교에는 진학을 하지 못하고 서울로 올라가 봉제공장에서 미싱을 배웠다. 어린 손으로 바늘을 잡고 밤낮없이 일하던 그 모습을 상상하면 지금도 눈물이 난다. 양장점을 열어 생활은 안정되었지만, 제대로 가르치지 못한 부분에 대한 미안함이 늘 내 가슴에 못처럼 박혀 있었다.

그런데 은옥이는 스스로 학력 인정 중학교와 고등학교를 졸업했다. 그 소식을 들었을 때, 나는 얼마나 마음이 기쁘고 고마운지 아무 말도 못 하고 그저 눈물만 흘렸다.

"엄마, 제가 공부하고 싶었어요. 늦었지만 할 수 있어요."

전화기 너머로 들려온 은옥이의 목소리는 자신감으로 가득했다.

그런데 은옥이는 거기서 멈추지 않았다. 수능을 보고 대학교의 의상디자인학과에 당당하게 진학했고, 졸업까지 해냈다. 일과 학업을 병행하며 얼마나 힘들었을까. 그 이후에는 서울대학교 패션산업 최고경영자과정까지 수료했다.

"엄마, 저 서울대 다녀왔어요!"

환하게 웃으며 수료증을 보여 주던 은옥이의 얼굴을 잊을 수가 없다. 내 딸이 그 유명한 서울대학교를 다녔다니 가슴이 터질 것만 같았다. 이것이 바로 내 딸이구나. 배움에 대한 열정과 끈기로 스스로의 길을 개척한 내 딸. 덕분에 양장점도 소문이 나서 더욱 많은 사람들이 찾는다고 한다. 지금은 서울대 최고경영자과정 동문들과 골프, 등산 등 원우회 활동을 하며 격조 있는 삶을 살고 있다. 국민학교만 나온 딸이 이렇게 당당하게 살아가는 모습이 얼마나 자랑스러운지 모른다.

교육자가 된 아들, 수인이

큰아들 수인이는 남편과 싸우면서까지 대학에 보낸 아이였다.

“그 돈 어디 있소? 애들 배나 불리자고!”

남편은 소리를 질렀지만, 나는 물러서지 않았다.

“이 애는 공부를 해야 해요. 제발 이해해 주세요.”

그 싸움의 결과, 수인이는 초등학교 교사가 되었다. 같은 초등학교 교사인 부인을 만나 부부 교사가 되었고, 장학사를 거쳐 교감, 그리고 교장까지 되었다. 거기서 끝이 아니었다. 도교육청 과장, 인제교육지원청 교육장을 거쳐 현재는 강원특별자치도교육청 교육연구원장을 맡고 있다.

수인이는 교장이나 교육장, 원장이 될 때면 항상 은옥이와 나를 초대했다.

“엄마, 누나, 여기 앉아 보세요.”

교육장실, 원장실의 큰 의자에 앉아 사진을 찍을 때면, 내 인생에도 이런 날이 오다니 싶어 꿈만 같았다. 정말 그때의 기분은 최고였다.

특히 지금도 생생히 기억나는 일이 있다. 수인이가 인제교육장으로 부임한 지 1주일쯤 지났을 때였다. 우리를 초대한 수인이는 말했다.

“엄마, 관용차에 엄마를 태워 드리고 싶었어요. 평생 고생만 하신 엄마에게 이 정도는 해 드려야죠.”

은옥이와 나는 관용차에 올라탔다. 차는 한참을 달려 좋은 식당으로 갔고, 우리는 맛있는 점심을 먹었다. 식사 후 다시 관용차를 타고 교육청으로 돌아오는 길, 차창 너머로 불어오는 바람이 내 마음을 스쳐 지나갔다.

‘나에게도 이런 날이 오다니…’

눈물이 핑 돌았다. 가난했던 그 시절, 밥 한 끼 제대로 못 먹이던 그 아이가 이제는 이렇게 당당한 교육자가 되어 나를 관용차에 태워 주다니. 잘 성장해 준 아들이 너무나도 고마웠다.

여한 없는 삶

다른 자식들도 각자의 자리에서 잘 성장했다. 모두 결혼해서 행복하게 살아가고 있다. 자식들은 회비를 다달이 걷어 연 3회이씩 가족 모임을 갖는다. 어버이날이 있는 5월, 휴가철인 7월, 내 생일이 있는 10월이면 고급 리조트를 빌려 손주들까지 함께 모여 행복한 추억의 시간들을 보내고 있다. 가족 모임이 끝나면 영상을 만들어서 나에게 보여 주곤 한다. 이렇게 자식들이 화목하게 생활하는 모습을 보면, 내가 희귀병을 앓고 있지만 이제는 죽어도 여한이 없다는 생각을 하게 된다.

어느 날 저녁, 자식들이 모두 모였다. 밥상을 둘러싸고 앉은 여덟 자녀와 그들의 가족들. 웃음소리가 집 안 가득 울려 퍼졌다.

"엄마, 우리 이렇게 잘 살고 있어요. 걱정 마세요."

수인이가 내 손을 꼭 잡았다.

"엄마 덕분이에요. 엄마가 포기하지 않으셨으니까요."

은옥이가 눈물을 글썽이며 말했다.

나는 고개를 저었다. 아니다. 이 모든 것은 너희들이 서로 사랑하고 의지하며 이뤄 낸 것이다. 나는 다만 너희를 낳고, 부족하게나마 키웠을 뿐이다. 진짜 위대한 건 서로를 포기하지 않은 너희들의 사랑이었다.

내 평생 가난했고, 고생도 많이 했다. 하지만 돌이켜 보면 나는 참으로 행복한 사람이었다. 여덟 명의 자녀가 모두 건강하게, 그리고 서로 사랑하며 살아가고 있으니 말이다.

나는 자식들을 잘 만났다. 정말로.

이렇게 살다 죽게 되지만:
마지막 소원

여덟 개의 축복

나는 안다. 골수섬유증! 이 병이 나아지지 않는다는 것을. 언젠가는 떠날 날이 온다는 것을…

하지만 두렵지 않다. 슬프지도 않다.

여덟 명의 자식들이 나를 보내 줄 것이다. 여덟 쌍의 손이 나를 마지막까지 보살필 것이다. 이보다 더 행복한 죽음이 어디 있겠는가.

"따르릉." 오늘도 전화벨이 울린다. 아마 수화일 것이다. 매일 이 시간에 전화하니까.

"여보세요?"

"엄마, 나야. 오늘 좀 어때요?"

수화의 목소리가 들린다.

"응, 오늘도 괜찮다. 네 목소리 들으니까 더 좋아지는 것 같아."

"엄마, 그런 말씀 하시니까 제가 더 좋은데요."

전화를 끊고 창밖을 바라본다. 저녁 해가 천천히 지고 있다.

돌이켜보면 내 인생은 고난의 연속이었다. 가난했고, 배고팠고, 미안했다. 제대로 먹이지 못해서, 제대로 입히지 못해서, 밤마다 천장을 보며 눈물 삼켰던 날들. 하지만 그 모든 어둠 속에서도 나에겐 여덟 개의 별이 있었다.

은옥, 금옥, 수인, 영옥, 수옥, 영희. 수화, 수형

이 아이들은 내가 세상에 남기는 가장 큰 유산이다. 내가 쌓아 올린 가장 아름다운 탑이다.

"엄마, 엄마는 우리한테 미안해하지 마세요. 우리는 엄마 덕분에 이렇게 컸어요."

아이들은 이렇게 말한다. 하지만 나는 안다. 내가 받은 것이 내가 준 것보다 훨씬 더 많았다는 것을.

여덟 명의 자식이 있다는 것.

그것은 여덟 번의 기적을 경험했다는 것이고, 여덟 가지 다른 사랑을 배웠다는 것이고, 여덟 개의 이유로 살아갈 힘을 얻었다는 것이다.

나는 참 복 많은 여자다.

내가 남기고 싶은 것들

다만, 한 가지 소원이 있다.

"우리 자식들아, 너희는 늘 건강해라. 오래오래 행복하게 살아라."

나를 챙기느라 너무 무리하지 말고, 자기 자신도 잘 챙기며 살았으면 좋겠다. 엄마가 떠난 후에도 서로 의지하고 아끼며 살아

갔으면 좋겠다.

"베풀며 살아라. 너희가 나를 사랑한 것처럼, 다른 사람들도 사랑하며 살아라."

가난했지만 우리는 나눴다. 배고팠지만 함께 나눠 먹었다. 힘들었지만 서로를 위로했다. 그 정신을 잊지 말아 다오. 세상에서 가장 가치 있는 것은 사랑이고, 가장 아름다운 삶은 베푸는 삶이란다.

그렇게 살아 준다면, 나는 정말 여한이 없다.

눈을 감을 때, 나는 미소 지을 수 있을 것이다.

'나는 행복한 사람이었다'라고.

'여덟 명의 자식이 있어서, 여덟 개의 축복이 있어서, 나는 세상에서 가장 부유한 여자였다'라고.

이 글을 읽는 당신에게도 말하고 싶다.

당신의 인생에도 축복이 있다. 때로는 그것이 고난의 옷을 입고 있어서 알아보지 못할 수도 있다. 나처럼 가난 속에서, 아픔 속에서, 눈물 속에서 그 축복을 발견할 수도 있다.

하지만 돌아보면 알게 된다. 우리가 사랑한 사람들, 우리를 사랑해 준 사람들이 바로 우리 인생의 축복이었다는 것을.

그러니 사랑하라. 베풀며 살아라. 함께 웃고, 함께 울고, 함께 나누며 살아라.

그것이 가장 아름다운 삶이고, 가장 행복한 죽음을 맞이하는 길이다.

창밖으로 저녁 해가 완전히 진다. 붉게 물든 하늘이 천천히 어둠에 자리를 내어 준다. 해는 매일 지지만, 또 매일 뜬다. 내 생의 해도 언젠가는 질 것이다.

하지만 나는 안다. 내가 심은 여덟 개의 씨앗이 자라나 이 세상에 또 다른 해들이 될 것이라는 것을. 그 해들이 누군가를 비추고 누군가에게 온기를 주며 누군가의 어둠을 밝혀 줄 것이라는 것을.

그렇게 사랑은 이어진다.

한 사람에서 또 다른 사람에게로.

한 세대에서 또 다른 세대에게로.

나는 세상에서 가장 부유한 여자다.

가난했지만 풍요로웠고,

힘들었지만 행복했고,

떠나지만 영원히 남을 것이다.

여덟 개의 사랑 속에서.

한 여인의 긴 겨울
그리고 봄

ⓒ 안순자, 2026

초판 1쇄 발행 2026년 3월 20일

지은이　안순자
펴낸이　이기봉
편집　좋은땅 편집팀
펴낸곳　도서출판 좋은땅
주소　서울특별시 마포구 양화로12길 26 지월드빌딩 (서교동 395-7)
전화　02)374-8616~7
팩스　02)374-8614
이메일　gworldbook@naver.com
홈페이지　www.g-world.co.kr

ISBN　979-11-388-5593-8 (03810)

- 가격은 뒤표지에 있습니다.
- 이 책은 저작권법에 의하여 보호를 받는 저작물이므로 무단 전재와 복제를 금합니다.
- 파본은 구입하신 서점에서 교환해 드립니다.